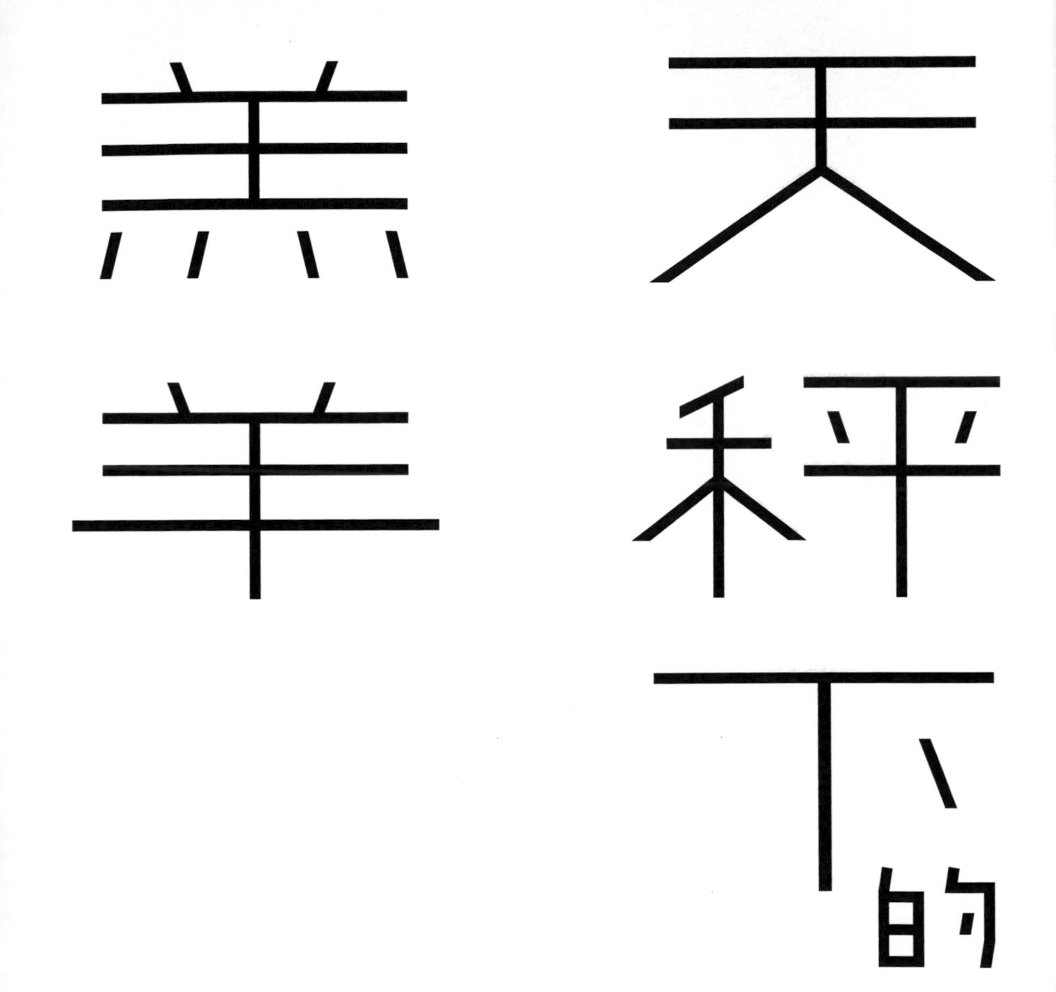

牧童 著

【名家推薦】

台灣法庭推理第一人又回來了！

繼《珊瑚女王》後，又一部「文石律師」探案系列長篇作品，熟悉的配方加上依然純熟的敘事手法，再一次創造出一篇務實卻又不生硬的法庭推理，無論對法庭是否熟悉，都能享受故事所帶來的樂趣。看似憨傻迂直、實則謹慎果敢的律師文石，搭配心直口快的女助手沈鈴芝，成為一對逗趣的凹凸拍檔，但在逗趣的外衣下，骨子裡是嚴謹考據的法庭推理，以及對「法官自由心證」所造成的不公的沉痛吶喊。

這樣寓莊於諧的風格，讓我想到日本王牌編劇宮藤官九郎，兩人的故事都能讓人暢快地大笑、痛快地大哭，最後在全劇終時，又能讓人細細低迴品味，思緒縈繞在故事中的道德思辨綿綿不絕。

故事以一起看似單純的酒駕車禍事件為起點，原本可以輕易釐清的責任歸屬，卻因為酒駕者的死亡，再加上「死者為大」和息事寧人的心態，在法官自由心證下，原本無責任的受害者，最後卻得面對巨額索賠的壓力，實為一大怪現象。

律師文石和助手沈鈴芝接下上面這件案子後，又因緣際會遇上一起恐嚇法官的案件，兩起案件看似獨立，但隨著劇情發展出現了幾條難以爬梳的連結，且又各自衍伸出多條支線，交織的線索構成了細密的網，漸漸襯出真相的形狀。

為了維持這個網狀結構的張力，作者也為文石律師安排了一名可敬的對手，即有「定罪魔手」之稱的檢察官楊錚，曾連續三年沒有面臨無罪判決的檢察官，對上總是能找到檢警破綻的辯護律師，這樣的勢均力敵也增加了故事的可看性。

另外，作為一部「法庭推理」，也不完全只有文戲，此部續作和《珊瑚女王》一樣都安排了動作追逐的場景，讓犯人落網的橋段更顯暢快淋漓，而且動作戲的安排也都還算合情合理，並沒有為了娛樂而失了理趣。

作者對敘事的掌握也相當成熟，除了能圓滑地在悲喜之間轉換，還能游刃有餘地梳理多條故事線，讀來就像在聽一場壯麗的交響樂，起初只是被表層的澎湃給震撼，細細審視後，又發現每個部件都沒有偏差分毫，為作者的布局所懾服。

此外，書中的幾件法庭判例，都是立基於現實的法律條文，也就是說，那些判例是真的有可能發生的，而且都不需要太極端的情況或是過多的巧合，看似荒謬的法學陷阱就在我們日常周遭，更加強了故事的驚悚以及社會性，尤其後者又更加難能可貴，對現有法律的反思應當是法庭推理最能夠肩負起的社會責任，但大多數的作品都僅僅以法庭作為故事背景、一個推理的場域，而這部作品則將法律放到了故事核心，期待未來能見到更多這樣的作品。

《天秤下的羔羊》是一部相當難得的法庭推理，除了台灣少有相似的類型外，以同類型的小說而言，此作也是獨具一格，它沒有日劇《王牌大律師》那樣的浮誇，也沒有一般法庭紀實那樣的沉重，調配出兼具現實和娛樂的獨門配方。

——**楓雨**（台灣推理推廣部版主／《伊卡洛斯的罪刑》作者）

《天秤下的羔羊》是一本在臺灣推理小說中很特別的存在，由於作者本身的法學專業背景，讓小說主角以「律師」這個身分出發，透過承辦案件的過程逐步發現疑點，進而挖掘出當中的破綻和疑點，最後揭開全部的真相。

特別過癮的是法庭上針鋒相對的激烈辯論，讓我們得以跳脫「警方」或「超高智商的偵探」，這兩種在推理小說中的固定角色，看見刑事案件在進入「法院」後的流程，以及每一項證據被提出後會經過怎樣的程序及檢驗。

讓我們從一樁平淡無奇的車禍意外，透過線索的浮現，變成一件因為土地糾紛而引發的預謀殺人。推薦《天秤下的羔羊》裡，第八話、第十一話中，精彩的法庭辯論，以及穿插在推理過程中，透過律師、法官、檢察官等三方立場，探討關於現今臺灣法律體制的弊病和問題。

感謝作者牧童老師帶給我們這本很不一樣的推理小說，也讓一本閱讀之餘增添了專業知識的厚度。佩服秀威出版社與喬齊安編輯在鼓勵臺推創作的道路上深耕，也希望繼續看見更多好看的作品！

——**川千丈**（尖端新人獎作家／話題小說《公審直播》作者）

目次

【名家推薦】 003
開卷話 009
第一話 013
第二話 025
第三話 035
第四話 047
第五話 063
第六話 077
第七話 087
第八話 099
第九話 116

第十話 127
第十一話 139
第十二話 149
第十三話 161
第十四話 173
第十五話 184
第十六話 199
第十七話 211
第十八話 224
第十九話 234
第二十話 249
最終話 265
【後記】 275

開卷話

「歡迎光臨！」

她推門進來，服務生齊聲喊道。一位身著白色制服、樣貌秀氣清麗的女服務生上前來帶位，為她拉開靠窗座位的椅子。

才坐下，女服務生又拉開對面的椅子，然後欠欠身說：「兩位吃點什麼？」並把一份菜單放在她面前、一份放在她對面的空位上。

搞什麼呀……她覺得奇怪，但不想破壞晚餐的興緻，只在心裡翻了個白眼就低頭看菜單：「嗯，給我一個咖哩牛肉套餐，飲料我要柳橙汁。」

「好的，一個咖哩牛肉套餐、飲料是柳橙汁……」女服務生快速在手上的餐單上記錄著，一邊複述著；「一個養生蔬食套餐，飲料是冰咖啡。」

「呃，不是，我要的是咖哩牛肉套餐和柳橙汁……」她抬頭，趕緊強調。

女服務生點頭微笑：「我知道，馬上為兩位送來，請稍候。」說完就把兩份菜單都收走，轉身往櫃檯離去，留下滿臉錯愕的她怔在當下，以為自己聽錯了。

太奇怪了……

望著對面被拉開的椅子，想起一件事。她從包包裡取出手機，點開收信匣。

——我回來了，我要妳為自己的所作所為，付出代價。

來電號碼未顯示。幾天前看到這則簡訊時，一陣涼意從心底深處幽然升起，讓她不自覺打了個寒顫，記起多年前那件事。那件她原本以為早已隨時間的流逝而灰飛煙滅、深埋腐化、讓人提心吊膽的往事。

內心糾結許久，也輾轉難眠了幾天，終於說服自己對方應該是傳錯了，才決定今晚出來逛逛街，以紓解胸口的壓迫感。

服務生剛才的舉動，讓不安感莫名地襲來。她告訴自己：聽錯了。一定是。

「久等了。」女服務生過來禮貌地說，並從端著的托盤拿下來——

養生蔬食套餐，和一杯冰咖啡！

而且是放在對面的位置上，湯匙的舀杓向著自己！

「妳在幹嘛？」她氣得起身，提高的聲調立即引來其他客人的側目。

服務生一臉錯愕，但仍然努力維持鎮定，彎腰道歉：「對不起，您的馬上就送來。」然後像被老師責罵的小學生般快步走回廚房。

頹然跌坐回椅子上，她失神地看著桌上那碟冒著蒸氣和香氣的香菇炒飯與番茄金針湯，內心不斷問自己到底怎麼回事……

須臾，女服務生再次靠過來：「抱歉，為您上咖哩牛肉套餐和附餐飲料柳橙汁。」並小心翼翼地把餐飲放在她面前。

「那個……是怎麼回事……？」她壓抑自己的恐懼，低聲問。

女服務生順著她望向香菇炒飯的目光，看了一眼對面那張空椅子，然後禮貌地保持微笑回說：「他說要等您的餐點來了一起用。請兩位慢用。」

她不可置信地看著轉身到別桌去招呼的女服務生的身影，再極其艱困如被冰凍般地移回目光，全身一陣惡寒侵襲，雙腿不禁發抖起來……

然後看到香菇炒飯的碟子旁、那支湯匙開始移動——

她趕緊移開目光，尋找旁邊一定有誰也看見了這個「異狀」——

隔壁桌座位上，一個男生緩緩側過臉來，投以注目……

那男生的側臉，讓她幾乎忍不住尖叫的衝動……

那男生面容憔悴、滿頭亂髮，緩緩開開嘴、緩緩伸出舌頭，愈伸愈長……

再也控制不住，她猛然起身，衝向那個女服務生並抓住她的手臂：「妳看那個人！」

那個伸舌男如幽魂般的恐怖眼神死盯著她，讓她從腳底冷上頭頂。但女服務生和她正在服務的客人同時望向那伸舌男，愣了半晌，再互看一眼，客人喃喃道：「有誰在那裡嗎？」

剎時腳趾在鞋底一縮，她努力踩穩讓自己別昏倒。女服務生滿臉不解表情，仍然好心地扶著她：「那桌預約的客人還沒來啊……太太，妳沒事吧？」

顧不得還沒買單，她摀住快要尖叫出聲的嘴衝出店，衝進在店門前唯一的計程車，要司機趕緊開車。

司機問她要去哪裡。她報了家裡的地址，深吸一口氣企圖讓快爆炸的心臟和緩下來，用盡全力思索到底剛才看到了什麼……窗外的街景往後飛快閃去，當年那件事會不會跟剛才的異狀有關，……或者，跟那則神祕簡訊也有關係……

就在她胡思亂想之際，眼前突然出現一雙眼睛。

那雙眼睛佈滿血絲，從空的副駕駛座上方升起來，猙獰地、目不轉睛地、直挺挺地瞪著她！她嚇得頭皮發炸，一顆狂跳的心讓她快喘不過氣：「……司機先生，你、你還有載別人喔？那、那車錢怎麼算？」

司機從後視鏡望了她一眼：「別開玩笑了，車上除了妳還有載誰呀。我們車行一向遵守法令，都按跳錶計費的。」

趕緊把目光移往車窗外，雖然可讓自己極力忍住不尖叫，但牙齒已經不停上排打下排；眼角餘光讓她知道那雙似乎是上吊而死的恐怖眼睛仍然始終盯著她。

撐到目的地，跌跌撞撞下車、慌慌張張掏出鑰匙衝進家門，她用力把門關上，之後就跌坐地上，崩潰地哭出聲：「……對不起……」

第一話

「阿芝妳看，化妝品買三千送三百、全館買五千送五百，加價五百元就送麵包機耶！」小蓉從隔間板上探出，把一本百貨公司周年慶特價型錄遞給我。

「是嗎？」我視線直注在電腦上的答辯狀，對她說的麵包機興趣缺缺。

「是喜羊羊麵包機喔！」小蓉又說。

「哇，真的耶！」抬眼望向目錄上那台麵包機上的喜羊羊和美羊羊，它們超可愛的，讓我的手指不禁從鍵盤上停下來。

「原本一台要七千的，只要五百元加價購就可以了。我下班要去搶！」

「是說，我們要吃麵包直接去麵包店買不就得了，幹嘛還要自己做？」

「可是現賺六千五啊！」

咦，賺這麼多……

「妳知不知道文旦到哪去了？」文石是我的上司，但沒什麼架子，不像一般自以為權威的律師，而石是破音字可以唸旦，所以我和小蓉老愛叫他文旦。

「對齁，今天還沒看到他進來事務所……」

「他昨晚下班後就說要睡地鋪排隊啦！」

「不、不會吧？就為了搶這個麵包機？」

文石這時步入事務所：一頭亂髮、兩眼惺忪，手上提著百貨公司的提袋。

我們齊聲喚他：「文旦！你手上拿什麼？」

他聞聲轉頭，臉上馬上綻放光彩：「哈哈！我換到了。」

我們跑過去搶下提袋打開：果然是喜羊羊麵包機！

「你蹺班去排隊？」

「哪需要！我在誠品買五千塊的書，再花一點錢請排隊達人幫忙就好啦。」

「真的要排隊……其實要吃麵包直接去麵包店買不就得了。」

「妳不怕溴酸鉀、乳酸硬脂酸鈉、山梨糖醇、乙酸乙酯和二氧化鈦？」

「都是些什麼東西？」

「改良劑、乳化劑、甜味劑、香料和人工色素。」

「不一定每家都會摻這些。」

「妳知道哪家是黑心、哪家有良心？」

「哪家黑心我是不知道，只知道你最沒良心了，有好康也不揪我們——」我作勢要搥他，他嚇得縮肩閃躲。內線電話這時響起，是老闆叫大家進去開這個星期的法務會議，他腦袋上才能倖免於長出大腫包。

呃，這樣看來，這個麵包機好像還蠻值得去排的。

「倪可茉過失致死案件，是鈴芝介紹進來的？」林律師從老花眼鏡上端瞥我一眼。

「是啊，她是我大學同學。開車不小心和別人的車相撞，昨天下午來辦委任手續，但律師們都不在，我請她今天十一點再過來。」

「什麼情形?」

「她在自己的車道正常行駛,與一台BMW相撞,對方送醫後血液檢出超標的酒精。」

「對方酒駕?那責任一定比較重嘛。」坐我隔壁的方律師,大臉靠過來問道。

「但是對方傷重,不治死亡。」

「BMW這麼不耐撞嗎?不可能吧。不論是巨砲引擎或是鋼板車身,都是承襲德國嚴謹的造車技術,世界一流的,一九一八年第一次世界大戰結束,根據凡爾賽條約規定,德國境內禁止製造飛機,嚴重打擊德國航空工業,迫使BMW轉為製造鐵道用的制動器,並開始發展車輛用的引擎,一直到現在,品質與安全性都是車界首選的,呃——!」打了好大一個嗝,才止住了喋喋不休,空氣裡因而混著胃酸與白蘭地的酒臭味,他昨天不知又和客戶喝到幾點。

「如果不繫安全帶,就是開坦克車也有可能被撞死的。」我語氣溫柔地回應,然後偷偷白他一眼。誰准你在這裡幫汽車公司打廣告的?酒鬼。

「安全氣囊沒開嗎?」

「開了。腦袋也開了。」

「怎麼可能!」

「您也是這麼愛喝——呃不是,我記得您也是開BMW的吧?」

「所以我才說不可能的嘛。」

「不過車子再好,也不用這樣幫車商宣揚——欸!你昨天不會是拉到什麼大車商的客戶吧?」白琳律師忽然察覺什麼。

「嘿嘿,當然!別小看我方倚淳!」他說了另一家歐洲超級跑車代理商公司的名稱,引來會議室裡一陣驚嘆。說實在的，事務所的五個律師，除了老闆林律師外，最會挖公司客戶、帶進最多業務的，應該就屬方律師了。

「倚淳！倚淳！倚淳！……」全部的人握拳吶喊，彷彿什麼造勢大會，讓方律師裂嘴笑瞇了眼，酒紅的臉更加油紅。

「乙醇！乙醇！乙醇！……」我和小蓉也跟著附和喊。

「夠了！決定要從政參選了再叫吧。」許律師不耐煩地斥道；「到底這件車禍案要誰辦？」

「這種小Case用不到我吧。」方律師又打了個酒嗝，一臉不屑。

「我已經滿手辦不完的案子了。而且車禍案件的當事人一方死了，只要他方被認為有過失，哪怕只是十分之一的過失，法院也會判有罪的吧。」許律師蹙著眉嘀咕，完全不想接預期會判有罪的案件。

「如果她完全沒有過失，不就應該無罪嗎？」我急忙問。

「別天真了，這裡是台灣！法院常常抱著息事寧人的心態在辦車禍案件，我就辦過死者超速闖紅燈，與正常行駛的被告擦撞，鑑定委員會鑑定結果被告完全無過失，但是因為死者的家屬緊咬不放，還在法庭裡上演抱遺照下跪哀嚎秀，法官就判被告過失致死罪責成立。」

「豈有此理！亂判嗎？」

「法院可以亂判，妳可不能亂說！小心檢察官聽到辦妳侮辱公署罪。」許律師瞪我一眼：「法官援用道路交通安全規則第九十四條第三項規定，認為被告行車沒有注意車前狀況隨時採取必要安全措施，才與死者的機車擦撞，還是認定被告有過失。妳能說他亂判嗎？」

「有這回事？那這樣要如何防止別人超速衝到我的車前？還是闖紅燈耶！」我不服氣道。「還有那個什麼下跪哀嚎秀的，也太誇張了吧！法律不是應該看證據的嗎，怎麼只看表演！」

「自由心證，有沒有聽過？」方律師也附和道。「而且一旦被判有罪，馬上就面臨鉅額賠償的民事訴訟。」

「自由心證也該要符合經驗法則吧！」

「要！要符合法官個人的經驗法則。」

「個人的……」無名火從肚裡冒出，我環視全場，沒有一個律師幫我說話，連和我最有話聊的白琳律師，也給我「這就是現實」的無奈眼神。

文石則自顧自地盯著放在自己眼前的小冊子，剛剛的討論好像跟他無關。

我倚過頭瞄了一眼他的小冊子：麵包機使用說明書。

「那，就我來辦吧。」白律師舉手。

但林律師搖搖頭：「不行，後面還有一件離婚和爭監護權的案件要麻煩妳。」

那所以……大家不約而同把目光投向坐在會議桌最尾端的文石。

「好，就這樣了！」林律師趕緊把報表翻向下一張。

「我會被判有罪嗎？」可茉雖然看來鎮定，語氣裡卻明顯緊張。

「看這份事故現場圖和責任初步分析研判表的記載，倪小姐在警方的初步認定是有過失的，所以檢方也據此起訴。」文石望著案卷裡的文件說。

「那怎麼辦？對方恐怕會要求很高的賠償吧？賠不出來就無法和解，這樣我是不是會被判入獄？」

「呃，若是過失致死罪的話，那很有可能。」

可茉的臉上彷彿罩上一層寒霜。

可茉畢業後在一家化學肥料公司當業務人員，跟我一樣只是個單純的上班族，而且她家經濟狀況並不優渥，從小父母離異，母親在飯店做清潔工作獨力扶養她和三個弟妹，為了分擔母親的家計重擔，高中時起她就半工半讀賺取微薄工資度日，即使出了社會因工作上需要用車，也只買中古二手舊車。若因本案面臨鉅額民事賠償，可真是重大打擊。坐在身旁的我不捨地輕握了她的手，給她支持。

大一時就發現可茉是個很有個性的女孩，除了上課就是打工，所以一下課就見她騎著一輛二手機車往市區衝，要到很晚才會回宿舍。也許從小家境不好，讓她早熟地面對現實，養成獨立堅強的習慣。記得大二時刑法分則老師上課，每次分組研討案例，她總是對案例中的被告行為不假辭色抨擊，若觸及多個犯罪行為時，更主張應該從刑責較重的法條論處，而被老師糾正，顯然她有著比一般法律系學生更強烈的正義感。

而且，她的功課也經常名列前茅。所以在校時，幾乎大家都認定她將來一定會參加國考投身司法官或檢察官的行列。

但畢業後卻聽說弟弟罹患了罕見疾病，需要龐大的醫藥費，逼得她必須擱置參加考試的計畫，每天下班後還得兼差多謀一份工資，備極辛苦。

而現在，卻因為不小心觸法遭到起訴。想起來就讓人心疼。

「法官應該會勸諭雙方就賠償部分先行和解，這樣若認為妳有罪，也能有給予緩刑的機會。」文石提醒道。

「但不知對方會要求多少……」秀氣清麗的臉龐上寫著沉重。

「文律師會幫妳的，先不要太緊張。」我安慰她說。

等待了半小時後，庭務員點呼入庭。

因為只是第一次的審查庭，法庭內除了我們，旁聽席上只有兩個當事人在等待點呼，法官沒有通知死者家屬到場。

「請檢察官陳述起訴意旨。」法官問過可茉的人別資料後，翻了一下手上的起訴書道。這位法官看來不到三十歲，戴副黑邊眼鏡，白淨斯文，應該是屬於家境優渥、求學過程一路順遂的人生勝利組。

「被告倪可茉，於今年一月十日晚間23時許，行經台北市菁山路一三一巷前方彎道時，應注意車前狀況並隨時採取必要之安全措施，竟疏於注意，適逢被害人簡博化駕駛自小客車行經該處，違反規定飲酒駕車，無法控制車輛為正常行駛，致越過中心線駛入被告之車道，遭被告所駕之車撞及，翻落山溝受有重傷，經緊急送醫後宣告不治。本署偵查結果，認為被告觸犯刑法第二百七十六條第一項過失致死罪而提起公訴，請依法審理。」檢察官朗聲陳述。

法官告知四項法定程序權利後問：「對於起訴的犯罪事實，被告認罪嗎？」

「不承認。」

「答辯要旨為何？」

「是對方酒後駕駛，違反規定越過道路中線來撞我的，檢察官為什麼認為我有罪？我不懂。」可茉蹙著眉回應。

「本案是死者違規酒駕在先，行車未遵守標線越過道路中線在後，又未注意車前狀況閃避來車，致撞及被告之車。被告在自己的車道正常行駛，無法預見使用道路的對方會在何時有如何的違規行為，就不可知之對方違規行為，並無預防義務，故本案依『信賴保護原則』，不能認為被告應負過失責任。」文石緊接著陳述辯護要旨。

「請檢察官就起訴之犯罪事實舉證。」

「詳如起訴書證據清單所載。」

檢方引用的證據，包括交通事故現場圖、現場照片、初步分析研判表、筆錄和死者的診斷證明書、死亡證明書、酒精檢驗報告單等文件。

其中，交通事故初步分析研判表上認為：駕駛甲車之死者酒後駕車失控越過道路中線、及駕駛乙車的倪可茉行車未注意車前狀況並隨時採取必要安全措施，同為肇事原因。憑此，檢方認為這件車禍被告倪可茉亦應負過失責任。

責任所在，正是許律師所說的道路交通安全規則第九十四條第三項規定。此項規定如果許律師提及的個案代表法院多數見解，那除非是對方從後方撞及，否則只要發生車禍，都有可能援引這一條論處被告過失罪責。

「對於證據能力，辯護人有何意見？」

「沒有意見。」

「那，被告方面有何證據提出？」

「請求現場勘驗。以證明本案事故發生地點在山區的彎道，以被告當時行車之視線，無法預見死者的違規事實，也沒有充足時間可以採取適當措施避免事故發生。」文石回道。

「檢方有何意見？」

「不必那麼麻煩，將本案移送車輛行車事故鑑定委員會，就被告過失責任之有無進行鑑定，不就可以判別了嗎？」頭髮花白的檢察官抖著腿，對於文石提出之調查方法不以為然。

「鑑定委員會一般都只是書面審查，就下了定論，連目擊證人都沒有詢問調查的程序，鑑定意見書也都只有結論，沒有闡述判斷理由，所以結果經常莫名其妙，有時雙方都無法接受。」

「法院審理時能接受就好了啊。當事人不能接受是要不要上訴的問題吧。」

「如果連二審法院也沒辦法接受呢？而且，信賴原則是法律適用的問題，鑑定委員會根本不管的吧。」

「好了。」法官打斷雙方的爭執；「我這裏只是審查庭，雙方聲請調查的方法我們筆錄都會記載，是否勘驗或鑑定就交給承審法官決定。」

檢察官瞪文石一眼，似乎覺得文石聲請調查證據的方法是在浪費司法資源。

「被告，先不論本案最後的調查結果如何，既然已發生對方死亡的結果，是否願意先試行與死者家屬和解？」

「和解的話，不就要賠錢了嗎？」可茉直言問道。

「不然妳期待家屬會無條件跟妳和解嗎？有這麼好的事嗎？」法官睥睨一眼，歪了一下嘴角說。

「如果事實上錯不在我、最後也判我無罪了，我卻先同意給對方賠償金，這是什麼邏輯？」在學校時老愛和老師辯論的那個可茉出現了！

「妳可以不要和解沒關係，到時候被判重刑再來後悔吧。」法官不客氣回道。

「在過失責任尚未確定前，就先考慮是否答應賠錢，讓人怎麼做決定呢？」

法官不耐煩地對文石使了個眼色，意思是：你要不要跟當事人解釋一下利害關係？文石見狀，隨即起身說：「感謝庭上善意提醒。雖然被告的質疑不是沒有道理，但是先試行和解，可以了解對方家屬的訴求，不論法律上責任如何，能藉此表達哀悼之意，對於化解雙方的對立也是很有幫助的，所以辯護人會協助被告進行和解。」

「嗯。」從語氣聽來，法官對於文石的回答似乎很滿意。「那我先將案件移付調解，再改分案號進入審理。請在筆錄上簽名後就可以離庭。下一件。」

步出法庭，可茉的臉上還是掛著不滿的表情。我也覺得她的質疑確實有理，所以問文石：「一方面不認罪，一方面又同意和解賠錢，這算什麼？」

「難道妳要認定有罪了才同意賠償？」

「至少也該看鑑定的結果來決定吧。」

「如果鑑定結果倪小姐有過失，不論是主要過失責任或全部過失責任，對方開出來的賠償金額還會是倪小姐能力足以負擔的嗎？」

呃，這倒也是，責任初定，獅口必開，天價既出，誰與爭鋒？

「好，那如果調解不成立，對方又會用被告無誠意、不知悔悟的理由，在法庭上大肆攻擊被告，怎麼辦？」我還是無法理解，追著問。

「所以調解的過程，是有很多學問的，我們開的和解金額，就一定要讓大多數的人認為可以接受。」

「但是，如果調解成立後，鑑定結果卻是我沒有過失，法院也因而判我無罪，我就可以不用付賠償金了嗎？」可茉的疑問還是沒有解決。調解成立了，上面有雙方的簽名承諾，如果違約不賠，對方是可以持之聲請強制執行。

「呃，這個嘛，」文石瞄了可茉一眼，然後抓抓後腦，豎起眉頭小小聲說：「好像也不行。」

什麼？我還以為你有什麼好的對策咧！

「那對我公平嗎？」可茉一臉難以置信地望著他。

「那你、你你你一定有什麼辦法讓她脫身，剛剛才會跟法官那樣說的吧？」可茉的案件是我介紹進來的，文石這種說法害我糗到結巴。

「呃，暫時還沒想到。」

誒！沒想到？我趕緊轉向可茉：「放心吧，他很有把握的時候口頭禪都是『沒想到』的啦，呵呵，呵呵呵。」我大力笑著，很乾。

「是喔……」她擠出微笑，很硬。

和可茉道別後，一坐進文石的「小白」，我就一拳搥向他：「文旦你搞什麼！為什麼一定要讓當事人提心吊膽？」

「唔！好痛！」他猛搓著右臂；「啊就真的還沒想到呀。」

他發動引擎，把「小白」駛入車陣中，開上高架快速道路，往圓山方向。

「就不能用一些鼓勵、正向的話讓當事人安心一點嗎？比如說：我一定會盡力讓對方的賠償金降到最低、或鑑定結果未必會被認定有過失之類的。」我記得許律師都是這樣解說，一下子就讓憂心忡忡的當事人舒眉展顏。「身為一個律師，應該要能夠體會當事人的心情吧。那種被追訴的壓力、被冤枉的委屈、不知未來會如何的茫然，你到底能不能體會呀？」

他怔怔地望著我，想了一下：「妳跟她是很要好的朋友？」

「就算是一般的當事人，也應該要有同理心的吧。」

可茉是我進大學時第一個結識的好友，大學時同寢室的關係，所以我們有很多談心的機會。我特別欣賞她有正義感、對的事情一定據理力爭的個性，讓人始終認為畢業後如果司法特考不讓她通過，實在是暴殄天物。

「法律創設的重要目的之一，在保障人權、伸張正義，而法院設立的目的，則在查明真相，透過裁判確認加害人義務或科以處罰，達到這個目的，這樣才能還被害人公道。」刑事訴訟法老師在講授上訴制度時這麼說。

「但是法院的運作是透過檢、辯、審三方的各司其職，才能完成這個使命的吧。」可茉回應道。

「不過，審判畢竟是人類依循規定的操作程序，其結果，仍須靠司法人員依據證據、推理、經驗及抽象規定下判斷，而只要是人的判斷，難免出錯，這樣讓當罰者未受罰、受屈者未平反，就背離了法律設立的目的。所以，必須針對裁判的錯誤給予救濟制度，這樣的制度，就叫上訴或抗告。」

「但是上訴到最後，一定會給當事人一個正確的判斷吧？」

「立法者的期待、人民的期待，就是如此。」

可茉聽到這裡，滿意地點著頭。當時從她熱切的眼神、抿緊的唇角，可以感受到最初接觸法律的她是多麼熱血。現在想起當時她認真的模樣，我的胸口依然溫熱不已。

我又講了一些關於可茉在大學時的點滴，讓文石知道我是多麼在意可茉能否從這件車禍案件平安脫困。

「嗯，我確實應該體會一下當事人的心情。」文石望著前方，喃喃獨語道。

「咦，回事務所的交流道超過了吧？」我望向車窗外，都已經快到士林了。

「我們直接殺到事故現場，身歷其境會比較有臨場感。」

「想不到你這顆文旦這麼直接，即知即行？可教也。」

後來到現場，我想不到的是：他應該是打算直接把我殺了吧。

第二話

車子從仰德大道右轉進菁山路，兩邊除了樹林、偶見的民宅別墅，就是高聳的雜草和野生植物。在非假日的這條路上，人車竟然稀少至此，若是接近子夜時分，恐怕會冷清到讓人害怕。

案卷裡的車禍事故現場圖顯示，一三一巷前是一個接近一百八十度的髮夾彎，轉彎後往西，而簡博化的車子則是從彎道後方竄出而來。由現場的煞車痕可知可茉的車是急打方向盤閃躲，但車子的左前方仍撞及簡博化的車前保險桿。簡博化的轎車被撞後，往來向路邊衝出，殺進草叢，摔落山溝翻了幾圈……

結果就像我告訴方律師的：車內的安全氣囊開了，簡博化的腦袋也開了。

「前面的大轉彎，應該就是現場了。」文石放慢了車速，望了一眼車窗外的路標。大轉彎前，地形阻礙加上草叢遮蔽視線，根本看不到彎道盡頭會出現什麼，這時候，最穩當的方法就是減速。

文石緩速轉彎後，把車停靠路邊，像被什麼附身一般，怔怔地望著照後鏡。

「有什麼發現？」

「是個險降坡耶……」他喁喁自語道。然後迴轉，向東駛回，再經過一次這個大彎道。從這個方向行駛也一樣，如果沒有減速及謹守道路中線保持在自己的車道，忽然的急速轉彎，在視線受阻情形下，像倪可茉與簡博化一樣的車禍是很容易發生的。

他又把車停在路邊，這回蹙起了眉，往左車窗外看、又往右邊的照後鏡瞧，這樣來來回回，腦袋搖得像鈴鼓一般，不知在思索什麼。

「發現什麼？」

「是險昇坡哪……」咕咕噥噥的，不知是在自言自語還是回應我。

「廢話！這頭開過去是險降坡，那頭開回來不是險昇坡難道是吉隆坡？」

不知是我沒大沒小讓他生氣，還是仍然活在自己的思緒裡，他沒講話，猛然急轉方向盤，第二次再往大轉彎開下去。這回的速度飆升，在急轉彎時車身幾乎往對向車道傾倒。我慌亂緊張地抓緊車門。

然後再來個緊急煞車，害我向擋風玻璃外的電火條猛鞠躬！

「喂！你到底在幹嘛？緊急煞車也不先講一下！」

「喔。我現在要再開回去，然後緊急煞車，妳要坐穩了。」

小白的引擎怒吼一聲，一口氣衝上一百八十度的彎道。

我一手抓住車門、一手推住前方置物箱，仍然無法抵擋甩出去的力量讓我的臉擠壓在車門玻璃上。

我正要開罵，前方一輛小貨車見小白越過中線，嚇得趕緊往路邊偏，雙方的車胎都因急煞發出刺耳的聲音。我往後看：貨車傳來帶有幹字的五言絕句和問候別人老母的七言律詩，車窗外附送一隻比得挺直的中指。

我驚魂未定，凝睇車窗上從我臉頰上留下的蜜粉印子：「我、我、我要下車！」

「那妳在坡道下方幫我攝影吧。」

下了車，站在路邊，心臟還在狂跳。這傢伙搞什麼嘛……

我步下坡道，站在對向的路邊，舉起手機……

不對，這秀斗的文旦不知搞什麼，萬一被甩尾掃到，明天報紙一定會有「怪胎律師瘋狂飆車，正妹助理英勇殉職」之類的頭條，「沈鈴芝」三個字也會躍上雅虎搜尋關鍵字的榜首。不行，我還沒嫁。

往前再走了一大段，快到下一個轉彎處了才止步：「喂？我準備好了。」按結束通話鍵，再點選錄影鍵，就聽到坡上傳來小白的引擎聲。

小白衝下來，車身在坡道上，左側的兩輪就像流浪狗灑尿般抬起來、抬起來、再抬起來——

我不由自主地尖叫：「啊——！」

小白側身，車頂往路邊山壁上撞去，壁咚兩聲超大，然後翻滾下來。磅的一聲巨響！可憐的小白翻了一圈側躺在路旁，身上都是刮痕。

文石爬出車外，一個不慎還摔了個狼狽，舊西裝外套沾滿塵土，手摀著腰。

「它只是外號叫小白，不是腦殘的小白好嗎？跟著你上山下海沒有功勞也有苦勞，雖然只是二手車，也不用這樣把它操得傷痕累累，你這樣有體會它的心情嗎？」我看他應該沒事，故意雜唸道。

他搖搖晃晃站直了身子：「妳不是要我體會妳同學的心情嗎？」

「那你體會到了什麼？」

「驚恐、危險。」

「需要用這種方式才能體會？如果你能體會當事人的心情、體會小白的辛勞、體會我沒有買到喜羊羊麵包機的遺憾，根本不必來這裡吧？」

「沒事先告訴妳優惠價購麵包機的事，算我對不起妳。」

「呃喃、呃喃……」我們一起推小白，砰地一聲輪胎著地，揚起的塵土引起我們咳嗽不止。他用手在口鼻前揮搖：「其實，如果妳還想買，那家百貨公司在信義區的另一家分店下個禮拜就周年慶了，也會推出同樣條件的優惠價購。」

回到事務所，我先進辦公室；文石說要把小白開去保養廠。

我處理其他案件的書狀約半小時後，忍不住把可茉的案卷拿出來翻。

從卷內的現場圖看來，只能呈現事故地點是個彎道，若法官不到現場履勘，真的無法察覺是個險降坡。

行車事故鑑定委員會的委員們在進行鑑定時，也不會到現場察看地形，如果道路的地勢高低會影響責任的判斷，那就很可能作出錯誤的認定。

所以文石當庭要求法官進行勘驗現場，看來是正確的。

問題是，彎道的坡度和當事人的責任間，究竟有什麼關係？

我再仔細看一遍警詢筆錄。可茉在接受警方詢問時，陳述當時是晚間11點左右，因為家教學生的家在山區，所以經過事故現場；平常教到9點的家教，當晚因為學生次日要考試，所以她特別為學生加強複習到快11點才離開；經過案發地點前車速約三十公里，接近轉彎處還有減速，想不到一輛ＢＭＷ從彎道盡頭突然竄出，還越過路中雙黃線迎面而來，驚嚇之餘她連忙把方向盤往右打，仍然閃避不及擦撞到來車。ＢＭＷ轎車撞擊後往對向車道的右邊閃，結果衝出路邊翻落山溝。

她煞住車後，壓抑著狂跳的心下車查看，發現ＢＭＷ轎車四腳朝天躺在山溝裡，她趕忙回到車上拿手機報警。因為路邊與山溝間陡峭，斜度高過六十度，又害怕車子漏油會引爆，她無法爬下去救人，想求救，夜間山區又沒有見到路過的車輛，所以只得沿路奔跑找民宅呼救。

跑了兩百公尺左右見有住家，拍門呼救帶著當地居民返抵現場時，已是大約五分鐘後的事。其中兩人冒險攀爬下去，但因翻車後人蜷臥在駕駛座與擋風玻璃間，車門又變形，費了好大工夫才把人抬出車外，這時警車和救護車抵達，就由警消人員接手抬上路面並緊急送醫。

卷內有醫院開立死者簡博化到院後的診斷：雙下肢大腿骨骨折、顱骨骨折、腦內出血，到院前死亡。另一張檢驗單上記載：血液中酒精濃度值高達百分之二〇，嚴重超標。

可茉真是勇敢又鎮定。換成是我遇上了這種突發狀況，不知會慌成什麼樣子。

不過說到底，都是對方的錯。酒後不開車已是眾所周知的常識了，喝成這樣，居然還坐上駕駛座害人害己，真是可惡。

可茉被無辜捲入，老闆現在把她的案件派給文石這個怪人。他曾經憑著一撮貓毛，救回被判死刑的老農夫、曾藉由一張破椅子，幫一位冤判的受暴女子翻案；但辦到棘手的案件時，也曾搞失蹤、搞自閉、搞到被人拿刀戳、搞到當事人當庭解除委任撤換律師的窘境。

全事務所的同事聽到他辦案的無厘頭，莫不提心吊膽。

自己介紹的案件，當事人又是自己的大學好友，在他的手中，結果是可期待還是真悲哀？我不禁擔心起來。

就在我胡思亂想之際，同為助理的小蓉從隔間板上探出頭來：「鈴芝，外找。」

我站起身，看到邱品智在門口探頭探腦。

邱品智是轄區分局的刑警，之前文石經手的一些案件是他承辦，因為這樣與我們結識。律師總是以保護被告人權的立場看案件，與刑警追究被告涉案刑責的立場相反，所以每次提到文石，他總是「那個找碴的」的不屑表情。不過，經過幾個案件的接觸，他發現文石居然能看到警方的偵查盲點，揪起的眉頭好像也漸漸被撫平。當然，破案功勞都讓他獨享，才是最大主因吧。

「誰說他是來找我的？」

「誰不知道他對妳有意思啊。」小蓉小聲說，笑得別具興味。

我丟給她一個鬼臉，轉頭對邱品智擠出笑臉：「福爾摩邱，您找誰呀？」

「哈囉，兩位美女！」他笑嘻嘻地迎上來；「當然是找妳們啦。」

「大神探找我們兩個小女子？真稀奇了。」

「我們大事不知、小事不了，妳還當真？」

「所以，邱大神探是來找誰？」

「當然是找老闆林律師啦。」明知他不是來找文石就是來找我，還是故意跟小蓉一搭一唱。「神探身負鏟奸除惡、維護正義的使命，哪有什麼時間找我們打屁閒聊喇滴賽？」

邱品智的反應也很快：「不不不，我當然是來找妳們打屁閒聊喇滴賽的，女神在此，身負什麼使命都可以暫時放下的啦，哈哈。」

他講女神兩個字時，眼神是盯著我的。

小蓉笑著說：「就說是找妳的吧。」就跑去茶水間準備茶點。

「那請坐吧。」我聳聳肩。

「咦，只剩妳們兩個？大律師們都去出庭啦？」他環視偌大的事務所問。五個律師的辦公室都沒人，只有等候區的沙發上坐著兩個當事人。

「你是來找我們文律師的吧？」我發現他的視線停在文石的辦公間多一秒。

「蛤？」一抹尷尬閃過，他隨即回復鎮定：「找他幹嘛，我又不是同性戀。」

「我們文律師也不是同性戀好不好！」

「那好像不曾見他有女朋友厚？」

「你好像也沒有女朋友吧？」

「我相信就快要有了。」

「是怎樣的女生？」

「超正、聰穎、身材好、有正義感、自然不做作。」他目光停睇在我身上。

「真有這麼優？什麼時候帶來讓我們瞧瞧？」

「呃，但是，遇到一點小麻煩。就是不知對方對我的印象如何。」

「還沒開始交往？」

「有有有，呃，只是，不是正式男女朋友的那種交往。」

「那你還不快去約她，跑來這裡瞎哈啦什麼啦？」三十出頭的輕大叔，有點帥，卻有著五十歲的抬頭紋。我望著他的額頭說。

「會會會，一定要約的。只是今天工作上遇到一些小問題，心裡煩得很，所以出來透透氣，順便看看美女，轉換一下心情。」

「唔，看到賞心悅目的人，心情一定會變好的。」小問題？才在想看你要攪豬屎到何時，你就不打自招了。「那，是什麼小問題呢？」

「就是，」目光瞟了文石的辦公室一眼；「其實也沒什麼啦。」

「沒什麼？那請沙發區看報。茶水自取。」

「別、別這樣嘛，」他往沙發區望了一眼。一個在等許律師的肥婦垂頭昏睡、另一個不知在等哪位律師的龍妹摳著鼻孔。「其、其實我是在找一個人，一直找不到，所以有點苦惱。」

「是你自己要說的喲，不要到時候說我們違反偵查不公開要辦我們漏密。」警方和檢方明明讓記者進到辦公室抄筆錄，或總是直接把嫌犯說了什麼透漏給新聞媒體，但是只要有名嘴或網友質問嫌犯為什麼可以與共犯串證，就會說什麼有人違反偵查不公開原則，把責任推給辯護律師。我最討厭他們這方面的卑鄙。

「唉……」他警覺地壓低音量，但眉頭又揪了起來：「反正若找不到這個人，橫豎我也沒好日子過，公不公開也不重要了。」

「說吧。」平常一副志得意滿的模樣現在只剩洩了氣的皮球，看來真的是遇到什麼難題了，這倒勾起我的好奇心。我拉了把椅子進來工作間讓他坐下，還接過小蓉遞來給他的茶杯：「不過找通緝犯，我們文律師可能幫不上忙。」

「麻煩的是，要通緝也得知道對象是誰呀。」

「那，總知道被害人是誰吧？」

「是高等法院的一位法官。」

「法官？」

「嗯。有人恐嚇他。」

「連高院的法官也敢恐嚇？」我不自覺拉高分貝，他睜大了眼趕緊比了個噓的手勢，又往沙發區那邊瞄：肥婦的嘴啊啊，一條口水懸在半空晃，頭上綁著粉紅色凱蒂貓髮帶的龍妹賊賊地想把手指上的鼻屎往茶几下抹。

我也壓低聲問：「想找死也不必用這種方法吧，誰這麼大膽？」

「這就是我頭痛的地方。」

吳恭隆是高院民事庭的法官，有幾次去旁聽遇到他承審的案件，印象中大多板著一張臉，不苟言笑。但平常在事務所聽律師們聊天提及開庭情形時，卻常聽到「法律見解正確」、「判決的維持率很高」、「辦案成績會讓他升得很快」，和「酷吏」、「法匠」、「自以為正義化身」的兩種評語。所以到底他是包青天，還是大恐龍，我也無法判斷。

警方受地檢署檢察官的指揮承辦此案，以極機密的方式約談吳法官。

據吳法官描述約在半年前，第一次接到一封電腦打字的信，寄信者未署名，信封上沒有寄件人地址；他看了兩遍，通篇盡是「您公務那麼繁忙，要注意身體與心靈的健康」、「環境與社會在變，不該變的應該是我們的初衷」、「法律不過就是讓惡人為他的所做所為付出代價，您是秉持這樣的原則在辦案嗎？」類似鼓勵又像諷刺、不是感謝也不是指責的話，完全不解這個不認識的人寫這些抽象的內容是要幹嘛。

反正法官每天開庭辦案，哪會不遇到一些精神或情緒有問題的人？所以他也不放心上。

一個月後，他的手機接到一則簡訊：「人為的法律如果只是這樣，就讓天理為受屈的人伸張正義吧。共犯之一已經受到制裁了，其他的呢？」。他點入對方貼上的連結網址，是一家報紙的網站。那一網頁是關於一個叫何正光的男子，在家中浴室洗澡時因天冷門窗緊閉，致吸入熱水器燃燒排放的一氧化碳而死亡的消息，加上警方呼籲民眾冬天家中洗澡應注意保持室內通風的有限字數，是一則引不起讀者興趣的地方新聞而已。

吳法官不記得自己經辦的案子有哪個當事人叫何正光的，當然也無法推測所謂其他共犯是誰。左思右想，只能認為是哪個曾與何正光有糾紛的當事人，也許是敗訴之後，始終心有不甘，想不到多年後何正光竟死於意外，有一種天理昭彰、一吐心中鬱悶的快感吧。

「但是，這和吳法官有什麼關係？難道他就是判決這位寄簡訊當事人敗訴的法官？」聽到這裡，我忍不住打斷邱品智的話問道。

「吳法官也曾這麼想過，所以他還請書記官把自己歷年承辦過的案件紀錄調出來檢查，確定沒有一個當事人叫何正光的。」

「所以，簡訊中提到其他的共犯，應該就不是指吳法官了？」

「當時他也是這麼認為。」邱品智啜了一口茶，眉頭依舊緊蹙：「想不到一個月後，又接到對方透過手機寄來的簡訊。」

第二個共犯也受到天理制裁了，您該如何贖罪呢？

下面還附上一張死者血淋淋的照片。

這下子總算知道對方目的在恐嚇了。

第三話

「就從那張死者的照片查起呀。」

「那只不過是一張從新聞網站上複製的死者照片而已。」

「怎麼死的？」

「車禍。」

「說不定不是意外？」

「查過了，只是一般車禍，肇事者與死者完全不認識，與吳法官也沒有任何關係，更不是他承辦過案件的當事人。」

「確定？」

「被恐嚇的是法官耶，我們會不仔細調查嗎？這點是絕對確定的。」

「說的也是，不然早就找到歹徒了，你也不會苦著臉來這裡了齁。啊，通聯紀錄呢？」

「傳簡訊的人是用易付卡，買易付卡的人前後兩次是不同的流浪漢，給五百塊錢買菸買酒，他們就把證件借歹徒用了。所以歹徒是利用人頭使用手機寄發簡訊，我們這條線索就斷了。」

「至少可以從歹徒與人頭接觸的時間、地點，調閱路邊或商家的監視器過濾吧？」

「在夜晚闇淡光線的掩護下，只看得出來是個戴著安全帽的身影。」

「人頭的說法呢？」

「連男的女的都說不清楚，就別說年紀特徵了。妳知道，遊民很多人有酗酒和精神方面的問題，有錢買酒求得一醉就滿足了，哪管證件用在哪裏？易付卡的方便，卻是我們查案的絆腳石。」

「唔，我記得文律師說過：任何方便的發明，就像一塊創新口味的香甜蛋糕，總會吸引犯罪的蒼蠅來叮。」說到蛋糕，據說那台喜羊羊製麵包機也可以做蛋糕，成品還特別香軟。

如果用它來做法式夏洛特蛋糕，以清爽的慕斯做內餡，外殼是脆片巧克力，完成後上面再以鮮奶油鋪排上當季的大草莓，在下午三點鐘配上一壺伯爵紅茶，來個忙裡偷閒的下午茶，和小蓉聊聊八卦……哇哈哈，好搭呀！

如果吃的時候，我們再穿上蕾絲細紗材質、有著緞帶蝴蝶結、荷葉邊公主袖和蛋糕裙裁剪的服飾，不就跟維多利亞時期的宮廷名媛一樣？嗚、呼、呼、呼，好貴氣呀……

倏忽眼角餘光瞥到邱品智的愁眉苦臉，我趕緊偷噍口水收起竊笑，把蛋糕的畫面關掉，正色再問：「那個何正光呢？跟吳法官的關係你們查了嗎？還有第一次收到的那封信呢？」

「訪查了他的家人，完全查不到任何關聯。至於那封信，除了吳法官以外，上面沒有留下任何完整的指紋，連郵差的指紋都不完整。」

「那，還能查些什麼？」

「所以案情就陷入膠著了。如果是一般案件，沒辦法破案的滿坑滿谷，最多提醒當事人出入小心不要落單，隨身攜帶哨子防身，家門前裝個監視器，當事人對於你的關心就會感激到送水果茶葉了，但是這個案子當事人誰啊？法官耶！每天電話詢問調查進度就算了，加上檢察官、我們局長、督察長，一天接至少四通電話，一個禮拜就二十八通，是要逼死人還是怎樣！」

我聽著他絮絮叨述。忽然想起有一回到法庭旁聽一個民事事件，目睹文石在為當事人陳述答辯要旨時，法官無禮地打斷說：「被上訴人真的把錢交給上訴人了嗎？文律師，你的當事人是有前科的喲，誠信有問題。就算上訴人簽了本票和借據，你的當事人也不一定有把錢交給上訴人吧。」

那是一件返還借款的民事事件。一審根據被告簽立的本票和借據，認為有借貸關係，判決被告應返還五百萬元給原告。但是被告提出上訴，辯稱是因為原告謊稱要為其代辦地價稅退稅，遭到原告欺騙的情形下才簽本票和借據，事實上沒有拿到原告交付的五百萬元。這種沒唸過法律的人一聽就知道是為了賴債的上訴理由，法官竟然以與該事件無關的刑事前科紀錄來為被告解套？尤其是當文石還提出上訴人自己在多年後另外簽立要求分期償還的切結書為佐證時，法官竟然不屑地說：「一個誠信有問題的人拿出來的東西，法院應該採信嗎？」

好歹問一下上訴人為什麼在沒有收到借款的情形下，還願意簽下承認債務的切結書吧？這樣不問證據、只問前科，做出來的判決真的沒有問題嗎？

結果當然就判被上訴人敗訴，欠錢的被告居然一塊錢也不用還了！

判決書裡還引經據典地援用民法借貸關係必須以交付借款為要件的判例，指責原告既然拿不出已經交付金錢的證據，就不能認為借貸有效成立。

判決書寄來事務所時，我看到這樣的內容，還滿腹疑問跟文石討論。

引用的判例是沒錯，但是所謂交付金錢的證據應該是什麼……

「證據應該是什麼？法官說了算。這就是現今司法實務上所謂的自由心證。」文石這麼回應道。語氣裡盡是無奈。

我依照案號，找到當事人被判有罪留下前科的那個刑事判決書。

他的前科案件是在十年前被地方法院所判。當時的承審法官後來調民事庭後再升到高等法院民事庭。這個返還借款事件，不幸又遇到同一位法官。

吳恭隆。

「這樣看來警方是窮盡一切方法了。咦，那你今天來這裡，難道是認為沒有公權力、全憑一張嘴破壞警方好事的文律師會知道歹徒在哪裡？」

「山窮水盡疑無路。這幾天我在調查一件事時，發現一個可疑的傢伙。」邱品智的視線往門口和沙發區的方向窺巡；「我和那兩則新聞報導的死者家屬聯繫上，試著想確定給吳法官的兩張照片，是恐嚇者隨機從網路上複製新聞的、還是真的與新聞的當事人有何關聯——」

「結果發現真正開車撞死人的是吳恭隆？」

「……」他怔怔地望著我。

「因為吳恭隆肇事後，唯恐自己法官的職位不保，找人頂罪，你們一開始才沒查出死者與吳恭隆的關係？」

「……我倒沒想到這個可能性。」

「還是發現何正光曾經與吳恭隆原先是認識的？」

「我們問過吳法官，他堅持說不認識的。」

「他怎麼會說。」

「為什麼不會說？」。

「因為是地下情人呀。」

「蛤？」

「因為他們兩個是同性戀，這個祕密不為外人所知，何正光最後終於要求扶正，要吳恭隆離婚和他長相廝守，被吳恭隆拒絕。一時想不開，何正光才吸一氧化碳自殺的。」

「呃……」兩眼和嘴巴圓張，手中杯子裡的水灑出，他整個人被雷呆。

「不要認為不可能。文律師說過：真相始終藏在你認為的不可能裡。」

「妳好像對吳法官的印象不太好？」

「我不過是提出各種可能性讓你思考而已。」

「先不討論妳的假設。我在向那個車禍死者的太太查詢死者平日的交友狀況時，她突然反問我：怎麼你的問題跟保險業務員都問得差不多？」

「一定是被你問到煩死了。」

「保險公司的人會問死者的病史、飲酒習慣、車輛維修、事發經過，但會問到客戶平日的交友狀況？妳不覺得奇怪嗎？」

「盡量挖一些事實看能不能找到免責條款事由，就可拒賠囉。」

「當下我覺得奇怪，向保險公司調查結果，卻發現沒有遺孀所說的調查。」

「她幹嘛騙人？是想藉故趕走你才編這段？」

「不，確實有個人叫孟思梨的女人到她家調查她先生，但保險公司根本沒有這個人。」

「咦！」我終於真正感興趣了：「是個怎麼樣的女人？」

「據遺孀及家屬描述，是個很漂亮的美女，所以很容易就讓人掉以輕心。」邱品智的目光又開始飄移；「我請家屬配合假裝找到死者生前遺留的文件，說有重大發現，把這個女人誘騙出來。想不到就在我出手要逮人的前幾秒，她不知怎麼察覺有異，轉身就跑。我一路追蹤到這裏來，人就不見了！」

「這裏？喂！我可不是孟思梨喔！」

「妳不是，但她是！」

冷不防間，邱品智像隻緊盯羚羊的獵豹般急射躍起，衝向沙發區！

他坐的椅子猛力摔倒在地的聲響，嚇得我和小蓉都尖叫出聲。

原本在沙發區拿著粉餅盒和眉筆往臉上塗塗抹抹的醜妹，瞬間變成被獵的羚羊，往門外箭步疾奔閃身不見！只留下肥婦獨自一人被驚醒，不知所措。

狀況來得太過突然，我和小蓉好久才回過神來。我問：「那女的是誰？」

「不知道。進來時說要找文律師，我說文律師不在，她沒有預約，但她說可以等，然後就一直坐在那兒了。」

「妳怎麼沒跟我說？」

「妳研究倪可茉的案卷，專心到我叫兩次妳都沒回應。」

「是喔……不好意思。」我聳聳肩，舉手齊眉向她表達歉意。

那個可疑的女保險業務員找文石幹嘛？難道是自知法網難逃，先來諮詢被逮後可能遇到的法律問題？還有，邱品智說她是美女？小眼兩粒配上肥唇塌鼻，明明是龍妹好不好！

本想打電話給文石問他有沒有約一個姓孟的女當事人，但林律師和白律師這時回來了，交代一件需要立刻遞送法院的書狀。我只得暫時忍下好奇，專心處理。想不到從法院返回事務所後，又接了一堆的電話和處理許多雜務，我竟然暫時把這件事忘了。

再見到可茉是在十天後。

因為審查庭法官將案件移送調解，所以我們相約在地方法院調解室前碰面。法院通知雙方當事人到場；這也是第一次見到簡博化的家屬。

死者方面有遺孀、二個兒子到場。

深紫色套裝，菱格紋象牙包，腳踩麂皮魚口鞋，手腕的錶令人發火。

「原來簡太太是巴古阿芬。」我壓低音量說。可茉沉著臉色點點頭。

文石一臉迷霧：「巴古這個複姓很少見。妳認識她？」

「我有跟你說巴古是複姓嗎？」

「呃——她長得不像原住民啊……」文石很認真很認真地想著：「原來她是日本人。」

「你鬼遮眼啦！她是標準的台灣婆。」

「台灣婆？」

「而且還是台灣爆發富婆。」

「所以巴古是——？」

「BURBERRY的女裝、GUCCI的包包。」

「那阿芬是——？」

「ARMANI的女鞋、FENDI的鑽錶。」

對於超強的名牌辨識能力，表情震驚的他瞠視著我：「那……充其量只是台灣富婆，所謂爆發，又該怎麼判斷？」

「各家名牌雲集，擠不掉身上的俗氣；各類精品覆體，蓋不了四射的妖氣。」

他微微欠身作揖，表達對我的折服。我輕輕揮動手背，展現謙虛的氣度。

但我們心裡都知道，待會兒的調解不會好過。尤其是瞥見她身邊一個目露凶光如虎、一個滿臉橫肉似熊的兒子。

調解委員點呼我們進入調解室就坐後，先說明調解程序，還提醒雙方要心平氣和的解決問題。然後開始請雙方陳述各自的訴求與期待的條件。

心平氣和？一點用也沒有的提醒。

因為坐在對桌的巴古阿芬劈頭就嗆：「反正我老公一條命被她害死了，看她要怎麼賠！」

文石用充滿誠意的語調向對方說：「我的當事人如果有什麼對不起的地方，我先代她向各位道歉。」說完並起立鞠躬。

「找個律師代為道歉就想了事了嗎？」死者長子滿臉橫肉，不屑地嗆。「沒有兩千萬不必浪費大家的時間！」

文石把可茉的年紀、職業、收入都誠實的告知委員，請委員代為勸解對方讓步。調解委員聽完面露同情點點頭，問阿芬：「簡先生生前是從事什麼工作？」

「我先生是代書。年收入高達五千萬以上，她當然賠不起啊！」

「所以，您開出的兩千萬賠償金，是否能考慮減一些呢？」

「賠不起談什麼和解？就去關到死嘛！」

巴古阿芬用鼻孔和下巴瞪著我們，一副小白花被金縷鞋踩爛了也是理所當然的土豪嘴臉。我的手指不自覺比成Ya，有股往她鼻孔戳進去的衝動。

「事情既然已經發生了，只能說是大家都運氣不好，請考量倪小姐也為自己的不小心付出了代價，如果您堅持告下去，彼此纏訟，往生者也不能安息，對大家都不好。所謂冤家宜解不宜結，是不是您大人有大量，金額多多少少減一些吧？」調解委員勸道。

「減一些？」她斜睨可茉一眼，撇撇不屑與施捨的嘴角：「可以，減兩百萬。妳就賠得起嗎？」

「呃，那麼，倪小姐這邊能力最多能到哪裡呢？」調解委員用面紙擦擦額角的汗，無奈地問。

「我不明白的是，明明是對方酒駕違規，只是因為我閃得快沒有受傷，就要賠償一個違法的人一千八百萬元？」可茉漲紅了臉，桌緣下的雙手因忿怒而緊緊交握著。

「妳可以不要賠嘛！下次我請香港皇家御用大律師來出庭，看妳出獄後是八十歲還是七十歲了嘛。」橫肉男明顯是要拿錢壓死人就對了！

我另一手的食指與中指也不自禁比成ＹＡ，暗暗對準他的鼻孔……

「她一個月固定薪水就是三萬元，加上兼家教、打零工，最多四萬出頭，還要負擔弟弟的醫療費用，能不能請您體諒一個年輕人在台北生活的辛苦，高抬貴手，不要要求這麼高？」文石垂著頭，低聲下氣地幫可茉哀求道。

「那麼，她能拿出多少，你說吧！」巴古阿芬盯著文石西裝外套袖口磨白的地方，鄙夷地問。

「四百萬。拜託了。」文石再次起身九十度鞠躬。

可茉聽了面露詫異，正要發作，我在桌下趕緊碰她的腿，暗示她忍住。

「蛤？在你眼中一條人命只值四百萬？」凶光男提高了聲調。

「包含強制汽車責任保險二百萬。」

「什麼？」橫肉男倏地起身，一手抓起了文石的衣領：「那她才付二百萬而已，是這個意思嗎？」

「還要扣掉過失比例。因為令尊酒駕違規在先，假設鑑定結果他不需負全部責任，也應該要負大部分責任，所以照三七比例計算，四百萬元的損失他要自行負擔二百八十萬元，所以倪小姐只需負擔一百二十萬元。」

「那……」經過十秒的思考，他們三人的臉色由囂狂轉漲紅；巴古阿芬吞了口口水，乾巴巴地問：「意思是一百二十萬全由保險金付就夠了，保險公司還可以省下八十萬嗎？」

「如果讓法院判，確實有可能會是這個結果。」

「開什麼玩笑！」橫肉男上半身越過談判桌扯著文石的衣領，拳頭已經舉起，文石像儡偶般被狂搖，把調解委員嚇得站起來。

「不過因為我不想讓倪小姐被判刑，所以我們不會這樣計算。」

「所以，」橫肉男把手放開，讓文石的身子往後站直；「到底你們要賠多少？」

「照法律規定，你們可以先申請強制險的二百萬元，扣掉後剩二百萬元，再按過失責任比例你們承擔七成，我們付三成。」

經過幾秒的靜默，凶光男陰沉地說：「也就是她只需要付六十萬元？」

「還要考慮她的經濟狀況，不能賠到讓她沒錢吃飯生活，那再高的金額也沒能力賠。所以請你們讓她分期清償。」

「喂，把我們當公益團體還是慈善機構！」橫肉男拍桌罵道。

「每個月付一次，分二十年還清。」

「蛤？那也就是說一個月只要付……」巴古阿芬的眼珠像被球桿擊出的白色檯球猛轉幾圈後，硬生生的說出：「兩、千、五、百、塊……」

我和可茉的嘴角開始微微抽搐，極力忍住不笑。

「我操你媽的！」橫肉男一拳就往文石臉上揮去。我和可茉同時尖叫出聲。文石跌了個踉蹌。委員拿起電話要叫法警，卻被文石抓住制止：「不然提高到五百萬，扣掉二百萬元的保險金，再按三成和分二十年期賠償。」

對方三個人的眼珠轉阿轉了幾秒，凶光男搶過委員桌上的計算機一輪猛按後，狠狠爆出：「那一個月也只還三千七百五呀！」

「如果是我，就會同意了。不然鑑定出來她若全無責任，你們有可能一塊錢也沒有。」文石整整衣領，抹去嘴角的血絲笑著說。

橫肉男又要舉拳，巴古阿芬抬手制止：「分期我們是絕不考慮。但五百萬可以答應。」

「媽，太少了啦！」橫肉男大叫。

「是一個人五百萬。」

依民法第一百九十四條規定，侵權行為被害人的配偶子女都是賠償的請求權人，所以他們三個人都可以要求賠償。但是，這樣不就要賠一千五百萬……

「簡先生的命有這麼值錢？」文石用極驚訝又不可置信的語氣問。「唬人的吧？」

「我老爸在台北、在高雄都有超過三十筆的土地房產，你居然敢這樣質疑？」

「我說總統府和一〇一大樓下面的土地都是我的，你信不信？」

「蛤！」橫肉男又想打人。巴古阿芬拉住他，鼻孔卻又朝我們望來：「如果我們能證明，你們是不是就答應賠一千五百萬？」

「哼哼，先證明了再說嘛。說不定只是些水溝地或畸零地而已。」

「可惡，我們就讓這個窮律師和小白花開開眼界！」

「一言為定！委員，請為我們改期再調！」

走出法院，可茉面有難色地問：「這樣我真的要認罪，然後賠他們三百萬、呃，應該說，實際上分期二十年賠他們九十萬？」

我知道可茉在乎的是自己應該是無罪，而不是賠多賠少的問題。

文石沉默了幾秒，先望了我一眼，再凝視她問：「妳覺得自己在事故發生的過程中，有沒有任何疏忽的地方？」

「我不知從頭到尾想了多少遍，我連超速都沒有！你可以去查，那個路段的速限是四十，我肯定自己的車速只有三十幾。」

「但是，開車未必每分每秒都會注意到速度，有時不知不覺油門稍稍踩用力了些，也是常有的事？」

「那個地方是山路又快接近彎道，任何人都會習慣減速，除了喝醉的傢伙！」似乎是對於文石的質疑有些生氣，她的臉頰緋紅了：「檢察官認為我未注意車前狀況，如果我真有這樣的疏忽，還閃得了對方的來車嗎？不是早該撞上嗎？」

「開得慢，但如果在接手機或是打瞌睡的話……」

「沒有！我沒有開車接手機的習慣。」

「喂，你該不會是懷疑可茉吧？」我忍不住插嘴。

「喔，沒有。只是這些問題上庭時，檢察官也有可能會用來詰問妳，所以我先確定一下。」文石把目光移向光線漸暗的天空；「既然這樣，我會朝無罪的方向為妳辯護，放心吧。」

第四話

下班後，我匆匆忙忙跑進捷運站，搭上往東區的板南線。

衝到百貨公司化妝品專櫃，刷卡買了早就在周年慶特刊上看準的晚霜和修護精華液。發票一拿到手就往電梯狂奔。裡頭擠滿了人。都是女生。

門一開，眼前的場景瞬間把我嚇傻：人！都是人！

大聲公傳來：「請排隊！請往右手邊排隊！」，連講話的工作人員都看不到。

排在前面的短髮女生問身邊戴水滴型耳環的女生：「應該換得到吧？」

「我已經來第四趟了，再換不到我就去投訴消保官！」

我應該不會這麼衰吧……

人龍移動的速度超慢。這樓層的冷氣好像不夠強，額頭上已經微微滲汗。該死的是，身後傳來紙袋的窸窸窣窣和炸雞排的油酥香，引來肚裡一陣咕嚕，這才想起自己還沒吃飯耶！

慘了。拿手中的週年慶特刊在頸邊搧風，背脊一涼，居然想……。

我輕拍前面的水滴耳環女：「拜託，能不能幫我占一下，我想去洗手間。」

她點點頭。我放心往洗手間快步走去。

回來的中途，我在心裡埋怨：「都是臭文旦，有好康都不揪，沒義氣！」

倏忽，一個熟悉的身影在眼角閃現：可茉。

正想叫她，但她身邊的人卻讓我只喚出「可」字就立即止住。

怪了，那個男的……油頭、小眼、塌山根、水蛭唇、身形高大、眼神猥瑣的傢伙，絕對不是黃培霆。

黃培霆是她男友。一年前在一家餐廳巧遇時，她和他狀甚親密地偎在一起吃東西，發現我時還主動喚我，很大方地介紹說他在幾間私立學校教書，目前還在國立大學農學院唸博士，兩人是在什麼網路同好會上認識的。黃培霆很帥，濃眉、挺鼻、體形精壯，笑起來陽光。知道我是可茉的好友，無論怎麼推辭都要請我一餐，他的親切與堅持讓我歡歡喜喜地當起電燈泡；雖然只是一客排餐的時間，他的細心、博學與幽默，給人留下很好的印象。

後來幾次約可茉出來逛街喝下午茶，話題也不時聊到他，話語中聽得出來兩人甜蜜的程度。到剛剛為止，我都認為可茉將來一定會嫁給他。

也許她和黃培霆間發生了什麼事，突如其來的巧遇恐怕會讓她尷尬，所以我隱身在人群中轉身，覺得改天再找機會問她比較好。

女生去一趟洗手間不超過三分鐘，已經夠快了吧，但眼前的景況變化比北風吹落葉還快：人龍咧？那個水滴耳環女咧？

原來人龍太長，百貨公司臨時決定開了四個領兌檯，原本排好的人龍一下子打散，卻沒辦法立即排成四條短人龍：因為數量有限，麵包機快被換完了！

我急了，在混亂的人群中找到水滴耳環女。她身後擠著兩個高過我一個頭的女漢子。「對不起，我是排在她後面的。」

高頭女和大馬女同時回頭，瞋目怒睇著我：「幹嘛！想插隊？」

「唉呀，是妳們插隊吧？」

「妳哪個眼睛看到我們插隊了？」

「哼哼，我有證人的眼睛看到了！」我拍拍水滴耳環女的肩；「對不起，妳記得我是排在妳後面的吧？」

她轉身瞟我一眼：「小姐，妳哪位？」

「我、我排在妳後面的啊！妳忘了嗎？」瞥了一眼高頭女小人得志的嘴臉，我緊張地問。

「喔，對。」

大馬女趕緊問：「那是排成一條的時候吧？現在不是我們排在妳後面嗎？」

「嗯，也對。」

「那也就是妳們後來才搶排我的位置的呀！」

「是妳自己中途離開不排的，哪來的搶呀！」

就在高頭女準備要和我放開嗓子開吵時，耳邊響起廣播聲：「親愛的來賓您好，今日加價購商品麵包機已全數兌換完畢，未能換得的來賓將憑發票核發兌換券，於下個月一號再請您來店繼續兌換。感謝您的支持，祝您購物愉怪。」

愉怪？百貨公司的廣播一定要這樣怪腔怪調嗎？這樣購物會愉快才怪……

看著水滴耳環女心滿意足地抱走了最後一個，我們三個面面相覷，互贈白眼。

咦，文石好像說他請什麼人換到的……

在美食街找到位子，剛剛把手中熱騰騰的麵放下，肩頭有人輕拍：「鈴芝！好巧喔。」

「可茉？」我還來不及掩飾臉上的訝異，她和那個小眼塌山根已落坐對面。

「妳來買保養品？」

「嗯啊。呃，這位是——？」

「我叫陳騌瑞。請多指教。」他從名牌皮夾中抽出一張名片遞來。

美國UJSYG大學EMBA？光偉建設集團副執行長？

看他的年紀絕對不超過三十歲，已經是EMBA，還是建設公司的副執行長，真是……人不可貌相。

我和可茉對了一眼。她神色泰然，毫無異樣。呃，不解釋一下嗎……

為了掩飾這兩秒的尷尬，我趕緊對扮出讚嘆的表情：「副執行長？是CEO那一類的職務嗎？」

他眉開眼笑：「差不多啦。」

我盯著可茉說：「好厲害喲，負責一些什麼業務呢？」

「還好啦。只是負責集團裡一些造鎮計畫而已。」

造鎮？而已？語氣裡好像晾著驕傲。

「造鎮？在哪裡在哪裡？聽起來氣勢很磅礴唷！」

「在桃園，正好在都市計畫捷運與中正機場接軌的範圍內，規模不大，幾百億的小Case而已啦。」

他手指上甩著法拉利FF名車的鑰匙，和腕上百達翡麗錶的小鑽，閃得讓人眼煩。

「哇，幾百億？那不就很厲害？」

「哈哈哈哈。」他笑得更燦爛了。

我再瞥一眼可茉……捱！她居然一臉崇佩地望著這個臭屁哥……

她可能察覺我的臉色，轉移話題：「鈴芝，妳買這麼多保養品，怎麼沒有去兌換那台可愛的麵包機？」

「厚！說到這個就有氣。」我把剛才在樓上遇到的事跟她說了一遍，但無意間撞見她和臭屁哥的事沒說。

「什麼！這兩個傢伙有事嗎？」她聽完，義憤填膺地握拳道。「還有那個什麼耳環的女生，太鄉愿了吧，社會就是因為有這些人才會這麼多的不公平！」

陳騌瑞對於她的突然提高音量有些意外，怔怔地望著她。

「沒關係，妳把她們三個的長相特徵告訴我，我上網請鄉民幫忙，非得肉搜到叫她們道歉不可！」

我倒是心頭一陣溫暖：這就是我認識的可茉啊。

記得大三時有一天，大一的學妹婕敏慌張失措地跑到寢室來，說她室友筱靜一整夜不見人影，失蹤前還哭了很久，她很怕筱靜會想不開做傻事。可茉和我先讓她冷靜下來，問清楚原因。原來一個男神級的學長喜歡上筱靜，對筱靜展開追求，單純的筱靜原本以為天賜真愛，但卻開始遭到同學的排擠、冷漠，網路上也出現許多抹黑攻訐的討論與留言，說什麼她是小三，害學長的前女友割腕自殺未遂，嚴重到連賤人、騷貨、死花痴之類的謾罵都出來了。她選擇不上網逃避，想不到在校外竟遇到身分不明的幾個女生把她拖進暗巷裡，扯破衣服剪亂頭髮，還把她清秀的臉給抓花了……

最可惡的，是那個男神學長見星火燎原，唯恐自己背上負心男的臭名，居然就把筱靜給甩了，又回到前女友身邊。

可茉和我分頭聯絡她班上的同學，四處打聽查訪。一個小時後在教學大樓的天台上把她從女兒牆上拉下來。

當時她槁木死灰的容顏，淚流滿面的孤絕模樣，至今都還在歷歷在目。

三天後，在網路上教唆造謠和圍事霸凌的一干人等，全部被我和可茉抓出來，主謀就是男神學長的前女友和她的閨蜜們！她們全部向筱靜道歉。

每每憶及當年我們倆的熱血，胸口總有一陣溫熱。那真的是伸張正義呀，也不枉我們身為法律人了。

「算了啦，不是什麼大不了的事。」

「可是——」

「其實妳肯為我抱不平，討不討回公道就不重要了啦。」我笑著說。

「那好吧。下次再遇到別軟弱，那樣的話真的不像當年的鈴芝哩。」

我們相視一笑。我正要問她和陳騌瑞的關係，陳卻突然語帶不耐地插嘴：「我們不是還要趕去妳朋友那裡？」

我努力保持笑容：「那你們快去吧。可茉，我們改改天再聊。」

「嗯，我會Line妳。」

經過幾天的掙扎，我終於在昨晚睡前傳發Line：「那天在百貨公司遇到的陳先生，是妳的朋友？」

幾分鐘後，她傳回：「男朋友。」

我差點沒床邊跌下來，還白痴又白目地追問：「那黃培霆呢？」

「分了。」還附加一個啾咪吐舌的表情貼圖。

分了？為什麼分了？等了幾分鐘她沒有再詳覆，考慮到可能是不愉快的那種分手，也許她不願再提，我就不便再追問，只好傳：「喔。祝福妳。」

祝福什麼？那個什麼CEO還是欠人毆的根本跟妳不配好不好！

我恨自己的虛偽。結果在床上翻來覆去，悶氣生到快半夜三點才昏昏睡去。

隔天午餐時間，我邊吃便當邊打呵欠。同為助理的小蓉問我是否沒睡好，我終於忍不住把心中的疑惑講給小蓉聽。
「咦？她換男友了？」小蓉手中的筷子停在半空中，驚呼：「妳不是說她和那個又高又帥的研究生很相配嗎？」
「就不知道發生什麼事了咩。」
「找個機會問一下不就知道了，她不是妳很知心的朋友？」
「畢業後沒有天天見面，好像就愈來愈不知她心裡在想什麼了。」
「如果不方便直接問的話，要不要問一下文旦，他不是對於看穿人心很厲害？啊，倪可茉也是他的當事人不是嗎？」小蓉邊嚼著炸排骨邊嘟囔著說。
「他呀？人怪，想法也怪，他會懂我們女生的心事才怪。」
午餐時總愛與小蓉圍坐我辦公桌邊，一直靜靜聽著的白琳律師停下筷子：「我這個同學雖然有點怪，但遇到奇怪的事，不正需要一些奇思妙想才能解決嗎？」
「這樣嗎？但是……」我們三人同時往沙發區望去：文石捧著便當盒，盯著電視上的綜藝節目，從開始吃午餐時起就不停笑到東倒西歪。
似乎感受到我們三人的眼刀太過銳利，他霍然止住了笑，把掛在嘴角的飯粒抹去：「妳、妳們瞪我幹嘛？」
「在事務所看搞笑節目，還笑到七橫八豎，萬一當事人進來撞見，以為你觸電抽搐。」我冷冷地說。
他拿起遙控器轉到新聞台。美女主播正播報一則警方抓到幾名少女透過網路援交的新聞。他看到一半忽然低聲叫出：「欸！」
「怎樣，看到你心儀的對象了，還是看到你昨天交易的對象了？」

小蓉和白律師同時噗哧笑出聲，差點把飯噴出。文石則是板著臉不說話。

我起身過去，在電視畫面和他的表情間揣量：「你應該是想到了什麼吧？」

「沒有啊。」

我睇著他逐漸發紅的臉頰：「快說！」

「真的沒有我的對象。」

「想敷衍？我可是你的助理耶！」啪地把電視關掉，順手把他便當搶過來。

「唉唉唉，我的炸雞腿……」他眼巴巴盯著被我舉高的便當。「是妳要我說的唷。我只是想到，倪可茉是不是因為缺錢，所以才決定和黃培霆分手的啊？」

這傢伙居然可以一心二用，邊看搞笑節目邊偷聽我們聊天！

「可笑！她又不是沒在工作，而且缺錢跟是不是和男友分手什麼關係啊？」

「若是被要求賠償兩千萬的話……」

誒！……如果可茉被巴古阿芬要求鉅額賠償，壓力太大，也許跟黃培霆吵架了……對於文石能否為她爭取到無罪沒信心的話，急於從官司中全身而退，所以結識了陳騌瑞，難道因為陳騌瑞很有錢……結識？是透過誰？若是透過網路的話……我開始瞭解文石剛才看到新聞後的聯想，但是，怎麼可能！她是可茉耶，不是愛慕虛榮的草莓小女生好嗎……她傳來的Line，確實是「男朋友」這三個字沒錯，我眨了好幾次眼看了好久確認的，這，怎麼可能……現在想起來，難道是包養？伴遊？不不不，一定是哪裡搞錯了！不，我不信。

把便當還給他：「你要是敢再做這種聯想，就是小烏龜！」

「但我並不相信她和黃培霆真的是為了錢分手。」唯恐又被搶走般，他趕緊挾起雞腿塞入口：「或許只是一時吵架賭氣，過一陣子就和好了也不一定。」

「真的？你怎麼看出來的？」

「她是一個講公平、有正義感的女生，不是嗎？如果只是為了錢就移情別戀，那對她那個姓黃的男友公平嗎？」

「算你還會講一些人話。」

「不過我還是認為她可能是因為錢，才和那個在什麼男性內褲大學唸EMBA的傢伙在一起的。」

「那……是什麼情形？」

「小蓉不是建議妳直接問她嗎？我覺得這個建議不錯。」

個性不合。

直接問，得到這個答案。果然比起我胡猜亂想有效率多了。

但是經我提出十幾個疑問之後，可茉還是保持笑容說：「等妳跟書呆子交往過，妳就知道什麼是悶了。」

黃培霆絕對不是書呆子。那次和他倆一起吃飯，短短兩個小時可茉和我不知被他的幽默話語逗笑了多少次。

我改變話題，問她為什麼會和陳騌瑞在一起。

「他不錯啊。緣份吧。」

這是我今生最痛苦的下午茶。茶苦澀，心更苦澀。

因為好友不想跟我說實話。不管我認真正經還是搞笑誘導。

在咖啡店門口道別的那一瞬間，我突然恍惚：這個女生是那個與我無話不談的可茉嗎？距離是什麼時候變得這麼長的……

望著車窗外的青翠山巒，講起這件事，那種悶悶的難受又哽在胸口。

「所謂情人眼裡出西施，妳認為那個陳騌瑞不好，說不定倪可茉卻發現了他吸引人的地方。」文石聽完說。

「你幹嘛沒事幫那個富二代講話？」

「妳又幹嘛老幫那個黃培霆講話？」

「如果你認識他，你就知道為什麼了。」

「既然這樣，我們回來時就順便去找黃培霆好了。我也想知道他是不是真的適合倪可茉。」

「乾脆現在就去吧，沒事去高雄幹嘛？」

「還好意思說？上次邱品智找我的事，妳都忘了跟我講。」

「啊，對了，上次他說的那個叫孟思梨的美女保險員，找到沒？」

「孟思梨？很美嗎？」他的眼睛一亮，視線轉向我。

我把那天邱品智來事務所的情形說了一遍。「邱品智先說他在找的是什麼美女孟思梨，但又突然衝出去追那個來找你的龍妹。如果她們是同一人，那一定是有人被鬼遮眼了。」

「喔，那管他找到了沒。反正後來他到法院門口堵我，說什麼想聽我的意見，就硬把我拖到星巴克去喝咖啡了。」

「你自己的工作一大堆，一杯咖啡就決定幫他？」

「當然不是。因為我要他也幫我。」

按照邱品智提供的線索，文石決定去找何正光的家屬。
邱品智自己曾去調查過，但毫無所獲。
不過文石認為歹徒會寄那則新聞給吳法官，可能不是隨選投寄。
步出高鐵左營站，我們在站前租了一輛機車。
沒多久，就抵達位於左營大路上的一棟透天厝。
按門鈴後等了許久，才有一位女子出來應門。看她的膚色、個子及五官，顯然是東南亞籍的看護。
我跟她說要找何太太。她的視線在我們身上來回逡巡，然後居然把門關上。
「你這樣問不行啦。」文石推開我，自己按下對講機上的門鈴後，壓扁了嗓音說：「呆抬！我要找呆抬！」
裡面傳來回應：「請等一下。」
文石轉頭給我一個「看吧」的眼神；我回他一個吐舌的鬼臉。
然後又是幾分鐘的等待。
就在他的表情逐漸僵硬、我的臉愈來愈臭之際，大門又開了。
她站在坐著輪椅的老婆婆身後。滿頭銀髮的老婆婆臉上全是皺紋、乾癟的嘴顫著聲音問：「艾瑪，妳說誰找我？」
「他們說要找何太太。」外籍看護艾瑪用讓我們差點沒跌死的標準國語回答。
呆抬？誰呆？我看你比較呆吧！我瞪文石一眼。
文石眼珠一轉裝沒看到，對老婆婆表明身分，並說要找的是何正光的太太。
「那個查某？你找伊幹嘛？」老婆婆斜睨著他，語氣裡有敵意。

「您是何正光先生的……老夫人？」
「老什麼人？偶有這麼老嗎？哇是老人，俐就是死人啦！」
唉呀，怎麼開罵了？我們愣了三秒。文石趕緊彎腰作揖賠上笑臉，還拉起她的手裝熟悉：「阿嬤，哇是律師，不是死人啦。」
「哇幸訝俐是律師，律師就是餿水油、回鍋油做成的黑心油，誰呷到誰死！呸！」猛地一大沱口水往文石臉上射來，害他閃個踉蹌倉皇；我嚇得失聲尖叫。
「阿嬤，嘜生氣啦！」文石望著地上泛黃的唾液，用台語說：「雖然有的律師是黑心食品，但嗎有天然健康的餒。」
「上次那個律師也是說他多正派，結果是黑心的，我看俐嗎趕款！艾瑪，拿掃帚把他們趕走！」
艾瑪的手中馬上亮出一支掃把。
「賀賀賀，溫造溫造！郎嗎不是哇抬欸，妳甘需要這樣款待我。」文石倒退三步，邊說邊轉身要走。想不到老婆婆臉色一陣陰晴：「蛋累！俐供吓？」
文石的腳步卡住。緩緩、小小聲說：「哇供，妳後生不是我抬的。」
「啊！終於有人相信我了！」老婆婆居然痛哭出聲。
進屋後，老婆婆請我們坐下，叫艾瑪端來兩杯茶。文石表明我們的身分及來意，並說：「我認為何正光先生的死因有點怪，才想要來請教。」
老婆婆又激動起來：「你也認為正光是被人害死的，對不對？」
「呃，我不能肯定，但也許跟我現在辦的案子有點關係。」

跟你辦的哪個案子有關？那是邱品智在辦的案子好不好。我心裡犯嘀咕。

接下來一小時，何老太太像茫茫大海中浮沉三天終於遇到一根漂流木般，抓著文石的手滔滔不絕講個不停，其間同樣的幾段話還不斷重複，聽得我心浮氣躁。

老太太的意思是，她認為兒子不是死於洗澡時的意外，是有人毒死他的。但是文石問她懷疑的原因，她卻說不出個所以然，只是一再強調出生後曾拿兒子的八字找人排紫微命盤，算命先生說兒子會長命到九十歲，絕對不可能意外死掉！

「他有跟別人結怨仇？或是得罪什麼人？」

「沒啦！正光對朋友很講義氣，對人很好，從來沒見他跟誰大小聲過。」老人家說得斬釘截鐵。

「那算命先生有說他命中有什麼劫數嗎？」文石居然很認真地問。

「沒有，他還說這個孩子會對我很孝順，算得很準哩！」

「可是新聞上說他真的是倒在浴室裡……」

「新聞攏嘛亂報！台灣社會的三大亂源就是政客、媒體和名嘴！」

「亂報？可是何正光真的還沒活到九十歲就死了，不是嗎？」

「亂供！正光哪有細？」

「明明細呀，怎麼又變嘸細？」

「你才希郎骨頭啦！」

「我拿新聞給妳看。」文石拿出口袋裡的手機找新聞。

「艾瑪，拿掃帚！」老人家氣得臉頰漲紅。

「賀賀賀，嘸細、嘸細！免拿掃帚了。」文石嚇得趕緊改口。

「伊蛋幾累就會回來了。」

然後是老人家回憶兒子的童年多乖、多孝順。嘰哩呱啦，講了一大堆。

「喔。那，為什麼，」文石終於找到一個可以插嘴的小段落；「阿嬤會認為有人要害正光？」

「因為伊在細前幾天有供，看起來很害怕。」

現在又死了？這老人家如果精神上沒問題，也應該有失智方面的問題吧。

「伊怕誰？」

「伊供阿牛會來找他啦！」

「阿牛？」

「我問伊阿牛是誰，伊不肯說，哇不知道阿牛是誰，但是伊一定是被阿牛害死的。」說著說著，她居然傷心的哭了起來。

我起身拿起桌上的面紙替她擦眼淚，艾瑪則輕撫她的背安慰她。

這時客廳的門被人用鑰匙打開。

一個長髮披肩、大眼睛、身形嬌小的女子進來。她抬眼望見在哭的老人家和我們，臉上有怒意地衝過來：「阿嬤！誰欺負妳？」

尷尬了。變成我們欺負老太太了。

艾瑪在大眼女的眼神指責下，開始解釋剛剛發生了什麼事。

她臉上的表情逐漸緩和。她先把老太太安撫好，讓艾瑪把老太太推進寢室，然後轉身面對我們：「很抱歉，我阿嬤年紀大了，真的不適宜再讓她想起喪子之痛的事。」

「哪裡，我們才抱歉，不知道阿嬤的狀況，就冒昧造訪，害她這麼傷心。」我欠身道歉，文石見狀也趕忙彎腰鞠躬。

「我阿嬤失智，還有輕微的被害妄想症。」她接過文石的名片；「聽艾瑪說，你們是來問我爸爸的事？他已經過世半年多了。」

「是這樣的，我一個在警界服務的朋友偵辦一個案件，發現嫌疑人寄的一封信裡，有妳父親發生意外的新聞，託我們來了解一下。」。

「你說的那個朋友是刑警邱品智先生吧？」她眉頭一蹙，嘖了一聲；「上個月他才來問東問西的，連我媽都說爸爸是死於意外的，他當時也沒再多問什麼，難道又有什麼問題嗎？」

「不好意思啦，妳不知道我這個朋友生性粗心大意，眼睛經常被蚵仔肉塗到，連龍妹都會看成大美女，再這樣迷糊下去，恐怕被踢出警界是遲早的事，呵呵。所以他上次有些問題忘了請教，才請我們再來打擾一次。」文石放低了身段說，還連連合掌彎身。「啊對了，令尊發生意外那天，聽說最早發現的人是您母親，對吧？」

「嗯。媽媽說她回到家，發現屋裡的空氣很悶，天花板下方有許多從浴室冒出來的霧氣，叫了爸爸幾聲沒回應，聽見浴室裡有水流聲，才發現他不知已經昏倒多久了。」

「但聽說，」文石從口袋裡取出手機滑了幾下，找到邱品智寄給他的案情摘要；「妳媽媽後來領到了不少的保險金？」

「那怎樣？」臉上瞬間寒霜飛罩，她的語氣立刻化若冰雹。

「呃……妳父母的感情怎麼樣？」

「你想說什麼？」厭惡的表情已經寫在她的臉上。

「剛剛阿嬤告訴我們，說妳爸爸是被人毒死的？」

「剛剛我已告訴你們，我阿嬤有失智和妄想症。」

「所以，他真的是因為沒注意到室內通風，才發生意外的？」

「你們等一下。」她轉身快步逕自往樓上去。

她會不會拿一把菜刀殺下來呀……

登門造訪，直接懷疑人家的媽媽害死爸爸？有夠過分的！我怒瞪文石一眼。

他居然露出白白的牙齒，給我一個白目的傻笑。真是不知死活！

我不禁將手伸進包包裡，握緊了防狼噴霧器……

第五話

還好她下來時，手中遞過來的是一張地檢署開立的相驗證明書。

「家裡的瓦斯熱水器是裝在後陽台上，陽台上的氣窗因為天冷而關上，所以一氧化碳濃度因為燃燒而劇增。」她淡淡地說。

相驗證明書上死者是何正光，直接死因是「休克」，引起死亡的因素記載「一氧化碳中毒」。死亡方式則勾選「意外」。死亡地點勾選「自宅」。

司法實務上，若是病人非因診治或就診、轉診途中死亡，且家屬對於死因無人質疑時，由衛生所主任醫師或指定醫師進行政相驗後，即可開立死亡證明書。但若非病死或疑似非病死時，則應由檢察官或檢事官督同法醫進行司法相驗，以查明是否有犯罪嫌疑。

何正光已由法醫進行驗屍，地檢署並已查明是意外，所以開立相驗證明書讓家屬憑以辦理火葬，這樣還有什麼好懷疑的？

文石以手機將相驗證明書拍照後，應該是自找台階地說了一聲：「這樣我回去就可以向邱先生交差了。對不起，那我們告辭了。」

我也陪笑，直說很冒昧，打擾了，還把在車站裡買的伴手禮台中太陽餅送上。

她臭著的臉色，終於緩和了下來。

「不好意思，我們從車站騎機車來，吹了點風，肚子有點不舒服，能不能借廁所用一下？」文石抓著後腦咧嘴傻笑著，被安全帽壓塌的亂髮、半閉半睜的雙眼，模樣真是蠢斃。

「蛤？喔。那，因為一樓的浴室在阿嬤的房裡不方便，請上二樓右轉。」

文石一邊道謝一邊走上樓。

「他不太像個律師厚？呵呵。」為了打破尷尬的大眼瞪小眼，我乾笑。

她怔了幾秒，也許是見我和她的年紀相彷，嘴角才拉出微笑：「是啊。」

「妳剛剛是不是差點想拿手機，上律師公會的網站查看是不是真有此人？」

「不是，是想拿手機報警。」

「妳把我們想成詐騙集團？」

「是啊，」她終於露出完全的笑；「但又看不出來你們要來騙什麼。」

「哈哈哈哈。」

「還有就是，妳這麼漂亮，看起來根本不需要淪為詐騙集團成員。」

「哈哈哈哈，謝謝。啊，我叫沈鈴芝。」我趕忙從皮夾裡抽出一張名片遞上；「不好意思，通常助理只是配角，所以只有律師會送上名片的。」

「助理工作很忙嗎？」

「對啊，有時要加班，工作很雜。何小姐妳呢？在哪工作？」

「呃，我姓蕭。」她也從包包裡取名片。「我是跟媽媽姓的。」

名片上的名字是蕭禾，職稱是K大學心理系的助教。

「哦？跟媽媽姓有什麼特別原因嗎？」

視線在我的眼裏觀察著什麼，神色有短暫的變化後，似乎判斷我確實只是隨口閒聊而已，她才放下警戒地說：「有一段時間，我爸媽的感情不太好，在媽媽的堅持下幫我申請更改姓氏的。」

「這麼問真的很失禮，阿嬤跟妳媽媽的關係是不是不太好啊？」

「婆媳不和，常有的事，爸爸站在阿嬤那邊，媽媽當然有不安全感，就覺得我應該和她屬於同一國了。妳知道，我夾在中間，也很為難。」

「所以她堅持要妳改姓？」

她苦笑。看來真是家家有本難唸的經。

這時樓上傳來馬桶的沖水聲。我又隨意找話題：「不好意思，今天來真的很打擾妳和阿嬤耶。」

「其實相驗時我們家屬都在場。那時負責相驗的法醫有跟檢察官解釋說，一氧化碳吸入後會和血紅素結合，把血液中的氧替換掉，造成氧氣不足，過量就會使人休克。而飽含一氧化碳的血液會變成櫻桃紅色，所以一氧化碳中毒而死的人最大特徵就是皮膚及內臟都會呈現櫻桃紅色。我爸的屍體就是這樣……」

「唔。讓妳想起不愉快的事，真抱歉。」

「沒關係，都過去了。」

我東拉西扯隨意和她瞎聊了一陣。原來阿嬤多年前中風後，就必須由艾瑪全天照顧。她媽媽在旅行社工作，長期的婆媳失和已達緊繃，所以爸爸死後就搬出去了。她則擔心阿嬤的生活，雖然住學校職員宿舍，但經常回家陪阿嬤。二十多歲的她，嘴角有一顆紅色的小痣，外表看起來應該是甜美無憂的正妹，但交談時的語氣總給人一種歷經滄桑的沉重感。也許是家裡發生過很多事，讓她比同齡的女孩更穩重早熟吧，我是這樣認為。

「謝謝。我們告辭了。」文石一臉輕鬆地從二樓下來，與蕭禾握手道謝。

她望著被文石染溼的手掌發怔；我在她眉頭又要蹙起來之前趕緊把文石拉出何家大門，推上機車。

因為太慌張，還差點錯上停在騎樓下別人的紅色輕機車。

「洗完手不擦乾，還跟別人握手？你可以再丟臉一點！」機車一上路，我就從後用指節敲他的安全帽罵道。

「證明我上完廁所有洗手呀。」

「誰知道你擦屁股的時候有沒有不小心把衛生紙擦破呀！噁心！」

在前往桃園的高鐵列車上，我把剛剛跟蕭禾的對話告訴文石。

文石凝神靜聽，不知在思考什麼。

服勤員推著點心車過來，他買了包辣豆乾和礦泉水。

「喂，剛剛上車前在左營站內你就已經吃了個黑胡椒豬排便當，現在又買辣豆乾，不怕待會又拉嗎？」

他捏起一片豆乾往嘴裡送：「要去桃園，就想到大溪老街的豆乾，不先吃一下止饞怎麼可以。」

「少來！你！」我忽然覺得有詐雲飄來：「你根本沒有拉肚子對不對？」

他把豆乾遞給我，神祕微笑，臉頰上的酒渦浮起。

「那你跑去參觀人家廁所是……」想起何正光是死在浴室，我心跳倏忽急促起來：「你發現了什麼？發現了什麼？」

「何正光有可能不是意外死亡的。」

「嗯，他是拉肚子拉到虛脫死的。」

「怎、怎麼這樣說？」

「你應該拉的他都一併拉光了，還不死？」
「妳這是哪來的奇幻情節？猛鬼廁所？肚瀉還有抓交替的唷？」
「不是意外又不是病死，啊，吃瀉藥讓自己猛拉肚子，然後用甲烷、硫化氫和二氧化碳把自己薰到死！唉，真是想不開。」
「想不到妳可以把屁的成份背得這麼流利。不過，法醫驗屍認定他是死於一氧化碳，不是二氧化碳，妳不記得了？」
「我是你的助理，幫助你破過多少案件，你不記得了？」
「喔，在我身邊這位是反應快、人緣好的大美女，也是我的最佳助理，怎麼敢不記得。只是想說，妳可能想推理推理，所以讓妳猜一下嘛。」
「是啊，不是意外也不是自殺，你又沒說是他殺，那不就剩下被鬼殺？」
「是說，狂瀉到用屁把自己薰死，倒是頗新穎的自殺方式。」
「你可以不告訴我到底發現了什麼，然後我們一路上繼續討論屁的成份。」
「好啦，我拿個東西給妳看。」
他從西裝外套的口袋裡取出手機，點選了幾下交給我。
我仔細看那幾張照片，從第一張滑到最後一張，起初看不出是在拍什麼，在最後兩張的下方看到水龍頭及部分馬桶水箱，才發現焦點是一片天花板。
是在浴室內角落位置、裝在輕鋼架上的一片天花板。
這……難道有人從天花板上潛入浴室？不行，天花板太小，人若想從天花板潛進浴室非卡住不可。而且一個五十幾歲的大叔洗澡，應該不會有宅男想偷看，也不會有痴漢會裝針孔。

但從最後一張往回滑，就明白了！

天花板、被推開一個縫的天花板、天花板上方的陰暗空間、打了閃光燈後的空間變得明亮，是水泥砌黏的裸磚……空間裡除了分離式冷氣的送風管外，只有灰塵與蜘蛛網滿佈而已……然後就是架在陽台上的冷氣主機，但主機看不出有何異狀。第一張則是一條小巷子，裡面停滿了附近住戶的車輛。

「你的意思是，有人把一氧化碳經由冷氣的送風管，放到浴室裡毒死他？」

「聰明。」

「哼哼，原來何家是從事冷凍肉品加工業的生意。」

「蛤？我記得邱品智跟我說他只是旅行社老闆，怎麼變成冷凍肉品加工？」

「不然有誰會在浴室裡吹冷氣幹嘛？把自己當冷凍豬肉嗎？」

「他家的浴室裡有冷氣的排放口嗎？」

「就是因為沒有，才覺得奇怪呀。而且有個縫的那片天花板是你推開的吧。」

「那只是要告訴邱品智，冷氣送風管下方的小洞位置是剛好在那個縫上方。」

「送風管的小洞？」我趕緊再把照片往回滑……

咦！送風管下方真的有個用白膠帶貼起來的地方！

彷彿何正光的怨靈對著後頸幽嘆了一口認同的氣，讓我背脊驟然一涼。

「那、那也就是說，真的有人用……」我驚異地說不出話。

「有人用一根比較小口徑的軟管，從一樓後方巷子裡拉上二樓陽台，拔開冷氣與送風管的接口，把軟管推進去，拉到浴室位置，從送風管下方割破伸入浴室天花板的角落，經由稍微推開的縫隙，就把一氧化碳排進浴室了。」

「哪來的一氧化碳？」

「它是含碳物質燃燒不完全的產物，最常見的間接來源就是瓦斯熱水器、發電機和待速中的車輛廢氣。當然，近年來還有人用燒炭方式自殺，則是直接來源。」

「何家後方是一條小巷子，那也就是說有人從巷子裡的車子的排氣管拉了一條軟管，像你說的那樣，然後……」各種模擬的行凶過程在我腦海裡浮現。

「見到二樓浴室的燈亮了，等幾分鐘，就發動引擎。」

「你到底是如何推測出這個結論？」睃望著他俊逸的側臉，奇怪於他的思路是如何運轉的。

「有一張最看不出意義的照片被妳漏掉了。」他在手機上滑了幾下，讓螢幕上停在那張從二樓往下拍攝小巷子的照片上。

我再仔細看一次：巷子、小巷子。車子、亂停的車子。機車、汽車、腳踏車。還有一支掛著各式衣褲的晾衣架。

「從這些五顏六色的胸罩三角褲就能察覺行凶手法？」

「看、這、裏！」他指著照片下方一塊黑色的地方。

那、那是陽台的水泥護欄……

我盯著它看了半天，再望向文石。不解。

他挑了挑眉，意思是「看出來了吧」。

視線再轉回照片，我用力看，仔細看、專注看、張大了眼看——

「啊！」我大聲驚呼，讓前座和鄰座的乘客投來好奇的目光。

護欄上灰塵滿佈。但，有一小段位置看來灰塵的厚度較薄。

那是什麼東西曾放置在護欄上、在積塵上所留下的痕跡。

如果那是一條軟管經過的話……軟管裡充滿往上滾動的一氧化碳……

我想像那個畫面，嘴裡不禁發麻：「那……會是誰下的毒手啊？」

「她不是說她爸媽的感情不太好？」

「還說她夾在中間很為難……」

他又吃了一片豆乾：「反正那是邱品智的工作了，跟我無關。」

黃培霆是T大農學院農藝系研究生。我記得他說過系上的實驗農場在桃園復興鄉的東眼山森林遊樂區附近。

步出高鐵桃園站，我們叫了輛計程車，請司機載我們到復興鄉。

終日在水泥叢林裡像螞蟻般低著頭庸庸碌碌，突然抬眼間視野出現廣闊灼亮的藍天和翠蔚蒼鬱的樹林，心情就一下子就舒展起來。

車子在山林間的鄉道迂迴逡進，陽光透過林葉的孔隙成為光點在擋風玻璃上飛滑而過，讓人有種穿越不同時空的錯覺。

面對清新空氣與滿目美景，文石居然一路上都在滑手機。我湊過去看，原來他在流覽T大農學院的網站、T大農藝系的PTT看板及一些有關該系的論壇。

「法律系唸錯了，想重回學校改唸農藝系？」

「登門拜訪總該對主人有些認識，否則又被助理說丟臉就太不長進了。」

車子轉進一條狹小叉路。須臾，許多用紗網搭罩著的植栽園圃在左邊的車窗外出現，實驗農場應該快到了。

車子在一棟被蓋著爬藤植物、名為「植栽實驗中心」的五層樓建物前停住。文石付了車資，但請司機等候載我們回程。

「黃老師，有一位沈鈴芝小姐和她朋友來找您？……好。」警衛放下內線電話，笑著告訴我們黃培霆的研究室在三樓的東側。

電梯門一打開，就看到黃培霆的燦爛笑容在門前迎接我們。

文石上前與他握手：「黃老師，你好。」

「鈴芝沒說要帶貴客來。」他笑著轉向我：「這位是妳男朋友？」

「我上司，文石律師。」

「真可惜，看起來和妳很速配的。」

「你和可茉才可惜，你們到底怎麼回事？」

沒想到我這麼直接，他的笑容頓怔一瞬；文石扶正領帶的手也卡滯半霎。

「先進來坐再說吧。」他隨即回復笑意，引我們步入他的研究室。

偌大的研究室裡書籍堆疊、燒杯交錯，還有許多各種不同條件控制的小溫室箱，裡面栽種著不知名的植物與苗株。

他拉出兩把椅子讓我們坐：「來一杯咖啡好嗎？我記得妳喜歡喝拿鐵。」

我笑著點頭。文石不知是怕被冷落還是真的也愛喝，搶道：「我要摩卡。」

我瞪他：「人家有問你嗎？」

他扁嘴，回我一個「妳自己剛才就很有禮貌嗎」的表情。

「沒問題。我自己研發的新品種，居然有律師先生可以先試喝給意見，求之不得。」說著，他從屋角的小冰箱裡取出一包小紙袋，以湯匙舀出咖啡粉，放在一個實驗用的燒杯裡並加水，接著在杯底架子下點燃瓦斯燈，上方玻璃蓋接著的螺旋試管，七轉八彎地將蒸氣引到另一端的燒壺；螺旋試管中途還穿越一截玻璃瓶，瓶中放著冷卻用的冰塊。

「好酷喔！想不到實驗用的儀器可以用來煮咖啡！」文石像見到變形金剛的小男孩般興奮擊掌大叫。「回台北後我要幫紫娟也搞一套，太炫了！」

真是幼稚。

「你別再亂人家紫娟了啦。」紫娟是在事務所附近開了一家名為《紫羅蘭》的餐廳女老闆。我們經常去那裡覓食、聊八卦和討論案情，和紫娟混得很熟。她人長得美、個性溫和，文石卻常找她麻煩，有一次居然叫她用果汁機打出長得像土石流的實驗性綜合果汁，現在想起來我還想吐。

「你研發的咖啡叫什麼名字？台梗十一號？」

黃培霆聽了大笑：「哈哈……鈴芝，妳的上司太幽默了。」

「不好意思，他有時會短路。」我尷尬地笑著，隨即把白眼球轉向文石。

「台梗十一號是稻米的改良種，不是咖啡。」黃培霆解釋。

「說不定把稻米的基因抽出來，和咖啡的基因混種，能開發出有壽司風味的新品種咖啡呀。」

「不懂不要硬拗好不好！很丟臉耶。」

「其實文律師不是完全在胡說，事實上，我現在煮的咖啡豆，是將鳳梨的基因植入阿拉比卡。」

「誒？鳳梨？」我和文石異口同聲。

「所以，文律師的說法理論上是可行的。」

「黃大哥你人真好，但不必勉強為他找臺階。」
「只是有壽司味道的咖啡？嗯，有點難以想像。」
「一杯混有芥末、魚肉、海苔味的黑水，誰想喝？」
「啊，聞到了！真的有果香。」文石鼻頭微抽，像隻狗般嗅著什麼。燒杯裡咖啡開始沸騰、冒出水氣。空氣中除逐漸瀰漫的咖啡味，還有一種香甜。
他笑著從燒壺裡倒出兩杯，把放在屋角小冰櫃裡的牛奶和可可粉取出來，分別倒入，再用玻璃攪拌棒調和，樣子真像個魔術師。
文石接過杯子，輕啜了一口，露出極為驚喜的表情：「好好喝呀！實在感謝。」
「哪裏。可茉的官司，我才要感謝你的幫忙。」
文石微怔，眼神往我瞄了一瞬，就起身往書櫃那邊走去：「哇，好多關於植物的原文書。」
他提醒我轉到正題了：「對了，黃大哥，我今天來，其實是有事問你啦。」
「唔？」
「你和可茉……是不是發生什麼事了啊？」
他的表情顯然意外，但隨即回復微笑：「妳們果然是無話不談的好姊妹。」
「吵架了？小吵小愛、大吵大愛，沒那麼嚴重吧？」
「她沒告訴妳是什麼原因嗎？」
「我不相信她說的原因，才來向你求證的。」
「妳應該相信她的。」他苦笑著，手中的攪拌棒輕輕在杯中轉圈圈，調勻後把那杯我要的拿鐵遞到面前。

我啜了一口，咖啡很好喝，但忽然有種說不出的不祥感覺。
「可是難道你……對她不是真心的嗎？」
他的眼神望向窗外，靜默了幾秒，像決定了般說：「兩個人能不能在一起，不是只有真心就能決定的，妳知道嗎？」
「你不關心她了嗎？」
「當然關心她。不過，也許現在我有我重視的問題，她有她的選擇。」
「你現在重視的問題是什麼？」
「有志一同的人生伴侶。」
「這難道不是她的選擇？」
「她的選擇妳已經知道了，今天才會來找我的吧？」
喉嚨發苦，不知該如何再問下去；因為腦海裡浮現一張小眼塌山根的臉。
空氣中開始瀰漫尷尬，一瞬間發覺自己好像跟黃培霆不是熟到可以聊他和可茉的事，更錯愕於可茉的感情價值觀，似乎與我自以為是的認為相距甚遠。
文石不知何時又飄回來，插嘴道：「不好意思，我家鈴芝對於感情的事向來太過天真，不瞭解大人們的世界在想什麼，哈哈，冒昧之處還請原諒。啊，對了，你那些儀器好像很好玩唷，能不能介紹一下。」說著就把黃培霆拉到一台長得像大型烤箱的東西旁品頭論足的。
就在沮喪感讓我覺得自討沒趣之際，眼角餘光瞄到文石背在身後的手在比著什麼。我朝著他比的方向躡踱著步子晃過去……

返回台北的車上，我無意識地滑著手機，生著悶氣。

「別不開心了。感情的事，從來就沒什麼道理可講的。」文石突然小聲地說。

「唉。也許吧。只是……只是……」我嘆了口氣，說不出心中的違和感。

「如果這真的是她的選擇，身為好姊妹的妳也應該祝福她才對。所謂幸福，不就是要她開心嗎？」

「會開心才有鬼啦！唉呀，不跟你說了，你不了解可茉。」

「我不是偷偷叫妳看了嗎？」

剛剛在研究室，他把黃培霆支開，我順著他在身後比的方向，悄悄接近黃培霆的書桌，旁邊的書架上放著兩張照片。一張是他和可茉的合照，兩個人應該是在陽明山竹子湖，因為背景是一片海芋。另一張則是一名男子站在一棵大樹下，背景的山上有一座紅色鐵塔，男子笑得很開心，手還向旁邊伸開，似乎是在介紹什麼。

「你叫我看那個到底什麼意思？」

「妳、妳看不出來嗎？我覺得黃培霆好像沒有想跟倪可茉分手。不然睹目思人、觸景傷情，他們出遊的照片應該不會放在那麼顯眼的地方——」

「所以他看起來很無奈呀。我就是想不透她為什麼放棄這麼好的男生！」

「但他好像也沒有表現出盡力挽回的樣子？」

「你怎麼知道他沒努力過？」

「我若知道妳是我女友的好姊妹，又問起我和女友感情生變的事，我就不會說什麼我有問題，她有選擇之類奇怪的話吧。」

「那如果是你，你會——？」

「向妳打聽有關她的事呀，或是請妳幫忙些什麼的。」

「咦，想不到文旦會說這樣的話！還以為你是顆石頭、不懂男女生感情的。」

「見笑了。呵呵。」

「那你認為他們之間到底怎麼回事？」

望著手機裡他叫我看放在黃培霆書架上的那兩張照片，他不知所云地回答：「咖啡加上牛奶，就是好喝的拿鐵；但冒出鳳梨的香味，拿鐵還算是拿鐵嗎？」

鳳梨指的是……陳騌瑞嗎？

第六話

半個月後的星期一。台北地方法院第六刑事庭。

受命法官詢問被告對於檢察官起訴的犯罪事實，是否認罪。

「不認罪。」可茉以堅定的語氣回答。

「請檢察官舉證。」

「引用起訴書證據清單所列證物。」檢察官楊錚抬眼望了文石一眼，接著說：「因為辯護人爭執被告是否有過失，所以另外請求將本案囑託行車事故鑑定委員會鑑定。」

「辯護人請陳述辯護要旨。」

「被告在本件車禍中並無過失，簡博化的死亡與被告之駕駛行為無關。」

「本院收到你在幾天前送進來的調查證據聲請狀。」受命法官推了一下鼻樑上的眼鏡，眼神投往右邊的辯護人席；「你除了審查庭時要求的現場勘驗外，還要求傳訊三位證人？」

「是的，證人的姓名年籍詳如聲請狀所載。」

陽明山上許多別墅型住戶為防宵小，會在圍牆上或大門雨遮下裝設監視器，菁山路一帶也不例外。文石提供我們查到何正光疑似非意外死亡的重要線索給邱品智，讓陷入死巷的恐嚇法官案有了新的調查方向；交換條件是邱品智以辦案需要的名義，向菁山路事故現場前後幾戶住家，調取案發當天的監視器錄影檔案。

因為要找出相關線索，文石和我先比對現場與各住戶間的位置製作現場圖，再花了好幾個小時，從邱品智提供給我們的監視器錄影光碟內，把與本案有關的可疑車輛找出來。但說實在，我仍然不知道這些記錄如何能證明可茉無過失。

完成記錄後，文石盯著現場圖和紀錄，嘟著嘴、撫著下巴，在辦公室裡踱來走去老半天，一時似乎無法理出頭緒，我只好先回自己座位工作。半小時後他突然快步走出來，遞來一份調查證據聲請狀要我送進法院，內容就是要求法院傳喚的三個證人。

「庭上。」楊錚立即打斷道：「檢方想請問辯護人，這三位證人曾在現場目睹車禍經過嗎？」

法官把眼神移回文石身上。文石半垂著眼皮，卻爽直回說：「沒有。」

「辯護人的聲請狀記載他們兩位是現場附近的居民、一位是被害人的家屬，都沒目睹車禍經過。那這三位證人能證明什麼？」

「證明被告就本件車禍事故並無過失。」

「是要我們想像他們如何想像被告無過失嗎？」

「如何證明，會在詰問的過程呈現。」

「難道辯護人要主張被告沒有與被害人的車發生擦撞嗎？」文石不想讓檢方事先知道自己手中的牌，但楊錚顯然質疑文石只有一手爛牌。

法官跳過文石，直接轉問可茉：「被告的車上沒有裝設行車紀錄器嗎？」

「沒有。」

這個律師手中果然無好牌！法官表情出現些許輕鬆，透露出認為這個案件不過形式上讓律師問一些不足以影響事實認定的證言，就可以結案的想法。

「本院決定先將本案移請行車事故鑑定委員會，再決定證人有無傳訊必要。下次庭期待鑑定報告回來後另定。」法官低頭在審理單上振筆疾書，同時問：「調解進行的如何了？」

「星期五要再進行第二次。」文石回應。

「唔，希望辯護人能盡力促成。筆錄簽了名可以回去了。下一件。」

步出法庭，文石褪去律師袍後，在走廊上低聲問可茉：「倪小姐，跟妳確認一下，案發當天，妳的車有擦撞到死者的車對吧？」

「有，我的左前保險桿到左前車門還留有擦痕。」

「妳的時速確實只有三十公里嗎？」

「是。」雖然答得肯定，語氣裡卻出現不確定。

「事發突然，妳有受到驚嚇，一時記錯也是情有可原，所以，也有可能超過三十，對吧？」

「……也許吧。不過，我沒有開得太快，因為那裡是山路，況且是深夜，開快車實在太危險。所以我確定沒有超速。」

我記得那個路段時速是四十。但，那種情形下，可茉有沒有可能記錯呢……

「文旦，就算她超速到五十甚至六十好了，如果簡博化沒有酒駕違規，也不致於發生擦撞呀！這樣還有因果關係嗎？」我忍不住插嘴。

「不是因果關係的問題。」文石嘀咕著，「我的意思是，如果妳的車速較快，就不一定知道對方的車上發生什麼事吧？」

「對方車上？」我和可茉互看一眼，再望向他：「什麼意思？」

文石眉頭顰蹙，不知在想什麼；須臾又自言自語：「應該看不到，誰會在路上注意來車車上的人在講手機或幹嘛的……」

「這……跟我的車速有關嗎？」可茉聽不出來他到底在疑惑什麼。

文石沒有回答，彷彿陷入自己的思緒太深，沒聽到我們的問題。

我給她一個眼色，悄聲說：「他秀斗的時候就會這樣，別理他。」

步出法院，因為還有其他案件要去士林地院出庭，文石匆匆往停車場跑去。

「文律師看來好像很忙。」我們朝捷運站走去的途中，可茉忽然說。

「別太擔心，雖然有時阿達阿達的，但他很厲害，常有奇招。」

「唉，其實經過這一陣子的折磨，我也有最壞的心理準備了。」

「我從來不認為司法應該讓受冤枉的人有算我倒楣的感覺！」

她轉頭望我一眼，好像有點意外的樣子：「阿芝，我以為……」

「妳以為在實務界看多了，總該接受法官也是人、也有判錯的時候？」

「……」

「如果哪個法官、檢察官或律師這樣想，就叫他們去吃屎吧！」

她噗哧笑出聲：「光吃屎有用嗎？」

「那再加一些塑化劑和毒澱粉好了。」

「哈哈……」她放聲大笑，我也忍不住笑了。

「妳還記得那個教我們親屬繼承法的老丁嗎？」

「嗯，他老愛說：你們畢業以後當了法官要是敢給我亂判瞎判，就不准叫我老師，直接去吃屎吧！」

「妳真是他的好學生，記得那麼清楚！」

「妳親屬法考滿分，法律盃辯論賽又帶隊為系上拿冠軍，才是他的得意門生吧。」

「唉，沒進入實務界工作，考滿分也沒用。」

「別這樣，妳那麼用功，將來一定會考上的。」

「很難了……為什麼想要做事的人沒位置，有位置的人卻不知珍惜，辜負了人民給的那把劍。」她望著捷運列車緩緩進站，突然感慨起來。

「妳……是在說誰嗎？」

「妳在事務所工作，應該看過很多不公平的判決吧？」

我把開會時許律師和方律師提到的自由心證和哀嚎秀，講給她聽。她聽完滿臉怒意，然後我們一起大罵：「直接去吃屎吧！」，引來其他乘客異樣目光，我們才慌忙低頭掩嘴，又忍不住笑了出聲。

我們一路上說八卦、聊以前的生活，彷彿整個台北街頭都是校園裡的小徑，回到畢業前時光。愉快的心情直到在醫院病房，看到躺在呼吸器下臉色蒼白的少年為止。

α1抗胰蛋白酶缺乏症。可茉的弟弟。

下午回到辦公室後，工作多到讓我腦中缺氧、肚裡冒火。直到文石傳Line說下班後要請吃飯，心情才稍稍平衡一些。

下班後，我直接步行到「紫羅蘭」。

店如其名，從室內的吊飾燈到客人手上握著的馬克杯，都是由各種紫羅蘭的照片、圖案與造型來點綴。

今天店內的客人不多。角落的窗邊座位上，白琳和小蓉已經在喁喁咕咕。風姿綽約的女老闆紫娟沒站在櫃檯後面，居然也在座上和她們聊；我推開門，門上的風鈴聲引起她注意，向我招手。

「我們都點餐了，只剩妳。」白琳說。

「今天是什麼狀況，說要請客的人竟然遲到？」我點了青醬義大利麵後說。

「文律師說要借我的廚房啦。」紫娟笑盈盈地說。

「咦？所以他在裡面……煮東西？」

白琳和小蓉都點頭。我旋即故作恐慌：「不會吧！他作的東西能吃嗎？」

「以前在學校時有一次參加露營活動，我吃過他煮的東西，其實他是烹飪高手。」白琳和文石以前是大學同學，試圖為他爭取一點同情。

「烹飪高手？那上次他『研發』那種像土石流的飲料是怎麼回事？」

白琳面有難色：「我也不知道他何時開始愛惡搞食材。」

「喂，我們晚餐是要吃他煮的嗎？我可不要喔！」

「一定要這樣看衰我嗎？」文石從廚房走出來，身上是紫娟平常那件紫色圍裙，手上端著大盤子，要不是上次喝過那杯土石流，我很想說他是地表最帥廚師。

「你搞了什麼髒東西？」我急忙掩鼻。

他把手中的圓蓋掀起：「搭啦！」

金黃酥亮的外皮、點綴著鮮艷的紅莓果粒，好漂亮的麵包！而且好香！

我們四個整整盯著它看了一分鐘，每個人的臉上都寫著四個字：怎麼可能！

「你剛剛是不是偷偷從後門跑去麵包店買的？」
「哪有？這熱的吶。」他一刀切開，一分而二的麵包果然熱氣湧冒。
「小鄧哥幫你做的對不對？」小鄧哥是紫羅蘭的二廚。
「可是小鄧只會作中餐耶。」紫娟偏著頭說。
「剛剛來的時候看見他提著一個大袋子，原來裡面早藏著了。」小蓉說。
「喂！真的是我做的，大袋子裡是材料和麵包機啦。」文石見沒人相信，大聲澄清。我起身衝進廚房拉著小鄧哥的手臂要他發誓；小鄧哥說他一直在為我們做晚餐，沒空理文石，但作證說麵包出爐時他也嚇一跳。
我終於決定相信，因為看到料理檯上有一台麵包機。
喜羊羊造型的麵包機。文石從百貨公司換來的。
文石一邊切一邊說：「我只是比較有研發精神，就被妳們誤會成這樣，吃完保證妳們叫我創意男神啦！」
我們各自拿起眼前小碟上的麵包，撕下一小片放進口中……
滿口的鳳梨甜、加上小紅莓的酸，融在麵糰的嚼勁裡，讓我眼睛為之一亮。
我放心撕下一大塊，放入口中。白琳和小蓉也是。
這時口中倏忽有一顆顆的炸彈爆開，先是此起彼落，最後化成一片火海——
我們三個在同一秒吐了出來！
「噁——！這什麼啦！」我歪著嘴角讓口水自然流下，連吞嚥都不敢，以免味蕾被這可怕的味道砍殺；「為、為什麼有芥末、魚肉、海苔味混在一起！」

白琳和小蓉也倒八眉、扭曲著臉。紫娟連忙起身幫我們倒來開水漱口。

「裡面的創意顆粒是黃培霆老師給我的靈感。這款麵包我取名叫海之味爆漿旺來包！夠酷吧？」

「你明明可以做得很好吃，為什麼要搞什麼創意嘛，簡直惡搞！」我顧不得淑女形象開罵了：「你今天不把這麵包當眾吃完謝罪，我們就把你海Ｋ一頓，讓你滿頭旺來包！」

他這時才驚覺實驗有可能失敗，連忙坐下來切一塊吃：「不會啊，很香呀。」

我們驚異於他最後把整個麵包面不改色地吃完。

「你真的吃得下？沒有想要喝水？」

「哪需要呀，妳沒看我一口接一口……咳哼咳哼！是說來一點開水也好。」他把紫娟遞過來的開水一飲而盡。

「我們今晚的胃口都被你搞爛了，還害我剛才的吃相那麼醜！你怎麼賠償啊？」我瞪他，存心要敲他一筆。

「阿芝算了啦，其實不要放那些創意顆粒進去，還算可以。」

「白律師妳別替他求情，妳看他的臉，快漲成猴子屁股了！」

他努力止住咳嗽：「好嘛，那我說一個祕密，算是贖罪。」

「一個祕密算什麼？」

「如果是關於妳同學的祕密呢？」

「可茉？」聽到是案件，我沒大沒小的雷達就自動關閉，還緊張了起來：「對了，可茉的案子你到底有沒有把握贏呀？」

「那要看妳所謂的贏是指什麼了。」

我想到許律師和方律師說的那種自由心證：「當然是無罪囉。」

「原先我是沒把握的，但是今天下午我去了一趟保險公司，又去了警方拖吊場，發現這個案子愈來愈可疑。所以我再去地政事務所調了一些資料，就讓我打開對這個案子的另一道窗、看到一些奇怪的線索。」

「是有把握無罪？」

「把握還不敢說，因為還有事故鑑定委員會的鑑定結果不可預測。但是……」

上午在士林地院的出庭結束後，文石先到承保汽車責任險的保險公司請承辦人員讓他看理賠資料，並調出車損照片。照片上可茉的車身左前方，確有明顯的刮擦痕。他又去警察局交通大隊的拖吊場，找到簡博化那輛摔得凹爛的ＢＭＷ轎車；他把車子從頭到尾檢查一遍，特別注意車前保險桿和左前車身，那道與可茉擦撞的痕跡。痕跡上確實留有可茉車子的紅色烤漆。

文石說，這樣當時有發生擦撞的事實，可以先被確認。

他再拉開車門，在變形的車體前後徹底檢視一遍；結果在後座找到一株形狀奇怪的葉片。他跑到圖書館借了三、四本植物圖鑑的書，比對了一個多小時，確認那片葉子是一種叫「刺果豬殃殃」的植物。

「刺果豬殃殃？」我們面面相覷，不知其然。「怎麼會有這麼奇怪的名字？」

「有人說豬殃殃的豬，其實是古字的豬，意思是水流聚集之處或潮濕之地。殃殃就是古字的秧秧，是秧苗茂盛的意思。所以豬殃殃就是指陰濕之地所生的苗草。但也有人說：這種植物可以作為牛、馬的飼料，但豬吃了就會生病，所以取名為豬殃殃。」

「哈，原來是豬吃了會遭殃。是什麼樣的植物？」

「它是一種生長在台灣中、北部山區的植物。」

「可是這件案子也是發生在陽明山區啊。」白琳搶先說出我心中的疑問。

「不，刺果豬殃殃只生長在中、高海拔的山區。倪可茉的車禍在菁山路，那裡只是低海拔。」聽文石這麼一說，我趕緊拿出手機上網找孤狗。高海拔是指一千五百公尺以上的山區，中海拔則是一千五百至五百公尺，五百公尺以下、一百公尺以上的山區則屬低海拔。菁山路一帶靠近文化大學，文化大學高度約四百一十公尺，確實屬於低海拔。

「那又怎樣？」

文石貌似驚訝地看著我：「妳不會懷疑後座有人嗎？」

後座有人？一道霹靂電擊閃過我腦門！

如果車禍當時有人在後座，那人是誰？那人又在幹嘛？

為何那人在車禍後從來沒有出現？有無受傷？如果有，可茉不可能沒有提到這個人呀？是摔出車外沒被發現嗎？那人跟簡博化是什麼關係？為什麼當天會在車上……一連串的疑問排山倒海而來，腦海忽然一片混亂。倒是白琳的下一個疑問讓我有了方向：「從一片葉子就能斷定後座在事故當時有人在？」

「中藥界稱刺果豬殃殃為『台灣拉拉藤』或『鋸子草』，它的葉緣、果實上都有倒刺鉤毛，會勾附人類的褲管或動物的皮毛上，所以合理推斷，有人在中、高海拔山區的草叢邊行走時，褲管勾斷附著了一小段刺果豬殃殃而不自知，這個人後來上了簡博化的車，坐在後座，褲管因為與椅座或踏毯上的絨毛摩擦，掉了下來。當然，這趟豬殃殃附著褲管之旅，這個人是沒有察覺的。」

「也可能是簡博化自己登山或曾到中、高海拔地區，然後自己整理車子時留下的吧？」小蓉也提出另一種可能性。

「所以來此之前，我去找巴古阿芬查證一下。」小鄧哥和紫娟這時端上我們的晚餐。文石從他的栗子雞飯裡挾起一顆栗子塞入口中，嚼了片刻後繼續說：「從她口中我能確定，簡博化是個標準的都市型代書，他認為山區的土地的交易價值有限，且鄉下人不知行情，超會殺價，與其要他接山區一百個case，他寧願辦一件台北東區的房地產交易件。最重要的是，他喜歡和建設公司合作，一個營建新案他就可以賺到超過像妳這樣的上班族十年以上的薪資。還有，阿芬說她從來沒看過他老公去登山，要他去洗溫泉，他會選擇三溫暖。」

「所以她兒子說簡博化生前多有錢、土地有多少筆，是真的囉？」我問。

「沒錯。」

我望著冒煙的義大利麵，冷靜下來：「你如何確定事發當時，簡博化的車後座確實有人在？也許那人是在幾天前搭他的車去哪裡留下那小段豬殃殃。」

他秀出手機裡的照片給我們看。一小株已經枯萎了的植物，葉緣呈鋸齒狀，仔細看，葉緣和小果實真的長著白色小鉤刺。它落在車子後座踏毯上，而乾淨的踏毯上，有著一枚明顯但不完整的鞋印。從遠至近的幾張連續的照片，可以看出是落在駕駛座後面的位置下。「我問過巴古阿芬，車禍前一天，他老公曾將車送汽車美容。我找到她所說的汽車保養廠，老闆說車子是做大美容，所以第二天也就是案發當日中午，才請師傅開回簡家車庫，連踏毯都換新的。所以我不能確定事發當時後座是否有人，但應該可以確定，事發當天，後座曾有人。嚴格說起來，當天中午以後、一直到案發當時，這個人都有可能在簡博化的車上。」

我的喉嚨發乾、整個人傻住：「你的意思是……」

「那人是誰？如果是案發當時在車上，為什麼事件發生後卻憑空消失了？」

第七話

第二次調解。巴古阿芬還是堅持要一千五百萬的賠償，而文石則堅持原來的條件，所以調解宣告破局。雖然還是展現為可茉爭取調解成立、極為卑微的謙和態度，但我發現文石舞劍，意在沛公。

沛公是誰還不知道，但我知道他在找當時坐在簡博化車上的人。

我和白琳戲稱這個神祕人為豬殃人。

這次文石在對方堅持不調降和解條件時，故意用不屑的口吻：「妳老公的命真的就這麼值錢？」記得上次他也是用激將法，讓橫肉男嗆聲自己的老爸多有財力。

橫肉男沒等巴古阿芬反應，就直接從帶來的紙袋裡抽出一大疊謄本，往文石臉上砸：「光是這些房地產就足夠把你這個窮律師壓死一百遍了啦！」

文石閃過，一邊蹲在地上撿拾這些土地登記謄本，一邊還火上加油：「現在房地產不景氣，土地變現性差，唉喲，你看，這幾筆土地上還設定了高額的抵押權，也就是你爸生前負債不少嘛！喔，原來你們是想藉機敲詐，來還繼承債務是嗎？」

「幹你老祖宗！要不要看我老爸的存摺！」橫肉男拍桌跳過桌子就往文石腰際猛踹，文石的表情看來閃得驚慌，但其實身手俐落，早有防備。

調解委員嚇得失聲大叫，衝出去叫法警。巴古阿芬另一個兒子凶光男比較有頭腦，卻自以為看破文石計謀，趕緊拉住橫肉男說：「好了！不要衝動，這個律師不知在耍什麼詭計，不要什麼都拿給人家看。」

文石裝作被誤會，提高聲調說：「詭計？我若是要對付你們，上次他打我一拳，我只要去驗傷他現在就是被告了！」

因為表情夠激憤委屈，而且上次橫肉男動手也是事實，所以一下子他們全被懾住。文石這時卻說：「我看你爸的存摺幹嘛？看你們請不請得起皇家御用大律師不就得了。」

皇家是誰家？御用大律師又是哪位呀？

兩名法警衝進來，神色緊繃警戒：「打人的是誰？」

調解委員正要出聲，文石制止他並跟法警說沒關係，再轉身向對方說：「看來今天調解是沒法成立了。啊，你們真的會請律師嗎？」

「哼！等著吧！」對方三人臭著臉，悻悻然步出調解室。

「記得提醒你們的御用大律師要提起附帶民事訴訟呀，不然你們還是一毛錢拿不到喲。」

和可茉道別後，一上車我就急問：「你居然叫對方要記得告自己的當事人？」

他微微一笑，揚揚手中的土地謄本：「記得收到對方的附民起訴狀繕本時，趕快拿給我。」

回到事務所，邱品智翹著二郎腿，已經在會客區的沙發上等著。

「邱神探是找我還是找我家美女什麼事嗎？」文石微笑問。

「沒事，只是路過，想來跟美女討杯茶喝，碰巧遇到你們回來，哈哈。」

「不是辦案遇到麻煩，想來找文律師卜卦問事？」我問。

「哼哼，當然不是。什麼時代了，都已經科學辦案了還卜卦？」

「確定不是來協求幫助的？」

「妳太小看我們警方了吧？」

「我是怕你誤會我們事務所有個烏盆。那，裡面請坐吧。」

看此情景，忽然記起一件被我遺忘的事。待會兒一定要問他。

我幫邱品智端一杯熱紅茶進文石的辦公室時，他們已經開始討論了。

我仔細聽了幾分鐘，果然是何正光命案的追查又遇到了瓶頸。

邱品智上次從我們這裡得到何正光可能死於他殺的線索後，喜出望外，馬上回報上級，並與高雄市左營分局刑事組成立聯合偵辦小組，跨市合作偵辦。

所有可能的涉案人、線索都不放過。短短三個星期，已經把何的家人、親友都找來訊問過，過濾附近店家、電桿上的監視器紀錄超過一百支。

高雄警方不過當一般刑案在辦，但邱品智所屬的台北警方則因為從這些線索中企圖找到恐嚇法官案的歹徒，所以更注重何正光到底與誰結怨。

據邱品智的描述，何正光開了一家旅行社，與妻子蕭妙琪共同經營，原本業績不錯，但近幾年因為生意不佳，何正光不時向人借錢周轉，錢坑似乎愈來愈大，兩人感情開始不睦，經常為錢爭吵。而且何正光人壽保險的要保人及受益人都是何妻，他死後何妻領到意外險五百萬元，再加上她有一輛國產汽車，所以警方第一個懷疑的對象就是她。

但他死在浴室當時，何妻正在公司開會，有出席會議的多名證人；清查平日社交對象，也查不到任何外遇的可疑人物。

幾個被何正光欠錢的債主也被警方約談。但他們對於何正光的死共同反應都是驚訝與無奈，因為何正光一死，他們的錢能不能收回來就成了高風險負債，從能賺取利息和希望能還錢的立場，沒有人不希望何正光能活得好好的。

至於他的女兒蕭禾，在學校當助教，背景單純，與父母未發生過重大衝突，找不到行凶動機。另外家中的何母、外籍看護，一個靠何正光扶養、出入輪椅代步，一個必須靠何正光給薪過日，連機車都沒有，更是沒有任何行凶動機。所以家中可能的涉案者只剩蕭妙琪，但又欠缺證據可以斷定她就是凶手。

「有可能唆使任何人下手嗎？」

「警方當然設想過，所以急著找到一台當晚由何家後巷裡騎出來的機車。」邱品智喝了一口紅茶，繼續說：「一個穿黑衣、戴黑色安全帽的人，完全看不出來性別和年紀，騎著沒掛車牌的機車，被發現在路口警方用來監看交通狀況的監視器紀錄裡。時間上與死亡時間極接近。」

這台機車就是文石推測用來排放一氧化碳毒死何正光的凶器嗎……

「然後呢？」文石從頭到尾不發一語聽完，終於問道。

「然後我就在這裡了。」

「那台機車應該不難找吧？」

「找得到我就不會在這裡喝茶了。」

「找得到你也會來這裡找我家美女喝茶吧。」

邱品智瞄我一眼，表情微窘。身邊總不乏桃花的我不予理會，沉陷於自己的推理，突然想到當日情景，插嘴：「你們在追查過程中，有發現誰的外號叫阿牛的嗎？」

「阿牛？」邱品智收起傾慕的眼神，沉吟反芻片刻：「沒有人提到。」

「那麼，有查到有哪個律師和何家的誰，有什麼關係嗎？」

「律師？」他一臉意外。我把何老太太跟我們的對話描述一遍，他露出困惑的模樣：「那個老人家有失智及精神問題，我們問她很多問題她都講得很認真，但追查後發現根本是她的想像或錯覺，造成我們很大困擾。」

「那她到底有沒有跟你們提到什麼黑心律師之類的？」

「這個嘛……」他拿起手機按了幾個鍵：「喂，小荀，幫我查一件事……」

我瞥向文石，他從口袋掏出幾顆花生拋進口中嚼，表情看來在忖度著什麼。

邱品智交代完，收起手機：「等一下就知道了。」

「什麼事使喚小狗就好，你這個副組長很涼嘛。」

「荀埠禮勤快細心，辦事很牢靠。我對自己的識人能力很有信心。」

「哼哼，真的嗎？上次你說的那個孟思梨，到底找到了沒？」

「唉，真是鬼一般的女人，好像從地表消失了。」

「醜得跟鬼一樣女人，你還說是美女。」

「蛤？」他在手機上猛滑，然後遞到我面前：「這樣妳還說她醜？」

手機上的相片……大眼明眸、皮膚白皙，烏黑的長髮披肩，合身的藍色套裝讓曲線很噴火，微笑時頰上的酒窩超明顯……居然真的是個美女！

「你這是從網路上的美女圖庫找來下載的吧！」我大聲說。

「這是經由車禍死者老婆的指認，我跟蹤她時拍的。」

「但這個女的根本不是那天來這裡坐的那隻好嗎？除非是我被鬼遮眼。」

「當然不是。她叫了一輛計程車，我們跟蹤到台北火車站，一個女生下車，她卻沒下車，所以我下車跟那個女生，讓車上的同事繼續跟計程車。想不到那個女生居然跑來你們這裡。」

「咦？也就是說……那個美女上車時，車上已經有那個恐小姐了？」

「妳會不會懷疑她們兩個是同夥，有什麼不可告人之事？」

「哇，真可疑。但，美女人呢？」

「都怪台北市政府沒事做什麼三橫三縱自行車道拓寬工程，交通太塞了，結果跟丟了，連計程車都不見了。」

「真差勁。那你跟的那個恐小姐呢？」

「別看她人醜，跑的時候像在飛哩！我在你們這裡追出去，她居然直接從樓梯飛奔到不見鬼影。」

「文旦，你認為呢？」我不滿地嘟嘴，轉問文石。

口中嚼著花生米的文石一怔，沒有回答我，反而忽然想到什麼：「喂，寄給法官的恐嚇新聞照片，也就是你在查的那個車禍被害人，叫什麼名字？」

「簡博化。」

「蛤！簡博化是──」我失聲叫出，心想哪有這麼巧！眼角餘光卻掃到文石對我眨眼睛，連忙改口：「──是什麼畫？油畫還山水畫！」

「不是啦，簡單的簡、博愛的博、化學的化。」他的手機這時響起，他起身到窗邊接聽：「小苟，查到什麼？」

我望向文石，他給我一個不要再追問的表情。

我知道他的目的在保護可茉，以免受警方的盤查騷擾。

我心裡快速揣度著：原本是單純一場擦撞車禍，面對簡家天價向可茉求償，文石調查簡博化的經濟狀況，又自找麻煩地跑去檢查簡博化的轎車，開始懷疑事故前甚至事故當時，他的車上另有一個「豬猍人」；而邱品智為了追查恐嚇案中一張車禍的新聞照片，訪查死者家屬過程中發覺有冒充保險公司的美女先一步上門問東問西，動機可疑，想要追查出與恐嚇者的關聯而跟蹤，又意外發現神祕的女神和逃跑的壁花，極可能涉入恐嚇案……難道可茉是無端捲入了簡博化和別人的糾紛……還是一切只是命運的巧合……

邱品智從窗邊走回座位：「小荀說他向高雄警方求證，他們確實在調查過程中，從艾瑪口中得知事發前一周，有個律師上門找何正光，談了些什麼艾瑪不知道，但律師離開後，何正光就大聲罵人，心情好像不太好。」

艾瑪？那個居然國語超標準的外籍看護？

「律師找何正光是為什麼事？」文石問。

「一開始警方以為是蕭妙琪委任的律師，找他談離婚之類的事，但蕭妙琪說她雖與何正光感情不睦，考慮到離婚她未必能分到多少財產，所以不曾委任律師辦理協議離婚的事。」

為了財產，感情再惡劣也不離婚？讓老公吸飽一氧化碳，直接繼承遺產比較快？這個蕭妙琪果然涉嫌重大。

「後來警方找到那位律師，無奈他以事涉客戶隱私為由，始終拒絕透露任何找何正光的原因。」

「會不會就是那個律師——！」我突然大叫。

「何正光死在浴室那天，律師人在醫院住院，有明確的不在場證明。」邱品智把我泡的紅茶一飲而盡；「而且他已經七十多歲了，害死何正光對他有什麼好處？完全沒有行凶的動機。」

「律師叫什麼名字？」

「夏敬明？這個名字好熟啊……我求證一下。」午餐時我們圍在一起吃便當，白律師聽我提及這個名字，沉吟片刻後，放下筷子跑進她的辦公室。

幾分鐘後她出來說：「夏敬明確實是我們大學同學夏芯瑤的父親。」

「呃？」文石趕緊把口中的滷蛋吞下；「我記得她父親是法官吧？」

「後來退下來轉任律師。」

「那妳能幫我聯絡她一下嗎？我想拜訪一下前輩。」

白琳拿起手機開始找電話簿。我睨文石一眼：「為什麼你自己不聯絡？」

他低下頭繼續吃便當，裝作沒聽到。白琳笑說：「呵呵，人家夏芯瑤以前跟他告白過，被他漠視啦。」

「捱？」我和小蓉不約而同發出驚嘆。我睜大眼睛：「想不到居然有女生對文旦告白？」

眼神飄移到天花板上又飄移回便當，搔搔亂髮，他挾起一塊肉片低頭猛嚼。

「旦旦，人家是芯芯啦，你記得嗎？」我裝娃娃音，撒嬌鬧道。

「……不、不記得了。」

「啊喲，人家以前有跟你告白過，你怎麼說不記得了？那時候你的臉超紅的人家都還記得呀！」拉著他的衣袖猛搖，我繼續鬧。

想不到文石的雙頰飛紅到雙耳，靦腆到整個臉埋進便當盒裡去了！

我們三個笑到彎腰。我努力止住笑：「咦，原來是這顆柚子是紅肉的。」

白琳和手機那端聊了一會兒，切斷通話，笑著說對方聽說是文石想要拜訪她父親，還愣了幾秒，然後爽快地答應並告知地址。

「看來芯芯對我們柚子還餘情未了喲，呵呵……」看到文石起身想跑，我邊笑邊跑去拉住他：「你在學校的時候是不是也是小鮮肉呀？」他掙脫我躲進辦公室。

「白律師，芯芯長得很抱歉嗎？」

「很漂亮哩。」

「那他在怕什麼？」

白律師聳聳肩，笑而不語。

到底是怎麼樣謎一般的過去，造就現在怪咖一般的文旦……

下班後只要覺得不是太累，習慣到健身中心運動一下。

在電動跑步機上快走，思緒會因為血液快速循環而更加順暢。

可茉因為家教下課，在返家的山路上與簡博化的發生擦撞。簡博化因為酒駕致反應與意識受到影響，閃躲之餘車子失控墜落山谷死亡。但文石發現當時他車後另載一人，這個「豬殃人」事後蒸發無蹤。豬殃人在車上只是單純被搭載、還是另有目的……

而這起車禍事件的新聞，居然被歹徒利用為恐嚇法官吳恭隆的工具。這應該不會是單純的巧合，因為歹徒寄給吳恭隆的簡訊說「**第二個共犯也受到天理制裁了**」……歹徒把何正光列為第一共犯、才會稱簡博化為第二共犯，也就是說，他們兩個可能認識、在一起幹過一件壞事，或雖不認識，但至少曾在某個事件中同時犯錯，才稱得上是共犯吧？

這樣說來，歹徒一定是那個事件的被害人！

而且，歹徒應該認為吳恭隆法官也是共犯，所以簡訊裡才會說「你該如何贖罪呢」，真的應該從吳恭隆的職務或私生活追查起吧。但吳恭隆堅稱不認識何正光及簡博化，也不記得他們是哪個案件的當事人，至於私生活部分……咦，法官下了班都做些什麼？好像很神祕耶；如果私下生活中與他人結怨的話，會不會礙於法官的身分而不敢講？如果是這樣，那他說不認識何正光及簡博化，是真的嗎……

還有，那個「豬殃人」會不會就是恐嚇案的歹徒呀！非常有可能吧？這樣就能解釋他為什麼事發後消失的原因了。

如果這個設想成立，那他在車上不就是為了……殺人？

也就是說，簡博化不是意外死亡，是被殺……？

想到這裡，我不禁打了個冷顫。

「可是，豬殃人如果把車開往山谷下，自己該如何逃生？」離開辦公室前，我把自己的揣想講給文石聽，文石點點頭，說跟他的推想很接近，但隨即丟出這個問題。

「那還不簡單，開下去之前自己趕緊跳車嘛，電影不都是這麼演。」

「兩個問題：簡博化被警消人員救起來的時候，被發現是坐在駕駛座上的，而且安全氣囊有炸開，所以車子確實是他開的，不是豬殃人開的。其次，豬殃草是被發現在後座，如果不是坐在駕駛座或副駕駛座上，他是如何殺死簡博化後又能順利脫身？」

「從後座用條繩子把簡博化勒死，然後再跳車！」

「妳一定要他跳車就對了。記得法醫的驗屍報告，沒說死者的脖子有勒痕吧。」文石右手抓著後腦，頂著一頭亂髮，兩眼惺忪地嚼著花生說：「最重要的是，豬殃人如何確保車子墜落山谷後，簡博化一定會死翹翹？」

而且可茉也從來沒說曾看到有個人從ＢＭＷ上跳下來。

我硬要文石說出他的看法。文石說心中只有一些尚未證實的猜測，但這兩個問題讓他的推想卡住。

如果能證明簡博化是死於他殺，那可茉不就無罪了嗎？我忽然興奮起來。

可是文石卻苦笑著說：「這些都只是我們自己的臆測而已，別忘了，法醫可是證明簡博化是死於車禍的。」

額頭上已開始冒汗。我大呼一口氣，把機器的速度從快走調到跑步，想用更暢快的血液循環使自己的思緒清晰，突破文石提出的疑問。

豬殃人為了某個事件，化身為復仇者，先殺了何正光、再殺了簡博化，現在又恐嚇吳恭隆，說不定接下來真的進而把吳恭隆殺了……

豬殃人會是蕭妙琪嗎？邱品智說她涉嫌重大，難道她和簡博化有什麼不可告人的關係？可是警方清查她的社交對象，如果有一個叫簡博化的，怎麼可能不列為嫌犯追查……還有，那個孟思梨真的很可疑，說不定她跟簡博化間有什麼不共戴天之仇……可惡，這幾個案子交纏在一起，讓人置身雲霏霧集的謎團裡，霧裡人影幢幢，讓人看不透。

我的心跳與呼吸因為快跑而加快，汗水溼透了身上的運動背心；原本內心的煩躁彷彿隨著汗水全部流光。

驟然，兩道奇怪的目光在我胸前逡巡……眼角餘光察覺出現了一個人……

一個男人的雄性目光——

第八話

油頭、塌山根、水蛭唇、身形高大、眼神猥瑣的傢伙，雖然坐在飛輪車上踩踏，但兩粒小眼珠的視線死盯在我胸前，讓人打心底感到嫌惡。

按下停止鍵，從跑步機上下來。我一邊拿毛巾拭汗，一邊往人比較多的重量訓練區移動。

坐在推舉機上，我用力拉著臂桿，心裡想的還是白天文石和邱品智討論的案情。原本我們要去找夏敬明律師的，但夏芯瑤跟白琳律師說她爸爸這幾天要動手術比較不方便，所以文石跟她約幾天後病情較為穩定了再去拜訪。

在出事前一周，夏律師曾上門找何正光，到底是談些什麼？

會不會跟何正光的死有關？不僅是警方，也是我們目前很想知道的——

嘖！怎麼又有兩道目光往我身上射來……又是他！

他居然跟著我來到重量訓練區，拿了兩個超小磅數的啞鈴貌似老人復健般隨意晃兩下，實則如豆般目光還是停在我胸前！

我算準時機，起身抓起毛巾擦拭汗珠，實則遮住胸口，並往他快步走去。接近他身邊時正好另一位會員要閃身而過，我佯裝右腳不慎踩到左腳的鞋帶，然後往他身上跌過去——

「啊！」我小聲驚叫；「對不起！」

左肘正好撞到他的腰、左膝則弓起向重點部位問候。

「嗚！」他連大聲慘叫的力氣都沒有，只能痛苦地悶哼一聲。

「咦，原來是陳先生！好巧喔。你身體不舒服嗎？要不要緊？」

「沒、沒關係……可能是一下子舉太重了，休息一下就沒事。」

哼，五磅的啞鈴還嫌重？是眼睛吃太重鹹了吧。

「你一個人來？」

「唔……」深吸一口氣，他泛著蒼白的臉色說。

「喔，那你慢慢練。」

「他對妳好像有意思厚？」

我極力忍住爆笑的衝動，往淋浴間快步走去。

途經肌練區，耳邊竟傳來這樣的謎之音。我循聲尋覓，其他機台上沒有人，只有……一個精壯背影俯在健腹機上推拉，一雙弧形流線的臂膀亮著汗珠。

我不自覺趨前想看清黑色背心男的側臉……

「美女！」陳騌瑞這時追上來喚我，遞上一張名片：「有空可以出來聊聊呀？」

我接過名片：「光偉建設集團副執行長？你沒換工作嘛。」

他怔在那裡，一臉意外。我忍住火氣：「上次在百貨公司遇到可茉和你——」

「喔！Yes！我記起來了，呵呵。」輕浮的小眼珠快速轉了兩圈，瞬間被擠進笑眼裡。「原來是小茉的朋友，難怪我們這麼有緣！啊，對了，最近我會辦一場豪華遊艇趴，You know，到時候，巨亨集團的小開Joe、廣城建設的富少Stone、洋邦銀行的執行長David，還有金益多電子公司的少東Johnson都會來，大家都很有成就。我們有喝不完的各式調酒和音樂，還有一些You know……讓人會High的小東西，可是，我們什麼都有，就缺辣妹而已，呵呵。妳呢，又正又Hot，就是我們想找的。怎麼樣，要不要跟我們一塊Happy？」

看來你根本就不記得我是誰，不過只看身材想跑趴把妹而已嘛。什麼有緣？這叫冤孽惡緣吧！你那些什麼東什麼呆什麼強的，根本都是一些紈袴富二代，扯什麼成就啊？Happy？小心我拿把斧頭把你劈了！

眼角餘光瞄到黑色背心男從我身邊走過。

「呃，這個……那可茉會去嗎？她是我的好姊妹耶。」

「小茉啊？她……胸部太小，可能不適合這場，下次有些幼齒趴我再找她。」

平胸的女生就參加幼齒趴？你根本就是無恥吧變態！You know！

「答應他。」謎之音又從耳畔傳來。

然後我就被這謎之音蠱惑般說出了令自己震驚的：「好吧，我考慮看看。」

「我的聯絡方法在名片背面。記得Call我！」貪婪的眼神又在我身上逡巡一遍，然後他才眉開眼笑地離開。

我返頭，已看不到背心男。我一定是見鬼又被鬼附身。

衝進淋浴間，陳騌瑞的嘴臉讓人噁心到差點沒吐。

可茉呀，妳為什麼會和這樣的傢伙交往啦！難道是鬼遮眼？

用最猛的水柱狂沖腦頂，希望熱水把附在我身上的髒東西都沖走。

幾分鐘後我穿上運動夾克，擦著頭髮步出淋浴間。

一個熟悉的背影，正要把一件黑色運動背心放進背包，吸住我的目光。

我衝上去，把手中的浴巾往那個人的頭上蓋去，再一腳要往他屁股踹：「臭柚子！」

「唉喲喂呀！」他閃個踉蹌，掀起被蒙住的臉：「需要這麼生氣嗎？」

「你明明知道我最討厭炫富紈袴，尤其是豬頭加上變態的紈袴，你居然還蠱惑我答應他的拜金趴！」

「沒大沒小，好歹我也是妳的上司啊。」他一手假裝揉臀部，一手用脖子上的拭髮巾擦頭；「我也是想要妳嫁個好人家嘛，女生不是都愛嫁入豪門嗎？」

我搶回浴巾搧甩他：「本姑娘不屑、不齒！」

「原來妳不齒妳好友的選擇。」

「說什麼！」我作勢要打他；他閃出淋浴間的置物櫃區，邊逃竄邊說：「難道妳不想知道倪可茉到底為什麼和那個富二代在一起？」

「她不肯說嘛。」我拎起運動包追上去：「誒！你一定知道了什麼對不對？」

他等我進到電梯裡，按下樓層鍵：「昨天我去T大旁聽黃老師的課，有一些疑問。我愈聽愈能體會妳對於倪可茉和黃老師分手的感覺。」

「等、等一下，你什麼時候對於農藝感興趣了？還跑去旁聽黃培霆的課？」

「因為海之味爆漿旺來包被妳們嫌到不行，我非得改良不可。」

「不是嫌到不行，是深惡痛絕好嗎？」

「應該是其中的鳳梨出了問題，如果能找到一種與海鮮味道相襯的鳳梨、在配料比例上做調整，一定能做出暢銷的旺來包。」

「我今天真是倒楣，看到的或聽到的一定要跟髒東西有關就對了。」

「我上網找了很多關於鳳梨的知識，嚇然發現鳳梨的品種多到讓人眼花撩亂，心中許多疑問非得馬上向人請教不可，我就想到黃老師。」

「我嚇然發現你很適合去做廚師或農夫，對於你的性取向也有許多疑問。」

「妳知道嗎，台灣的農業技術真的很厲害，把這種原生於熱帶南美洲、康熙末年傳進來的水果研發出四季都有不同的品種可出產、可吃得到。金鑽、釋迦、蘋果、金桂花、蜜寶、黃金、香水、甜蜜蜜、牛奶、冬蜜，哇，好多種！我可以每種都試一次。」

「嗯，你的喜羊羊麵包機會變成悲羊羊，真可憐。」

「但每種都要拿來跟海鮮調配出適當的比例，就不知道要試到何時了，所以速成的方法就是直接去聽黃老師的課，我想了解各個品種到底是如何改良育種而成。結果我發現所有農作物的改良方法都有一個共同原理，鳳梨也是——」

我拇指和中指在他眼前打個噠聲：「鳳梨鬼退去、退去！柚子回神、回神喔！」

我們走出健身中心所在的大樓，步入捷運入口。這時列車剛好進站，我們快步進入最近的一節車廂。

「我不想聽旺來包和鳳梨鬼的事，你扯半天還沒講到你怎麼會跟是我同一家健身中心的會員？」我們找了個位置併肩而坐。

「厚，如果不是為了觀察陳少爺我才不會加入咧，會費超貴的。」

「你果然是同性戀！難怪夏芯瑤的告白被你漠視。」

「胡說什麼！」被雷打到的錯愕表情，他緩緩拿出口袋裡的花生，放進口中開始嚼。「想知道倪可茉為什麼和陳少爺在一起，妳既然無法從她口中得知，我們上次去拜訪黃培霆也挖不出隱私，只好從陳少爺身上著手看看啦。」

「你什麼時候也變得這麼八卦？」

「妳不覺得自從我們接了倪可茉的車禍案後，許多奇怪的事都陸續出現。原本以為單純的車禍，卻發現車上另有像外星人般憑空消失的豬殃人？邱品智和我們討論的吳法官恐嚇案，卻讓我們發現何正光好像並非死於意外？而這兩個案件似乎有某種關連。最奇怪的是，為什麼都找上我？」

我想了半天，訥訥地說：「那……跟可茉和黃培霆的八卦有什麼關係？」

「我們好像被困在玻璃瓶裡的小昆蟲，總要找一到個縫才能飛出去，看清楚整件事到底怎麼回事吧。」

「所以，怎麼找？」

「線索就在陳少爺剛剛給妳的名片上。」他比了個按手機的動作。

就算千萬個不爽，為了要搞清楚真相，我也只好把陳駸瑞手機號碼輸入，再加入Line的好友群組。

「喂，你這招最好有效，如果害我被糾纏，你可得幫我解決，否則我就到處誣賴你愛的是男生，讓你一輩子找不到女友。」

「那妳可先別對妳同學說這件事。」

「噁！」我故作嘔吐狀：「你說得好像我真的要搶那隻變態一樣。」

「對了，妳的喜羊羊麵包機用了沒有？」

說到那台我辛苦換回來的麵包機，文石做爆漿旺來包給我們吃的第二天是假日，我就拿出來用了……結果做出一糰溼答答的麵球。我那時還想打電話向文石求救的。想起十分鐘前嫌他的爆漿旺來包嫌到深惡痛絕，我只好把臉轉向另一邊說：「哼，我做的菠蘿麵包不知道多好吃。」

「真的啊？也不拿一些來給我品嚐一下。」

「下次吧。」

第二天中午，從管理員手中接過的信件中，有一份是附民起訴狀繕本。上面寫的原告是簡董美芬、簡紹財、簡紹標；被告是倪可茱。

我記起文石交代過。所以我從電梯出來，直接步入他的辦公室。我還是維持一貫的好習慣，進他辦公室不敲門。

一股香甜味立即撲鼻而來。

辦公桌上堆滿卷宗文件，但他沒有坐在桌旁，背對著門蹲在窗邊的地上，手上不知在攪著什麼。我悄悄走過去，從他肩頭望過去，幾個量杯、小鍋、磁碗裡放著的是麵糰、芝麻、起司、花生粒和鳳梨片。

我瞄到屋角小置物架上的東西已被移開，一台喜羊羊麵包機正運轉著。

「喂！」我在耳邊突然叫，他嚇到手一抖，一坨麵糰濺到自己的額頭上。「居然上班時間在做麵包！」

「厚！進來不敲門，至少可以先出點聲吧。」

「咩——」

「陳少爺告訴妳派對的時間地點了嗎？」

「還沒。不過巴古阿芬的起訴狀繕本寄來了。」

「哦？趕快給我。」他連忙起身，用袖子往額頭一擦，那坨麵糰像黏土一樣往他眉頭塗開。他接過我手上的訴狀後立刻打開，也不顧汗珠從髮梢滑下臉頰，銳利的目光迅速掃視著訴狀的附件，驀然在文件某個點上頓住，彷彿獵豹盯住羚羊般。

我靠過去瞥一眼，那是簡博化的除戶戶籍謄本。

巴古阿芬和兩個兒子是以簡博化在車禍中、因可茉的過失行為致死為由，依侵權行為的法律規定要求賠償，所主張的權利是簡博化的生命權。按舉證責任分配法則，須由原告方面先證明受侵害的事實，其中一個事實是被害人已死亡。除戶戶籍謄本上面有死亡登記，所以原告通常用以證明被害人於何日死亡。

但，這能有什麼玄機……

文石快步走向辦公桌，不顧手上還沾著麵粉，立即翻閱著可茉車禍案卷宗。倏然，他頷首，手指停在某一頁文件上。

那是一張土地登記謄本。在調解時橫肉男簡紹標往他臉上扔的其中一張。

「能幫我訂明天早上的高鐵車票嗎？到高雄。」

「明天？」我拿起桌上的庭期簿送到他面前：「你連續三天早上都有庭。」

眉心一皺，他眉頭上乾掉的麵糰裂了一縫：「那訂大後天下午。」

「到底發現什麼？」

「有興趣一起去山上嗎？」

「蛤？」

次日上午。台北地方法院刑事第六法庭。

「行車事故鑑定委員會回覆本院的鑑定報告書，認為被害人行車違法酒駕且超速駕駛，是肇事主因，另外認為被告行車未注意車前狀況，採取必要安全措施，是肇事次因。雙方對此有何意見？」審判長命庭務員提示卷證給雙方閱覽。

「沒有意見。證明被告確有過失。」檢察官楊錚快速翻閱一遍後，大聲回應。

「認為被告是肇事次因部分，我們有意見。」文石起身說：「縱然被告注意車前狀況並採取防止車禍發生的必要措施，仍無法避免發生被害人死亡的結果。」

「檢察官對此有何意見？」

「辯護人所言，未見證明，純屬臆測之詞。」

「鑑定意見未至現場勘察，才是臆測判斷。我們請求到現場履勘。」

「被告的責任已有鑑定意見為憑。辯護人的請求檢方認為沒有必要。」

「怎麼會沒有必要？」文石提高了聲調；「與判斷本案事實有關的調查方法，都有可能使法院得有不同的心證，當然有必要。」

楊錚顯然仗著鑑定報告書當王牌，氣勢凌人地睨了坐在對面的文石一眼：「檢方不知辯護人的真實用意，但合理懷疑是在拖延訴訟。」

拖延訴訟？這對被告有何好處？楊錚這話顯然是投承審法官急於結案的心理所好，但難脫故意抹黑文石之嫌。文石立即回嗆：「我在審查庭就已提出這項請求，不是今天才提的。而且，若非檢方調查粗糙、草率起訴，我們也不必浪費庭上的時間要求到現場勘驗。」

「連鑑定委員會的決議都認為被告有過失了，你還要認為我們起訴草率？」楊錚的語氣裡已有火氣，審判長見狀連忙微舉左手安撫，並向文石說：「辯護人應該要說明一下，為何勘驗就能證明被告的過失與事故結果無關。」

文石從卷宗裡取出幾張照片和現場示意圖，交給庭務員轉呈到審判席上：「這是辯護人至案發現場拍攝的照片，請庭上看編號五、六的照片。」

受命法官和陪席法官移動上半身靠向坐在中間的審判長，仔細端詳文石提交的照片。文石解說道：「案發現場前是一個急轉彎道，這兩張照片是交通局在轉彎處所設的反射鏡，位置在示意圖上用M標示出來。這種反射鏡的廣角凸面設計，在解決駕駛視線因路形阻礙致無法提早辨識來車的問題，但請庭上注意，照片中的反射鏡不僅因塵土覆蓋而早已模糊不清，還隱身在高大的芒草之後。」

法官們的臉上出現難以置信的表情。

文石進一步說：「反射鏡的裝設是讓人停車看鏡再開嗎？不是吧。如果被告行車至此，很認真觀察鏡面，她能看到什麼？何況當時還是深夜。任何人縱然盡最大注意義務，也無法發現轉彎後方會有一輛酒駕的來車突然出現吧？」

認同的眼神約略浮現，法官們互看一眼。被告席上可茉也綻出異樣表情。

文石再補一槍：「所以，本案除了被害人自己的酒駕行為是肇事主因外，若認為還有什麼人應該要負責，只能認為是政府了，因為公共設施的管理顯然有缺失。」

「檢察官？」審判長將照片遞給庭務員轉交楊錚。

楊錚看了幾秒，冷冷回道：「就算有哪位公務員應該負責，但就當然認為被告完全沒責任了嗎？每天經過這條路的車子不只一輛吧？別人不會因為這面鏡子發生事故，只有被告會，還要認為與被告無關嗎？請庭上小心辯護人轉移焦點的手法。」

呃？三個法官又回復原來的撲克臉！看來楊錚「定罪魔手」之名並非浪得。

「庭上——」

楊錚不讓文石解釋：「既然辯護人已經提出現場照片，也說明了要證明的事項，檢方同意將這些照片列入辯方證據，那就沒有必要去現場了。」

「可是庭上——」

「是否到現場勘驗，本庭合議之後再作決定。今天先詰問證人好了。」審判長不理會文石還想說什麼，拿起報到單：「胡安謙先生，請上前到證人席。」

身著整齊西裝的中年男子坐上證人席，依指示唸著結文：「本人今為台北地方法院一〇五年度訴字第一號過失致死案件作證，當據實陳述，絕無匿飾增減，如有不實，願受偽證罪之處罰……」

除了必須指揮訴訟的審判長外，楊錚和受命、陪席法官都呈現休息狀態。

因為法庭上，除了文石，似乎都認為本案關於證人的詰問，只是考量被告犯後態度、是否讓被告的量刑減輕而已。在被告的責任業經鑑定的情形下，連我也很懷疑該如何證明可茉沒有過失……

審判長向證人詢問過案發當天，是否曾在現場。證人回答發生車禍時不在，後來被告前來按門鈴時，他有參與協助救援。審判長旋即讓文石主詰問。

「胡先生，案發當晚的情形，請你儘量回憶，向法官說明一遍。」

「那天晚上，我正準備就寢了，結果家裡的門鈴突然很急地響，我到門邊按下對講機的監視鏡頭，發現門口站著一位小姐。我問她要找誰，她說發生車禍了，有沒有人能幫忙。我原本以為是詐騙，先推開落地窗到陽台，看見她在門口神情緊張，又往左邊的路上看，果然有一輛閃著黃燈的小轎車斜停在路邊，對面的路面下方則冒出白色的煙，我直覺認為真的出事了，所以就趕緊下樓。出了門，我們就和對面鄰居的劉先生一起往出事地點跑——」

「打斷一下。你說的小姐，今天有在法庭裡嗎？」

「就是坐在被告席的她。」
「那你說的劉先生是誰？鄰居劉旭嗎？」
「是。我往下衝之前，有看到她跑到對面劉旭的家門前按門鈴。」
「急著找人幫忙是吧。看來她很驚慌？」
「嗯。我問她，她說和對向車發生擦撞，對向車衝出路邊翻落山谷了。她的表情非常害怕。」
「然後呢？」
「我們一起跑到路邊，我發現一輛ＢＭＷ轎車在道路邊坡下方的山坳樹叢裡，引擎蓋冒煙。她說人還在裡面，但是救護車和警方還沒到，所以我和劉先生就抓著樹枝和雜草，下到山坳裡，試圖救車裡的人。因為車門變形，我和劉先生一起很用力才把車門拉開，把人抬出車外。這時聽到上面傳來警笛聲，警方和救護人員就下來接手了。」
「車主有繫安全帶嗎？」
「沒有。但因為他卡在駕駛座和方向盤間，所以拉他出來也很困難。」
「傷勢如何？」
「呃，很慘，好像頭部撞到破裂，血流很多，座位上都是血。」他皺眉道。
「是哪個部位？」
「右前額到太陽穴這裡。」
「安全氣囊有打開？」
「嗯。」
「那，為什麼顱骨還會破裂？」

「我不知道，也許撞擊力太大，氣囊炸開加上墜落的重力加速度的話——」
「唔，有可能吧。那警消人員把車主接手救走了之後呢？」
「我們攀爬回路面，和在場的警員說明過程。那個警員叫彭家卓。」
「當時被告在哪？」
「她也站在警員身邊解釋剛剛發生的事，還一邊說一邊哭。」
文石的主詰問告一段落；審判長讓楊錚進行反詰問。
楊錚清了一下喉嚨後，問：「發生車禍的當時，你不在場吧？」
「如我剛才所說，是事後被告來按門鈴求救，我才知道的。」
「是的。」
「所以，兩車發生擦撞時，被告是否有違規、有無肇事過失，你不知道囉？」
「是的。」
「任何人發生車禍時，都會擔心害怕，尤其是女生，有時怕到會哭，對吧？」
「是。我有看過。」
「擔心車禍出人命、自己會有刑事責任，壓力大到哭，也是有可能的，對吧？」
「異議！」文石大聲打斷：「檢方是在要求證人對於被告當時的心理反應陳述個人意見來臆測事實。」
「反對無效。證人請回答。」審判長冷冷地駁回道。
「蛤？哦。」證人想了一下說：「照常理來說，應該會。」
「當時被告站在警員身邊解釋什麼？」
「她在說明發生車禍的經過。」

「不對。庭上請把剛才的筆錄拉下來給我們看。」書記官移動滑鼠，把電腦內的筆錄往回拉。楊錚盯著螢幕說：「就是這裡！胡先生，你剛才是說被告站在警員身邊解釋，而不是說明。」

「她……就是在說明事發的經過。」

「好，你一定要用說明，那請問她說明了什麼？」

「她說是對方偏過中間線來撞她的，不是她去撞對方。」

「那不就是在解釋事情不是出於自己的錯？」楊錚提高了聲調。

「蛤？呃，可是她也有回答警方問她的問題。」

「回答的時候沒有為自己的行為辯解嗎？」

「辯解？」

「就是解釋事故發生錯不在自己呀？」

「異議！問題重複，這個問題證人剛才已經回答過。」

「駁回。」審判長不理會文石的異議；「證人請回答檢察官的問題。」

「……應該，也有這個意思吧。」

「有這個意思？你有聽到她向警方說：不是我去撞他的，是他違規來撞到我的車，或是錯不在我，是他違規在先這類的話吧？」

「異議！檢方要求證人違背自由意志而為證述。」

「異議駁回。證人應該回答。」

「……印象中，有說到這類的話。」

「這樣看來，被告如果有肇事責任，她講這樣不就是狡辯了嗎？你認為她的犯後態度是不是不佳？」

「異議！證人到庭應該陳述目睹的事實，檢方卻要證人陳述個人意見！」

「檢察官，」審判長的目光終於轉向楊錚：「是不是換個方式問。」

「不用了。我的反詰問結束。」

「辯護人有無覆主詰問？」

「有。」文石深吸一口氣，注視著證人問：「剛剛檢察官問你是否看到車禍發生當時的經過，你說沒有，你是事後被告向你求救時才到現場的？」

「對。」

「所以，ＢＭＷ轎車的車主是怎麼死的，你不知道了？」

「知道。他的車摔下山路，撞破頭死的。」

「但你當時沒有在車上，對吧？」

「當然沒有。」

「所以你說他是車子摔下山路撞到頭死的，是你個人的想法？」

「呃……我是這麼認為。」

「好，那包括你在內，當場有無任何人親眼看到轎車的車主如何死亡？」

「異議！問題不明確。」

「檢察官的異議有理由。辯護人，你的問題要修正。」

「車主簡博化死亡時，你親眼目睹他斷氣嗎？」

「沒、沒有。我和劉旭把他拖出來時，他已經死了。」

「怎麼確定？」

「他……兩眼是睜開的，瞳孔已經渙散了。」

「你如何判斷被告當時哭著向警方描述，是因發生事故衝擊太大，還是因為害怕法律責任？」

「我……沒辦法判斷。」

「你剛才告訴檢察官說，被告有回答警方詢問的問題？」

「是。」

「警方問了她哪些問題你還記得嗎？」

「呃……」證人回想了幾秒：「妳的車是從哪裡開過來……對方的車是什麼方向……還有，妳的車速多快……發生擦撞後是否是妳報警的——」

「等一下。」文石眉頭一蹙，忽然想到什麼似的，不待證人還在陳述就問：「警方詢問被告的車是從哪裡開來的，這個問題被告是如何說明？」

「我記得她說她是從菁山路由西往東的方向，對方是由東往西的方向。」

「但是，距離相撞地點約一百公尺前，不是有一個急轉彎——就是我們俗稱的髮夾彎嗎？」

「檢察官針對這個問題不異議嗎？」審判長竟然打斷證人的回答，要楊錚提出異議。因為事故地點前方有髮夾彎的客觀路況，是大家都知道的事，楊錚原本應該是覺得這個問題有問跟沒問一樣，所以不以為意，但既然審判長提醒，他眉毛一挑，像是無所謂般說：「異議。問題超出反詰問範圍。」

「異議成立。辯護人請提其他問題。」

「被告在本件車禍是否有肇事責任，你剛才回答檢察官說你不知道？」

「是的。」

「檢察官問你被告當時是否向警方解釋事情不是出於她的錯，你說她的說明裡有這個意思，這應該是你個人的想法吧？」

「這當然是我個人的感覺，其實任何人發生車禍都會嚇到吧，而且害怕因此被追究責任，也是正常會有的反應吧，我只是覺得奇怪，菁山路由西往東的方向那天不是有修路封閉嗎，她是怎麼開過來的——」

「證人，請回答律師的問題就好。」審判長制止道。

「蛤？這跟本案無關嗎？」胡安謙疑惑地低聲反問。

「辯護人請繼續。」

「……」文石像置身於周遭的時間、空氣全部停頓的空間裡，完全沒反應。

「辯護人？」審判長不耐煩地催促。

「沒其他問題。」

「檢方要覆反詰問嗎？」

「沒有。」

第九話

證人劉旭目前不在國內，家人具狀向法院請求改期再傳，所以審判長諭知下次庭期配合證人在國內的時間，改在下個月月底再開庭續審。

次日上午，我們搭車從國道三號接國道十號高速公路後，往旗山方向奔馳。

原本要搭高鐵南下，車廠通知文石的二手車「小白」已經修好了，所以我們決定開車前往。

在路上，我的手機響起。是可茉。

「阿芝，妳在哪？」

文石對我使了個眼色。我頓了一下：「……在外面辦事。」

「晚上一起出來吃飯？」

「我、我今天晚上比較不方便。」

「妳——在跟男朋友約會啊？」

「見鬼啦，誰上班時間跟男朋友約會！而且我哪來的男友？」

「呵呵。」

「呃……」

「禮拜天晚上可以嗎？」

「妳是想問出庭的情形是嗎？還是我請文律師直接回妳電話。」

「不用，他那麼忙。」手機那頭頓了一下；「不曉得昨天那位證人的證詞，對我有利還是不利……」

「當然是有利啊。」

「文律師這麼說？」

「我比妳還要關心好不好，開完庭當然會問他啦。」

「可是，那個檢察官好像很厲害，而且審判長好像也站在檢察官那邊……」

「可茉，妳要相信司法。」

「……我不相信。我只相信文律師。」

我瞄了文石一眼。顯然可茉的話他聽到了。

「好吧，雖然他叫我先不要告訴當事人，但我私下偷偷告訴妳，文律師說他認為妳的案件有些奇怪的地方。」

「奇怪？」

文石在旁邊眉頭緊縮地瞪了我一眼。我不理他，繼續說：「也許這些奇怪的地方他查清楚後，妳會被判無罪。」

「……原來你們不認為我無罪。」

慘了，多嘴惹禍。我咋舌，趕緊安慰她：「我們當然認為妳無罪啦，我的意思是說，文律師認為判無罪的把握更高了。」

「可是鑑定報告說我也有肇事責任，那怎麼辦？」

「可茉，妳先不要壓力這麼大。聽我的話，我們很努力在幫妳找證據，妳一定會沒事的。」

「什麼證據？」

「唉，我現在也不知道。文律師沒說，他對於沒確定的事，就算我用盡滿清十大酷刑他也不會說。」

「喔。那一有新的發現，妳一定要馬上跟我說。」

「一定。」結束通話收起手機，我輕輕吁了口氣。

文石說：「妳幹嘛給她那麼大的希望。萬一……」

「可茉是我的好姊妹，你不准有萬一！況且我說的是實話，像現在我就不知道你帶我來旗山是要幹嘛。」

「聽說這裡的香蕉酥很有名，還可以吃到甲仙的芋仔冰。」

結果車子不是停在冰店或名產店，而是旗山地政事務所門前。

文石向地政事務所申請了某個地號土地從台灣光復後總登記時期起的人工登記簿謄本及地籍圖。那是簡博化名下唯一在高雄的土地，而且是在山區。

文石是從巴古阿芬的附民起訴狀繕本後附的除戶戶籍謄本，發現簡博化在年輕時原本是住在高雄縣。他再比對橫肉男砸過來的土地登記謄本，發現簡博化名下的土地都是位於台北或桃園市區，只有這筆是坐落在高雄。

「這個地號是在六龜寶來。」承辦人員貝先生從老花眼鏡上方斜視著，告訴我們土地的確切位置。

「六龜？那不是美濃地政事務所的轄區嗎？」

貝先生綻出笑意：「是啊。不過你看這裏——」

他拿起剛印好準備交給文石的人工登記簿謄本，指著民國四十至五十幾年間的登載記錄。我們望著他所指的地方：承辦人員職章印文內所屬機關竟然是旗山地政事務所。「其實美濃地政事務所是後來才成立的，六龜地區的土地管理原本是旗山所轄區，後來才移出去給美濃所的。」

「啊，我運氣真好，遇到老仙角了。」

「哈哈。」貝先生用手中的原子筆戳了戳蒼白的鬢角，打量了我們一下：「兩位看來不像是高雄人。」

「我們從台北來的。」

「是代書？還是要投資土地？」

「都不是，是找人。」

貝先生用困惑的眼神望著我們；文石微笑道謝，拿起謄本和地籍圖往樓下走。

車子往美濃方向疾駛途中，我忍不住問：「我們去看簡博化的遺產，跟可茉的車禍案有關嗎？」

「簡博化以前曾在高雄住過，他當時在高雄有這筆土地，而且是在山區。吳法官案的歹徒用一則在高雄發生的新聞作為恐嚇工具。簡博化的車上，有一株山上才有的豬殃殃，而且車禍事故發生在陽明山上。恐嚇案的吳恭隆，年輕時是在高雄地方法院擔任法官。」

「真的？那……共同關鍵詞就是『高雄』、『山上』？」一陣驚異襲上心頭，我沉吟幾秒：「……可是吳恭隆與山上間，有什麼關係？」

「這就是邱品智為什麼找不到線索的原因。」

「你是說，吳恭隆承辦的什麼案件是跟『山』有關的，例如，在山區？」

「可以考慮這個方向。」

小白載著我們從台28號省道穿過美濃區，接27號省道後北轉，一路上沿著濃溪蜿蜒往山區挺進，愈駛路面的上昇坡度愈大。車過新發大橋後我們從溪的東岸變成在西岸，在荖濃國小前接20號省道後進入南橫公路的範圍。

除了高度外，陣陣輕風帶來荖濃溪畔的水分子，讓人感受到空氣中的沁涼。台灣南部的山岧嶙巍峨，像座雄偉蒼肅的巨牆拔地參天，矗立在太平洋與台灣海峽中間，屬於中央山脈南端的景緻，與北部山區的施靡綿亙、中部的峰環層疊迴然不同。

初秋的荖濃溪涓澮潺湲，但在陽光的反射下讓水面顯得瀅灩鱗鱗，彷彿一條光芒萬丈的銀蟒，游移在黑色石灘的河床上。

當溪景再次出現在小白左邊的車窗外時，我們已經抵達六龜的寶來地區。

小白轉進郵局前一條往東的小徑。按照貝先生告訴我們的，往前再走約兩百公尺。就會看到一大片果園……

咦！果園咧……？

眼前是一家名為「雲中仙悅溫泉會館」的渡假村矗立在山坡上，占地好大，T霸招牌也好大。我們望著它發傻，文石抓抓後腦問：「妳想要泡溫泉嗎？」

我在販賣部買了大浴巾和小方巾，再到櫃檯繳泡溫泉的錢，轉頭已不見文石人影。反正他負責買單，平常就老像隻貓般來去飄忽，我也不以為意。坐了一上午車身上痠疼得緊，先放鬆一下是理所當然，所以拎著浴巾和鑰匙，把隨身的包包放在置物櫃裡，到更衣室沐浴後，裹著毛巾走進女湯區。

習慣性地拿起手機上臉書打卡，再把剛才在市街上拍的景點照片上傳，想對這個第一次來的地方講些感想。

因為非例假日，除了曾有兩個原住民小孩騎著單車經過街上外，在路上還沒看到任何人，會館裡更未見其他客人，有種彷彿整個六龜唯我獨在的錯覺。

二〇〇九年八月八日莫拉克颱風為六龜帶來前所未見的豪雨，六龜嚴重受創，西鄰的甲仙死傷更嚴重，由新聞報導得知整個小林村都淹沒在土石流下……會不會是因為這樣，這裡的人才會這麼少，畢竟深山裡的聚落，在暴雨沖刷下，觀光和工作機會都會被沖走吧……渺小的人類自大白目，開墾山林、填土大海，企圖挖掘幸福，卻只挖出災難……我泡在池裡，胡亂聯想著一堆有的沒的。

「人類災難的開始，就是妄想扮演上帝。」

在相片下留言後，就把手機放在池畔，仰靠池邊臉上蓋著方巾，放空腦袋。

寶來地區的溫泉屬於碳酸泉，含有二氧化碳及豐富礦物質，會使人微血管擴張、血壓下降，讓痠緊的肌肉瞬間舒緩開來。微動的水流、滾動的氣泡輕撫肌膚，加上偌大的泉池裡只有我一人，所以很快就陷入迷濛想睡的境界。

半夢半醒間，腦海浮現昨天開庭時審判長一再駁回文石異議時的嘴臉，自己當場站起來化身為女雷神索芝，舉起大雷鎚往審判席上三尊神像砸下去，卻遭身穿道士袍的多名法警一擁而上壓制，我揮舞雷鎚反抗，一堆人拉扯推擠……這時兩個男子的對話回音迴蕩在空間：

「那個小妞真的很漂亮啊。呵呵。想不到會在這裡遇到——」

「還很騷咧……會不會是出來賺的？」

「呵呵呵。我覺得不像，看來起還蠻有氣質的。」

「她好像對柯董你，嘿嘿嘿……有點意思厚？」

「哈哈哈哈，嘜亂共！她只是問我這家會館的歷史。」

「是是是。你是成功的企業家，應該會有很多記者會想報導你的事業。」

「她不是記者，她是主播。」

「呵呵呵，是啦，主播卡水啦。啊，她是哪個新聞台的？」

「她說她是什麼……『貳新聞』的孟思梨。」

咦！我像被電到般倏地從水裡站起來，整個人精神大振。

用浴巾趕緊把身體裹好，正要衝出去，拾起手機時才發現Line上有訊息。

「**阿芝，妳在哪？**」是文石。

瞄一眼時間，驚覺自己在溫泉池裡昏昏沉沉已經快一個小時了。

我以最快的速度著裝後，溜出女湯區。剛剛的聲音明顯來自隔壁的男湯區。

回到櫃檯旁邊的餐廳，向服務員說：「我要一份梅子雞特餐，外加一杯拿鐵，少冰。」

手指在手機上回訊文石，我的眼角餘光始終緊盯男湯區的門。

午餐時間已過，所以餐廳裡只有我一個客人。

服務員端來套餐時，我趕緊問：「請問，在男湯的客人是誰？」

服務員怔住，眼神迅速打量我。應該是見我的髮梢還有水珠，語氣帶著緊張反問：「發生什麼事嗎？」

「喔，別誤會，他們不是偷看我，是……講話的聲音大了一點。」

服務員的表情有點為難又有點歉意：「我代他們向您道歉。」

「為什麼？又不是妳的錯。」

「呃……」她彎腰靠近我低聲說：「裡面是我們柯老闆和他的好友李董。」

「沒、沒關係啦，我不是說他們吵到我，是覺得聲音很耳熟，想說是不是我認識的人。」

「菸酒嗓的那個是我們柯董柯振平，聲音細的那個是李董李元欣。」

「喔，果然是柯董和李董！難怪。好，我知道了，謝謝妳。」

服務員放心地退回櫃檯。我一邊拿起筷子享用午餐，一邊思忖著。

「貳新聞」的孟思梨……原來她是電視台記者，是說貳新聞是哪家電台的？怎麼沒聽過……現在滿街都是記者和SNG車，可能是一百多台以後的哪個有線頻道吧……她先是在邱品智追查恐嚇法官案中神祕出現，現在又出現在這偏僻的六龜山區，難道她和簡博化的死也有關係？

「這兩個案件似乎有某種關連。最奇怪的是，為什麼都找上我？」

「我們好像被困在玻璃瓶裡的小昆蟲，總要找一到個縫才能飛出去，看清楚整件事到底怎麼回事吧。」

文石說的有道理。兩個案子會連結在一起，一定跟這個孟思梨有關，她就是那個讓我們看清楚真相的玻璃瓶縫！

約十幾分鐘後，兩個身影出現在男湯區門口。

一個啤酒肚老伯。一個禿頭瘦皮猴。

兩人進入餐廳在另一邊落座。瘦皮猴發現我，貪婪眼神在我身上掃來巡去。服務員跟啤酒肚說了些什麼，他也看了我一眼。我起身，裝出八卦記者的豺狼禿鷲表情快步走過去，並主動伸手：「柯董李董你們好。我是『貳新聞』的沈鈴芝。」

柯振平輕握了一下我的手，浮腫的眼皮下露出警戒的眼光。瘦皮猴李元欣則笑得燦爛，握住的手沒打算放開：「又一個美女主播？哈哈哈……」

「不好意思打擾兩位，想請問有看到我們家孟思梨嗎？」

「喔，有啊，剛剛還在採訪柯董哩。妳們電台到底在幾號頻道啊？」

「採訪結束了嗎？孟姊姊怎麼沒等我。」我嘟嘴斜眉，以微萌的聲音和表情說：「我都沒聽到柯董的成功故事，真可惜……」

「有機會、有機會，呵呵……」啤酒肚放下心防，也笑瞇了眼睛。

聽到要談事業就開懷、懷疑要問八卦就警戒，顯然有什麼不可告人的事。

「請問剛剛我家孟姊姊往哪個方向走了？」

他們互看一眼，瘦皮猴說：「她說要趕回去寫新聞稿，所以應該是下山了吧。」

真可惜！貳新聞、貳新聞在哪一台呀……

這時手機簡訊聲響起，我笑著把手抽回，在手機上點開Line：

「幹嘛跟那兩個色老頭糾纏？」

抬眼望見文石已經坐在我位子上，還低著頭在挾我的梅子雞吃。

我回訊息：**「有關於孟思梨的重大發現！」**

「快過來，我的發現比較重大。」

我對他們說要去找孟姊姊了。瘦皮猴的視線還依依不捨地停留在我身上。

文石起身到櫃檯結帳。我拉著他衝出會館。

一上車，我急著說：「你知道貳新聞在哪一台呀？」

「蛤？」

「原來孟思梨是『貳新聞』的記者。」這是最接近找出這個神祕女子的時刻，我急急述說發現她身分的事，同時快速地滑著手機搜尋。

文石倒是氣定神閒在後車廂翻找著什麼：「妳幹嘛對她這麼感興趣？」

「枉費我一直覺得你的推理能力比我強！你不覺得她是串起這兩個案子關聯的唯一線索嗎？」

「我覺得妳是想看她是不是比妳漂亮吧。」

「你不想嗎你不想嗎你不想嗎！我就不信你不想！」這個臭文旦，居然把我潛意識裡另一個想法直接講出來。我把剛才泡溫泉的發票丟給他：「拿去，還我錢！」

「好好好，自己拿。」他把鴨舌帽往頭上戴、同時取出皮夾遞給我。

請谷歌大神搜了半天，居然找不到貳新聞？我滿腹狐疑：「太奇怪了⋯⋯」

「會不會聽錯了？妳是聽到他們在隔壁的對話，而且那兩個老頭看到美女血壓就上升，記錯了也不一定。」

「這樣啊⋯⋯」我瞥他一眼：「你剛剛說有重大發現？」

「嗯。事情比我想像中的複雜。」他穿上牛仔外套，並取出一台手提攝影機開始裝電池。

從土地登記謄本的地號、貝先生告知的位置，及現場看到的情況，簡博化唯一一筆在山區的土地，居然是雲中仙悅溫泉會館基地的一部分，再比對地籍圖謄本，顯然就是會館門前出入的通道。文石向會館員工打聽結果，找到現任里長辦公室。原本屬於高雄縣的六龜鄉，在與高雄市合併後改制六龜區，寶來村也升格為寶來里，但文石問的事，現任里長並不知道，他找來原本擔任寶來村村長的老爸。

老村長告訴文石，雲中仙悅溫泉會館起造前，那裡最早是一片旱田，地主是一個繼承取得土地的敗家子。原本的棗子樹在繼承後全部枯死，敗家子把家裡的好幾筆土地向人借錢，還不了錢只好被迫賤價賣掉償債；最後一筆土地他要賣時，附近一位農夫覺得可惜，向他買了下來。

農夫把畢生積蓄都用來買那塊地，重新整理成一個果園，還取名慈心園，除了養家活口外，還經常把生產過剩的棗子、蓮霧捐給附近的育幼院。院童都喜歡叫他「蜜棗伯」，村民因而也這樣叫他，很有人緣。

快樂的時光總是過得特別快，幸福的人們也是會遇到不幸。這樣快樂幸福的日子過了大約十年後，單純的蜜棗伯不知跟別人發生什麼糾紛，慈心園的土地居然變成別人的了，果園再度荒蕪。蜜棗伯連同他的家人都不知去向，村長曾遇到他的鄰居，鄰居說只記得最後一次遇到是他在搬家，印象中覺得他很憔悴。

過了兩年後，就有大卡車載著怪手開進村子，把慈心園都挖空了；一年後，連同周圍的土地上長出了一大棟建物，業者從山裡接管引溫泉水開始經營「雲中仙悅溫泉會館」。

「蛤？那到底蜜棗伯和他的家人發生什麼事了？」

「村長說沒人知道。」

「為什麼我們要對蜜棗伯的事這麼關心？」

「我是關心這筆土地怎麼會變成簡博化的財產。」

雖然我還是沒辦法完全理解，但還是問：「所以現在該怎麼辦？」

「他們的過去我們無法參與，但是現在我們可以掌握，才能控制未來。」

「怎麼掌握？」

「我們下車化身為貳新聞的記者，去訪問柯董。」

第十話

我以最快速度化上濃粧，穿上套裝。回到溫泉會館，以孟思梨來電告知電台總編要求再問一些問題為由，請柯振平接受我們的「補充採訪」。

一小時後我們步出溫泉會館再度上車。這時的我只有兩大：火大跟瞳孔大。

因為啤酒桶跟禿頭猴一邊回答問題、一邊用猥瑣淫邪的目光不停在我身上飄來飄去，如果不是文石拿著攝影機，也許手就伸過來了，著實令人火大。

瞳孔大則是因為柯振平提到了一個人。

「前面那塊地啊？」柯振平聽到這個問題，難得收起變態眼神，皺起眉頭：「那不是我的。」

「可是，那不是會館的大門和車道嗎？」

「那是我跟一個叫何正光的人租的。」

何、何、何正光？我的瞳孔就是從這時開始變大的。

文石以眼神給我暗號。我努力維持鎮靜，不讓自己的聲音顫抖：「可是據我們了解，地主不是好像不是姓何呀。」

「我知道，後來他把土地登記給一個叫簡博化的人，通知我以後租金都改匯給姓簡的，還說什麼買賣不破租賃之類鬼才聽得懂的話。他媽的，每個月要租金二十萬耶，超貴！操他媽的——啊，我不應該在淑女面前罵三字經，呵呵，對不起啊，美女主播。」

原來簡博化和何正光兩人是認識的！真是重大發現……

「這樣不是很奇怪嗎？您沒有打算把它買下來嗎？」
「投資會館前當然有要一起買，但是當時那塊地有糾紛在訴訟，拖好久，只好跟旁邊及後面土地的地主先買，前面那塊地用租的。想不到訴訟結束後他不賣了，還跟我說又登記給別人——」
「那改天簡博化如果不租給您了改租給別人，或是把地收回圍起來，會館的客人要怎麼進出？」我裝出義憤填膺的表情問。
「這就是我為什麼每個月要付他二十萬租金的原因啊！幹他娘的咧——啊，還在錄影……帥哥，這句話記得幫我消音。」
文石比了個ＯＫ的手勢。我繼續煽風點火地問：「那個何正光自己可以收那麼多的租金，為什麼要把土地賣給簡博化？」
「他表面上是說有欠簡博化錢，才把地半賣半抵掉的。但據我所知，何正光根本不是真正的地主，只是人頭而已。」
「咦？」
「最早因為有糾紛，何正光每月只收我租金五萬元，後來聽說糾紛結束了，他卻把土地過戶給簡博化。有一天簡博化自己跑來說租期屆滿後要調高租金，不然他就不租了，一口氣就給我漲到二十萬！伊娘咧！我跟他討價還價的過程中，他無意中說出何正光其實是人頭，跟他有債務糾紛的，是另有其人。」
「那幕後地主到底是誰？」
「那就跟我沒關係啦，我沒問，他也沒說。」
訪問結束，文石假意說要拍一些會館各項設施的畫面當成報導的背景。柯振平就興高采烈帶我們上樓參觀，口沫橫飛地說著哪個房間花多少錢搞成希臘風、哪個房間馬桶耗費鉅資讓客人坐上去看來像貴族……聽得我心煩意亂，暗想就算馬桶鑲鑽拉出來盛著不就是一坨屎，有差嗎？但臉上還是得扮出驚嘆的表情，真痛苦。

眼角餘光瞄到文石雖然舉著攝影機假意拍攝，但他的目光卻看著窗外，還看得目不轉睛。到底是看到了什麼……

我趁柯振平把頭埋在馬桶裡解釋肛門沖洗器的功用時，順著文石的目光往外瞧……窗外是一株高大的波蘿蜜樹，樹上幾隻麻雀吱吱喳喳吵個沒完，遠方的山巒上翠綠如茵，幾座高聳電塔在山稜線上，更遠的是朵朵輕柔似絮的白雲貼在澄藍的晴空，如蒼蠅般大小的直昇機正巧飛過天際……沒見到什麼紅衣小女孩呀。

哼哼，該問的問到了就該閃了嘛，無聊了齁？我白他一眼，內心暗忖。

不過就是個腦滿腸肥的商人開了間溫泉會館而已，有什麼新聞性？哪個房間出現無頭屍還比較像新聞吧。偏偏現在的新聞台太多、新聞太少，許多新聞台都兼購物台在做，早已不是什麼新聞了。

好不容易回到車上，文石啟動引擎把車往回開。離開前柯振平一直追問貳新聞到底在哪一台，文石胡掰說什麼在第201台，新聞在三天內就會播出，提醒他一定要記得收看。我很好奇第201台到底是什麼，上網搜尋結果：超自然科幻台！

我的爆笑聲大到差點沒引發山崩。

文石倒是淡定得很，等我把眼淚擦掉，才要我幫他從文件夾裡找出第97號土地的異動索引。因為個人資料保護法實施的關係，為兼顧不動產交易安全及地主個人隱私，地政機關依土地登記規則第二十四條之一規定，會將登記名義人部分姓名、生日、部分統一編號等個人資料以星字符號「＊」隱匿。而我們又不是利害關係人，只能申請到第二類謄本及索引，所以我看完後說：「地主原先是一個陳星星，死亡後由另一個陳星星繼承取得。二號陳星星後來以買賣為由移轉登記給一個何星星，之後何星星又移轉過戶登記給一個簡星星。目前土地登記在簡星星名下。」

「只有這樣？」

「是啊。」

一路上文石鎖住眉頭不語，在思索著什麼。

我用手機不斷點選，眉頭也鎖住。

因為用遍了各種搜尋引擎，都找不到「貳新聞」是在哪家電視台。

途經旗山地政事務所下車。我們把97號土地周圍的土地權利異動索引都申請到手，在民眾等候的座位區坐下，文石把手中資料仔細比對半天，眉頭更緊了：「周圍土地的地主都沒有姓何跟姓簡的，那妳說的二號陳星星就應該是老村長說的敗家子了。可是這樣的話……不對呀……」

我沒聽出他的疑惑：「有什麼不對的？」

「蜜棗伯到哪裡去了？」

「咦？」我搶過權利異動索引看了半天，再回想文石轉述村長回憶97號土地的過往、及柯振平剛剛所說的租地過程：「會不會是村長記錯了？」

文石起身向櫃台後的承辦小姐問：「請問這位卓先生現在還在貴所嗎？」

文石指著登記謄本上陳＊＊移轉登記給何＊＊那一欄下方「登記者章」欄裡的登簿人員職章印文。

小姐起身看了一眼：「我幾年前來這裡就沒這個人了。」

我們互望一眼，齊步奔往二樓的測量科。

「卓耀春？」貝先生對於我們去而復返、文石並指著登記謄本詢問，顯得很驚訝：「早就不在這裡了。」

文石望著貝先生的滿頭白髮問：「退休了嗎？」

「不是，十幾年前就辭職了。」

「辭職？公務員不是鐵飯碗嗎？」

「……不知道耶。」貝先生露出古怪的表情，似乎不想多聊當年同事的私事。

再次發動引擎，文石讓小白往下山的路途奔馳。

「到底是發生什麼事？」

「不知道。」文石握著方向盤，目光直視前方。

「蜜棗伯叫什麼名字？」

「邱默夫。」

「他在可茉的案件裡很重要嗎？」

「我以前在山上的學校唸書，季節交替時校園裡常常大霧瀰漫，眼前只是一片白茫茫的，即使四周圍有人，也只是霧中不見人、但聞人語響。這時要認人，恐怕只剩聽聲辨位了。」

「所謂的霧裡看花？」

「也許蜜棗伯就是我們在霧中聽到的聲音。」

「邱默夫……會不會跟邱品智有什麼關係？」好歹兩個人都姓邱嘛。

他忍住沒笑出來，但旋即一挑眉：「我們就讓他們有關係吧。」

我拿起手機，點入通訊錄找到邱品智的電話。

文石跟他說想請他幫忙找兩個人的資料。

但是邱品智居然拿出個資法搪塞，還說：「哼哼，你身為律師，該不會要我知法犯法吧？」

「當然不是。只不過……我還以為邱神探想知道關於孟思梨的消息。」

「呃？找到她了？」手機那頭的語氣明顯改變。

「是還沒有，但若你肯幫忙找到我要的人，她應該就會出現。」

「……說吧。」

文石要找的是二號陳星星和邱默夫。

我把土地登記謄本拍照上傳Line給邱品智。

「這個邱品智，有求於我們時何其低調，現在居然打我們官腔？」

「想必是恐嚇案有了新的發展，覺得已經不需要我們了。」

「這個現實鬼！」

我的手機才剛收起，文石的手機卻響了。我幫他接起，是白琳律師。

白律師說她快到夏芯瑤的家了，問我們還要多久才能到。

文石說他幾乎忘了這件事，立即把小白的油門踩到底。

夏芯瑤真的很漂亮。雖然沒有我漂亮。

「小琳！」她站在一樓大廳的會客室門口，一見到我們出現，就笑盈盈地迎接道。白琳律師立即和她熱絡擁抱：「瑤！妳愈來愈美了。」她們倆嘰嘰喳喳寒暄了一陣，夏芯瑤才把目光投向我們。我開始了解為什麼文旦要透過白琳找她了。

「嗨，小石。」人甜，聲音更甜。

「好久不見。」文石的表情有夠靦覥！我努力忍住的笑已經讓嘴角抽搐了。

「這位是——？」她注意到我。

「哈囉，我是文律師和白律師的助理，叫我阿芝就可以了。」

她熱情地招呼我們進電梯上樓。文石跟我走在後頭。

我突然附在他耳邊問：「舊情人久別重逢，心跳很快齁，小石？」

他低聲斥道：「哪有！」

「見未來岳父的心情會不會很緊張啊？」

「別亂說！」

「嘻嘻。」她聽到我的笑聲，好奇地回頭望我一眼，我才停止戲弄他。

進到夏家客廳，夏芯瑤招呼我們坐，還客氣地端上餅乾和水果茶，又與白琳聊了一會兒後，說要進房間看父親午睡醒了沒，就起身獨自進入主臥房。

整個客廳不算大，但因使用高級建材，搭配擺設的是進口家具及手工波斯地毯，感覺上還是很氣派。正面牆上玻璃櫃裡放著許多獎狀、紀念盃、與政商名流合照及公益團體頒發的感謝狀，另一邊黑色木造大書櫃裏則是整套的法律典籍，給人權威感。看來夏敬明在退休前，是個很成功的律師。

「她爸爸是什麼病？」我問。

「心臟病。」白琳低聲回道。

幾分鐘後，夏芯瑤回到客廳，低聲說：「本來我想請爸爸出來，但他身體不舒服，下床不方便——」

「伯父開刀後會很虛弱，這是一定的，不方便的話我們改天再來……」

「喔不，爸爸說如果你們不介意，你們可以進去，他想見你們。」

她領我們進到主臥房。一位白髮蒼蒼，面色蒼白的長者在床上，已被看護扶坐起身。我們逐一自我介紹，他露出笑容，要我們在看護搬來的椅子上坐下。

白琳先禮貌地說了些打擾休養真不好意思之類的話，並關心他目前復原情形。幾番客氣話說完後，他把目光轉向文石：「你就是芯瑤以前常提起的那個小石？」

「呵呵。」這個文旦，居然抓抓亂髮，點頭傻笑……

「你們兩個是……男女朋友？」

文石和我互望一眼，同聲說：「不是。」

「喔，那我們芯瑤還有機會囉？」老人家露出調皮又期待的表情，讓夏芯瑤的雙頰瞬間霏紅一片：「爸！他們是來問你問題的，你幹嘛亂說啦。」

老人家被女兒的嬌嗔逗笑了：「他都已經是律師了，會有什麼法律問題好問。人家應該是來看妳的吧。」

夏芯瑤顰眉裝怒，起身說：「我去幫他們把茶端進來。」就閃身溜出去了。

起身時，被我銳利的目光逮到她還偷瞄了文石一眼。

誤會大了。

但說不定文旦此刻也在春心蕩漾也不一定。這兩個人當年在學校時到底發生什麼事，為什麼沒有在一起？難道是文旦覺得自己配不上人家？還是發生什麼誤會？又或是當時他另有女友……不可能，阿旦這個怪咖聽說以前在學校時就是這麼怪，哪個女大生會被這種怪石迷上那就真的是腦袋結石了。我想像著女生坐在校園的椅子，被一臉惺忪的他從椅背後面冒出來嚇得尖聲大叫的畫面，忍不住身體抖抖抖地竊笑。身邊的白琳用手肘碰我，才提醒我趕快回到現實。

「何正光是二十多年前我的一個當事人。我住院前一個禮拜，確實曾去找過他。但你問我這個幹嘛？」夏敬明說。原來文石的詢問已經開始了。

文石告訴他何正光已經死了的事，讓老人家睜大了眼睛，久久說不出話來。

文石講了些別的事情轉移話題，讓他心情有時間平復。見他皺起眉頭陷入沉思，文石才解釋今天來的原因：「因為我辦另一案件的過程中，發現何正光似乎不是如警方判定的意外死亡。」

老人家詫異之色寫在臉上，原本蒼白的臉色突然泛紅，呼吸開始急促。一旁的看護嚇得連忙拍撫他的背；夏芯瑤這時端茶進來，也緊張地連忙在桌上找藥。就在我們拿出手機要幫忙叫救護車時，老人家大喘一口氣逐漸回復，並搖搖手制止我們，下一秒隨即目光矍爍，直挺挺瞪著文石：「你確定他是被人害死的？」

文石堅定地點頭。

「唉……」他輕嘆一聲，沒再多說什麼。

「前輩是不是知道發生了什麼事？」文石小心翼翼地問。

「我不知道。」

「但是前輩造訪何正光後沒幾天，何正光就死了。」

「所以呢？」

「所以我在想，他的死，會不會跟前輩造訪他的原因有關。」

「你是想問我當年受他委任的案件是什麼？結案多年後為什麼又去找他？」

「是。如果可以的話……」

「你應該知道為客戶保密，是律師的天職吧。」

「……前輩教訓的是。」

「是誰害死他的？」

「警方正在調查。」

「那我們等警方調查結果，不就知道跟我的造訪是否有關了嗎？」

「先前警方是以意外結案，所以警方的判斷我通常沒什麼信心。」

「你辦案經常自己求證？」

「可以避免被別人提供的證據誤導、或受他人意見的影響。」

「別人是警方？他人是檢察官？」

「可以這麼說。」

「如果沒有轉任律師，而是法官做到退休，我會罵你。」

「但前輩不覺得，起訴狀一本主義，比較容易讓審判者保持客觀嗎？」

「哼哼，你太年輕，還有很高的熱忱和理想性。」

「法律人沒了熱忱和理想性，判決結果跟事實之間的距離會有多遠？」

「真的實行起訴狀一本主義，辯護人手中沒有調查權當作武器，在法庭上一樣不平等。而且，站在法官的立場，不止是被告，被害人的人權也要兼顧吧。」

「前輩說的絕對是真理，只怕兩邊當事人都認為權利未被兼顧才是真實。」
「審判是依證據，不是當事人主觀的認知與感受。」
「我們身為律師，也該努力找證據，來協助法院發現真實，不是嗎？」
「今天是何正光的家人委任你嗎？」
「他的家人委任我，您就會坦承告知造訪的緣由？」
「也不會。為客戶本人保守祕密是律師的天職，你是芯瑤的同學，不會要我違反律師倫理吧。」
「絕對不敢。您有顧忌，晚輩就不敢再打擾了。」
文石起身要退出臥房。夏敬明移開始終盯住文石的眼神，沉吟片刻，彷彿剛才說的已用盡了力氣般微弱地說：「我只能說，任何案件，有被害人就一定有被告吧，否則，那就是懸案了，不是嗎？」語畢即闔上眼睛，讓看護扶他躺下。
我們回到客廳。文石一直為耽誤老人家休養向夏芯瑤道歉；趁此我悄聲問白琳：「夏律師剛才跟文旦說些什麼？我聽得半懂半不懂的。」
「高手過招，只能意會。」
「那意思是……文旦輸啦？」
「沒有輸贏，只有能否領悟而已。」
「喔。」看來我的功力還不夠，連白琳的話都聽不太懂。
這時夏芯瑤笑著說：「其實小石你不用道歉，我反而要謝謝你，讓我爸今天精神這麼好，他出院到現在一直精神不好，講的話不超過五句。」
「妳知道他去找何正光嗎？」

「不知道。爸爸不會跟我聊案件當事人的事。」

看來夏敬明還真是個值得當事人信賴的律師。

第十一話

一進法庭入座，三位法官的臉就比死了三個月的屍體泡在餿水桶裡三個月還要臭。

人別訊問及證人具結後，文石開始主詰問劉旭。

劉旭敘述一開始參與救援的經過，和胡安謙上次的證詞大致相同。

「照你剛才的說法，案發當天，你也和鄰居胡安謙隨同被告下到路邊山坡下的山溝裡去救困在車裡的駕駛？」文石讓他說完後，下結論問。

「是。」

「把駕駛拖出車外時，聞到他身上有酒味？」

「有。連車裡都很濃。」

「駕駛當時的狀況怎樣？」

「不醒人事，我們有叫喚他，他完全沒反應。右腦破了一個很可怕的洞，一直流血，我和胡先生拖他出來時身上也都沾到了他的血。」

「當時車上只有他一個人？」

「是。」

「從頭到尾的過程中，被告有向你們表示為什麼發生車禍嗎？」

「時間太久，不太記得……好像有說對方車速太快之類的。」

「在事故發生時，你聽到緊急煞車聲嗎？」

「有。還蠻大聲的。」

「你和胡安謙下到山坡下的山溝去救車主前，在場的人只有你們三個？」

劉旭回想了一下：「是。」

「你和胡安謙回到路面後，現場除了你們以外，還有其他人嗎？」

「還有警察和救護人員。」

「除了警察和救護人員以外呢？」

「異議。與本案待證事項無關。」楊錚放冷槍打斷。

「異議——」審判長正要裁示異議成立，文石搶先解釋道：「庭上，證人剛才已經提到他在屋裡就有聽到很大的煞車聲，而煞車聲與被害人及被告的車速都有關係，若被害人超速，對於車禍的發生難辭其咎，若被告超速，則被告有違規過失，怎麼會本案待證事項無關？」

「他有說到他在屋裡聽到的嗎？」審判長冷冷地問。

「案發之前證人不是在屋裡嗎？如果不在屋裡，我們就該問他在哪裡聽到煞車聲呀。」文石語氣急切地回應。

「我當時確實是在屋裡聽到的。」劉旭插嘴。

「那跟有誰在場又有什麼關係？」楊錚質疑。

「如果聲音夠大聲，應該會把附近居民嚇一大跳吧，而且後來又有警車及救護車趕到，不會引起居民出門圍觀嗎？」

審判長的表情出現轉變，楊錚見狀立即轉舵：「變更異議理由為：被害人超速的事實，鑑定結果已經有判斷了，所以這個問題延滯訴訟程序。」

本案就是單純車禍事故，被害人已死亡，行車事故鑑定委員會的鑑定報告認為被告有過失，又是最強而有力的專家意見，哪需要多做無益的詰問？楊錚抓緊了合議庭這樣的想法，當然每次出招都打中法官的心。

審判長點頭，正要裁示異議成立，受命法官卻靠向審判長低聲交談了幾句。

「檢察官，因為這個問題還涉及被告是否超速，所以我們先讓辯護人問。」

楊錚挑了一下右眉，不置可否。

「證人請回答。」審判長對劉旭說。

「我們那裡是山區，住戶不多。我記得當時只有三、四個住戶有跑出來看。」

文石起身拿出四張放大的照片給證人：「用紅筆圈起來的四個人，其中有你認識的嗎？」

照片是從邱品智提供案發現場附近住戶的監視器攝影檔截圖印出。這些畫面的鏡頭雖然沒拍到可茉和簡博化的車，但可以看到案發時緊接數分鐘內出現在現場附近的路人。劉旭檢視指認其中三張是他附近的鄰居，最後說：「這個穿連帽T恤的人只看到一半的臉，我就不認識了。」

那連帽T恤的帽斗部分，還繡有一個小小的向日葵圖案。

文石收回照片，轉身交給審判長：「主詰問完畢。」

主詰問完畢？說好的被告超速呢？審判長與楊錚臉上露出錯愕表情。

審判長讓照片給楊錚看過。楊錚回應：「與本案無關。」

「檢方反詰問？」

楊錚顯然迷惑於文石最後的詰問重點，猶疑幾秒後才決定：「沒有。」

最後一位證人是巴古阿芬。

簡董美芬一坐上證人席就嚎啕乾哭，大聲喊冤，但因演技太爛一滴眼淚都流不出，被審判長斥責：

「夠了！妳雖然是被害人家屬，但今天是請妳來作證，不是要聽妳唱哭調的！」

她自討沒趣地吸了兩下鼻孔，歪嘴斜眼地瞄了審判長一眼。

證人具結後，文石旋即主詰問：「簡太太，妳先生平常有喝酒應酬的習慣？」

「關你什麼事？」

「證人！這裡是在法庭，妳必須回答辯護人的問題。」審判長厲聲道。

「……有啦。」她撇著嘴，語氣裡不甘不願。

「本案車禍發生當天晚上，他是跟什麼人在一起嗎？」

「跟我啊。」

「跟妳一起吃飯喝酒？」

「不是啦，晚飯後他接到一通電話，就跟朋友出去了。」

「哪位朋友？」

「他出事後我看他的手機，才知道是個叫崔詩樂的人。」

「妳認識他？」

「不認識，從來沒聽過。他幾個愛在一起喝酒的朋友我都認識。」

「妳先生酒量如何？」

「算很好。不容易醉。」

「是因為擔心他在本案也要承擔酒駕責任，才這麼說的吧？」

「不是！他也許常常喝得滿臉通紅，但是回到家跟我的對話還是對答如流。」

「回家是自己開車還是搭計程車？」
「自己開車呀。」
「但是開車的話，反應就變遲頓了吧？」
「異議！要證人表示個人的意見。」
「異議成立。辯護人換個方式詰問。」
「好。妳先生曾經喝過酒開車搭載妳嗎？」
「沒有。」
「那妳怎麼知道他酒後開車的狀況是否正常？」
「喔，我記起來了，有一次我們去參加朋友的喜宴，因為敬酒的關係他喝了不少，載我回家時也是很正常啊，平平安安到家的。」
「所以，他經常酒駕？」
「沒、沒有經常啦。」
「一個禮拜喝幾次酒？」
「……」
「每個禮拜三次總有吧？」
「沒那麼多次啦。」
「請具體回答我的問題。」
她瞪了文石一眼：「兩、兩次。」
「都喝到醉？」

「沒有，我剛才說過，他不容易醉的。」

「主詰問完畢。」

「請檢察官反詰問。」審判長的臉轉向楊錚。

「有看過妳先生喝醉的情形嗎？」

「幾乎沒有。」

「幾乎？那也就是曾經有看過了嘛。情形到底是怎樣？」

「不、不記得了。」

「別忘了妳剛才具結過的，作偽證最重可以處七年有期徒刑的！」

「……就、就是不醒人事，被別人架著扶回家。」

「照妳的說法，他平常不是一個容易喝醉的人，如果喝醉，一定是呼呼大睡不醒人事？」

「可以這麼說。」

「意思是，如果喝醉的話，連上車都沒辦法了，哪能開車？」

「對。」

「如果喝酒但沒醉，應該還能開車而且平安回到家，跟妳對答如流？」

「是啊、是啊。」

「照妳的說法，本案當天，他應該沒有到喝醉的地步，否則連車都上不了，哪還能把車開到案發地點，是這樣嗎？」

「嗯！就是這樣。」簡董美芬顯然聽出楊錚問話的目的，竟然微笑著附和。

好厲害的楊錚！明明酒駕就是違規，他的詰問卻能讓人聽起來覺得就算簡博化是酒駕，也未必達無法正常駕駛的程度。相對而言，可茉的疏忽就好像成了最該負責的原因……

但最後一個問題分明是要人以臆測之詞來作證嘛，為什麼文石不異議呢……

「我的反詰問到此。」

「辯護人有覆主詰問嗎？」

「沒有。」

誒？居然沒有……我不免心急了起來。

「對於證人的證詞有何意見？」

「由證人所述看來，簡博化當時不是在酒醉的狀態上車。」文石竟然這樣回答。楊錚有些意外般瞥了文石一眼

「對於證人所述，檢察官有何意見？」

楊錚露出勝利的冷笑：「意見與辯護人一樣，可以證明被害人縱然酒駕，未必不能正常駕駛。」

「等一下。」文石提高了聲調：「我的意見只有當時簡博化不是在酒醉的情形下上車，但不表示他還能正常駕駛，這跟檢方看法是不一樣的。」

審判長和受命法官聽了，臉上閃過一瞬「狡辯」的表情。審判長隨即裁示：「交互詰問完畢。證人可以去領旅費。本案定下個月十號上午十點進行最後的辯論及審理。退庭。」

「庭上！我還要聲請傳訊法醫，調查被害人的死因。」文石連忙舉手道。

三位法官入庭時的死屍餿水臉又出現了，審判長冷冷地說：「我知道，我收到了你的調查證據聲請狀。但我們認為有必要的話就會傳訊。」

那意思也就是……根本沒必要。

步出法庭，可茉眉頭緊鎖滿臉愁容：「文律師，好像……不太樂觀是吧？」

「不會，案情愈來愈明朗了。對於簡博化的死，妳應該是無罪的。」他扯了一下嘴角笑著回道。

感覺好像在強顏歡笑。

「真的嗎？」

「真的。」文石在思索著什麼，語氣中好像應付般；「啊，我還有事，阿芝妳送一下倪小姐。」語畢即一溜煙跑掉了。

這個時候秀斗？我有點尷尬，卻為了安慰她急忙說：「可茉，妳別擔心，他說妳會無罪，妳就一定會無罪的。」

唉，我好心虛呀……

「上次找妳，妳說文律師正在幫我找證據？」

「是啊，我們還跑到高雄去咧。」

「到高雄？找到了什麼嗎？」

文石常要我在證據及案情未明朗前，不要隨便向當事人全盤透露我們知道的事。但剛剛出庭的情況，不將我知道的告訴可茉，恐怕她今晚壓力會大到睡不著吧。所以我們搭捷運到「紫羅蘭」，叫了兩杯咖啡，我把前幾天到高雄六龜和去找夏敬明律師的事，一五一十都告訴了她。

可茉臉上的表情隨我的敘述而變化著，靜靜地聽完後，她吁了口氣：「想不到文律師居然這麼認真……如果這樣我還被判有罪，那也該認了吧。」

「說實在的，我們這樣東奔西跑，到底找到了什麼有利的證據，我也不知道。但文旦跟我說過，訴訟的勝敗未到判決確定前，都有可能逆轉，所以別這麼快沮喪嘛。」

「文旦？」

「石是破音字，可以唸成旦，我老愛叫他文旦。所以他小名柚子，別號石頭。」

她噗哧笑出聲：「只有妳才想得出。」

「好了，妳終於笑了。」

「鈴芝，」她眼眶微溼，忽然握著我的手認真地說：「很謝謝你們。」

「唉喲，快別這麼說，最重要的是還妳清白。」

叮咚。手機這時傳來簡訊。我點開Line來看：

「美女，這個月底我們舉辦遊艇趴，保證嗨！我去接妳吧？」

照片截圖猛男影星馮狄索。標名「帥瑞」。陳騌瑞傳來的。

我心虛得很，瞄了坐在正對面的可茉一眼。

她抬眼望向我，我趕緊把畫面滑掉。想不到叮咚一聲，又有人傳訊。

邱品智說有重要的事討論，問文石今晚何時會在事務所。

我把他的內容改傳給文石。

數分鐘後文石傳回：「我在圖書館找資料。妳跟他說我七點會回電話，再約。」

我回訊給邱品智。可茉靠過來看：「難道是找到二號陳星星和蜜棗伯了？」

「有可能耶！到時候我通知妳，妳也過來一起討論？」

「不行，我晚上七點就要去家教。」

「有什麼重要發現，我再Line妳。」

「好啊。」

跟可茉道別後，我回到事務所處理白律師交代的工作，一直忙到下班了都還沒見文石進辦公室。

第二天忙到快中午時，才想起整個早上都沒見到文石。翻閱庭期表，今天早上他應該沒有出庭。想問是否需要幫他叫便當，才拿起手機，鈴聲卻在手中突然響起。我怔了一下。是個未曾見過的號碼。

「沈小姐嗎？」似曾相識的聲音。

「是。您是哪位？」

「我是蕭禾……」對方的語氣有些欲言又止；「妳……還記得我嗎？」

蕭禾……誒？吐口水阿嬤的孫女？

我禮貌寒暄了幾句，對於她的來電好奇又意外。

「請問文律師現在在嗎？他們說我可以委請律師。」意外到讓我差點沒從椅子跌下來的是她接著說：「我被逮捕了。」

第十二話

白琳律師和我步出電梯，還沒進偵訊室的門，就聽到裡面傳來高聲斥責：「罪證這麼明確了，還不承認！敢做不敢當嗎？」

「如果這樣，你就把我移送法辦嘛！」

「妳——」高亢的語氣因為我們推門進去而中斷。

滿臉通紅的是邱品智。看來剛才飆著血壓叫嫌犯趕快認罪的人是他。

他回頭望見我們進來，臉上掠過可惜和尷尬的表情。

可惜的是，嫌犯的律師來壞事了。

如果律師晚一點來，再施壓一會兒，也許就能取得想要的自白了。

尷尬的是，嫌犯請的律師居然是文石。

但來的只是文石的同事白琳，他似乎鬆了口氣。

「我要求和當事人單獨會談五分鐘。」

「只給一分鐘。我們移送地檢署的時間快到了。」他心不甘情不願地起身。

白琳瞪他一眼：「喂，錄音關掉！」

他拖著腳步返回座位，按掉電腦上的錄音鍵。

白琳低聲告訴蕭禾，因為臨時委任，文石趕不過來，請她先來陪訊；又告知嫌犯在法律程序上的權利，包括可以不違背自己的自由意志而為應訊陳述。

「可是我說寄發恐嚇簡訊的人不是我，他都不相信。」除了幾個月前初見時那種警戒的眼神外，蕭禾臉上還有不安的陰影。

原本就苗條嬌小的她，如今更顯消瘦。

「他信不信是一回事，承認不承認都在妳。」

「我可以保持緘默嗎？」

「當然可以。」

「可是，會不會讓警方或檢察官認為我心虛才不說話？」

「當然有可能。所以妳必須視證據決定是否要行使緘默權。」

「也就是說，如果警方的證據不利於我，最好保持緘默嗎？」

白琳正要向她解釋，邱品智竟粗暴地打斷：「喂！雖然妳是律師，也不可妨害司法調查！」

「我哪裡妨害司法調查了？」白琳顰眉怒視他：「向當事人解釋法律上的權利也算妨害？」

「妳是在告訴她拒絕配合調查！」

「你是在妨害辯護人的辯護權！」

邱品智一臉錯愕，隨即雙眉倒豎，恢復原本的強勢，指著偵訊室門邊的一張椅子：「請妳坐在那邊，如果再和她講話，我就當妳們在串供！」

坐那麼遠？哪能聽到什麼訊問內容！自從認識邱品智以來，第一次覺得他這麼惹人討厭。我不自覺白他一眼，心裏咒罵著。

「然後呢？移送我妨害公務？」白琳完全不示弱地反擊。

「妳——妳以為我不能嗎？」

「你再妨害我的辯護權，我馬上找你們局長理論！」
「呵，歡迎！」邱品智顯然是被恐嚇案的壓力逼到極限了，壓力來源之一就是上級，他不相信終於要破案了上級會不挺他。「請妳到那裡，否則就請出去。」
白琳起立，欺身逼近他：「你推我嗎？還是要上手銬？」
邱品智的臉上一陣青一陣白，提高音量叫救兵：「小青，妳過來！」
一個女偵查員從另一張辦公桌的電腦螢幕後方起身過來：「學長？」
邱品智怒道：「把她趕出去，如果抗拒，就辦她妨害公務。」
白琳完全沒在怕：「鈴芝，幫我打電話給廉政署，我要檢舉他。」
我拿起手機作勢要撥號，邱品智注意到我，一臉錯愕：「廉政署？」
白琳用冷靜的口吻回應：「不用懷疑。我要檢舉你貪污瀆職。」
「哼哼，阻止不肖律師妨害刑案偵查，哪來的貪污瀆職？」
「你別說你沒去過我們事務所。」
「……！」
「你是在想，去事務所又沒犯法對吧？一個刑警就偵辦中的案件，為什麼要去找律師？還有，有一位叫文石的律師，昨天晚上七點不是跟你約在紫羅蘭見過面？你們之間交換了什麼情資，難道廉政署會不感興趣嗎？」
邱品智露出難以置信的苦澀表情，喉結滾兩下，傻了。
他完全不知道這招是文石請白琳來的時候，事先在電話裡交代的：
「如果邱品智有任何不守規矩的舉動，妳就說要向廉政署檢舉他。」

「為什麼他會不守規矩？」

「警方的破案壓力愈大，辦案時那條法律紅線的顏色就會愈淡。」

「檢舉他什麼？」

「他最近來找我的事。鈴芝會告訴妳。」

身旁的女偵查員低聲問：「學長？」

「算了。」發傻的邱品智回過神：「妳幫我打筆錄吧。」

呼！好厲害的柚子，居然可以遠距制霸……

邱品智不再干擾白琳。白琳把相關法律程序告知蕭禾後，比了個請的手勢。

程序上雖然有律師陪訊，但不表示蕭禾能當然從嫌疑中脫身。

原來傳發恐嚇簡訊的易付卡究竟是誰買的這條線索，警方一直沒放棄。

邱品智在電腦上秀出幾張由超商監視器翻拍的照片。一個戴著紅色安全帽、黑框眼鏡，很難辨認性別的人，正向一個貌似遊民的男子伸手拿什麼東西。

邱品智再提示幾張照片。看來是沿路商家或社區架設的監視器翻拍的。

紅帽騎士在黃昏的暮色與外套的掩飾下，與背景物的建物、攤商相較，只覺得身形較小；但即使有兩張可以看到露出的臉，也很難當然認出是誰。所以蕭禾很快就否認自己是照片中的人：「我沒有紅色安全帽」。

邱品智嘴角微揚，看來不怕蕭禾的頑強否認。他再提示下一張照片要她說明。

望著照片，空氣浮出變化的流動。這次她怔住，瞥了白琳一眼。

紅帽騎士騎著一輛紅色機車，被位在高處的監視器拍到。

「這輛機車的車牌雖然被刻意用泥土遮掩，但，妳應該有一台同廠牌、同款式的紅色機車吧？」邱品智冷峻的目光死盯在她臉上。

蕭禾連一句否認的話都不說，沉默著。邱品智冷笑，顯然認為獵物上鉤：「不說話了？沒關係，讓妳再看下一張。」

他把滑鼠移了一下，讓電腦上的照片跳到下面一張。

紅色機車出現在一棟建物騎樓下。

啊！那棟建物我認得……

胸口莫名一緊！因為吐口水阿嬤住在那裡。也就是何正光生前的家。

這張照片應該是從路過的車輛行車紀錄器拍到的畫面擷取的。

「那不是我。」她下定決心般，用力吐出這個答案。

「蛤？」邱品智雙眼睜得誇張大，音量又提高了：「不見棺材不掉淚啊妳！」

「跟我車子顏色一樣的機車，在我家騎樓下，就一定是我停的嗎？」

「妳還嘴硬？剛剛律師沒來的時候妳不是已經承認那是妳的車了？」

「哪有！」

「妳自己看！」他把電腦筆錄往上拉。

關於每天騎著上下班的機車車牌幾號、廠牌、型號，以及平日經常在臉書上針對許多司法案件發表不滿的評論，蕭禾的陳述確實是都承認的。筆錄上記載，對於警方認為嫌犯是以剪報新聞、手機易付卡傳寄恐嚇簡訊予被害人的手法，蕭禾也都沒有意見。

「等一下，」白琳打斷：「為什麼律師還沒到場，訊問就已經開始了？」

「經由當事人同意的，為什麼不行？」

「蕭小姐，剛剛妳有同意？」

「他……他說這些問題與本案無關，只是閒聊而已。」她忿怒地瞪了邱品智一眼。「還說如果不是妳做的，跟妳就沒關，妳有意見不是很奇怪嗎……」

分開來看是沒關係，但合在一起看關係可大了！看來單純的蕭禾被矇了。

「我說錯了嗎？」邱品智還一副無辜表情。真是奸詐……

白琳聳聳肩，作了一個請繼續的手勢；眼神私下交會一瞥，與我不約而同共翻一白。

「為什麼要用妳父親中毒意外的新聞寄給法官？」邱品智繼續訊問。

「我再說一次，那不是我寄的。」

「不承認也沒關係，檢察官會認為妳跟這則新聞沒關係嗎？」他冷哼一聲；「坦承的話，法院會考量妳的犯後態度，從輕量刑。我是為妳好才這樣勸妳，不要說我故意誆妳。妳的律師在這裡，不信妳問妳的律師。」

「可是那真的不是我寄的，我怎麼可能用自己父親的不幸來——」

邱品智看她快哭了：「不要說我沒提醒，妳再這樣否認，恐怕會被收押。」

手不自覺在腿上輕拭著，看來蕭禾正抑制內心的壓力。

「再好心提醒妳一件事，高雄那邊的警方已經重啟調查妳爸的死因，妳原先的不在場證明將被嚴格調查。」

「這……意思是警方懷疑我爸不是死於意外？」她的臉上寫著意外。

「而且懷疑是妳殺的。」邱品智正言厲色，目光卻是在觀察她的反應。

「怎麼可能！我怎麼可能做這種事？」

「可不可能我不知道，我只知道認罪要趁早，推拖罪難逃呀。」

「……」她垂下了目光，看來內心在交戰掙扎著什麼。

邱品智號稱是市刑大近幾年戰績最亮的刑警，破案率讓上面的長官很滿意，但聽說若不是跟某幾位眼紅的同事不和，為了搶功互有排擠，他早就從偵查佐升小隊長了。眼下蕭禾的困境，可知他的偵訊功力果然有一套。

「我，可以跟律師討論一下嗎？」

「討論？律師只能提供妳法律上的意見，我問妳的是事實問題，有沒有寄發簡訊是妳才知道吧，怎麼會要問律師呢？」

「我也只會提供法律上的意見，你可以不必擔心。」白琳搶道。

不知是不是已經胸有成足，邱品智比了個無所謂的手勢。

白琳拉著蕭禾到一邊低語；蕭禾的表情看來很緊張。

回座後，邱品智又講些什麼不承認一定會被收押、想想妳的母親會多擔心、傳到學校妳將來的工作怎麼辦叭啦叭啦，美其名為瓦解嫌犯心防之類的屁話。

「……我可以去洗手間嗎？」等了半天，她冒出這句話。

邱品智和白琳同時吁了口氣。邱品智請旁邊的兩位女偵查員帶她去。

我心頭一緊。因為想起平日聊天時文石最常說的一句話：

「當嫌犯想去洗手間的那一秒，就是心防崩壞的時候。」

果然，幾分鐘後，其中一位女偵查員獨自回來對白琳說：「當事人說她目前暫時不需要律師在場，可以自己應訊。」

白琳柳眉一顰：「我必須向她本人確認。」

回座後面對白琳的詢問，蕭禾略帶尷尬地笑笑：「是的，我可以自己應訊，您的費用我會照付的。」

白琳又叮嚀了幾句才起身。但觀察蕭禾的表情，恐怕已無鬥志。

回到車上，我終於忍不住開罵：「邱品智的問案手法真讓人不齒。」

「如果真的是她做的，承不承認都要面對法律責任。」白琳聳聳肩道。

我拿出手機向文石回報應訊經過。本想他也會同仇敵慨，豈料手機那端的他竟然說：「嗯，很好。一切都如預期。」

是挫敗感太強？還是已經看破律師在偵訊時的無力感？

蕭禾當晚被移送地檢署，就被檢察官聲請羈押禁見。值班法官立即就裁准。

次日早晨，我以為自己是第一個到事務所，想不到推門進來，就發現文石的辦公室裡燈已是亮著的。這傢伙昨夜難道沒回家？我探頭進去沒見人影，迎鼻而來的是陣陣奇異的鮮甜味，窗台前櫃子上的喜羊羊麵包機冒出縷縷輕霧，顯然剛剛還在運轉。我走進去，在辦公桌上大力一拍，發出可怕的「啪」聲。

然後就聽到桌下傳來額頭撞擊的巨響，以及「唉喲」的叫痛聲。他的亂髮和惺忪睡眼幽幽地從桌下升上桌緣，還揉著額頭：「幹嘛啦，害我撞頭——」

「打蟑螂呀。」我吐吐舌頭，憋住笑：「你的麵包連小強都被吸來啦。」

他望向麵包機，眼睛立刻一亮：「烤好了嗎？妳一定要噹噹。」

「我寧願吃萊克多巴胺美牛肉，也不要吃海之味爆漿旺來包。」

他從桌下爬起，衝到窗前打開麵包機的蓋子：「真不識貨。」

「你昨天跑哪去了？」

「整天泡在國立圖書館裡。」他用夾子把一塊酥黃的麵包挾在盤子裡，然後微微吹著氣。

「你到底認為蕭禾的案件該怎麼辦？是她做的嗎？」

「表面上看起來是。」

「動機呢？完全沒道理呀。警方這個部分完全查不清楚，就要她自白。」

「嗯，那應該就不是她恐嚇的。」

「如果不是，那為什麼要承認？」

「邱品智要她承認的，不是嗎。」

「承認就要負刑責的她不知道？」

「她知道。可是她還是承認了。」

「那，你認為這到底怎麼回事？」

「這就是這個案子奇怪的地方。」用刀把麵包切下一塊，他捏入口。

「聽不太懂……你的意思是，她在掩護什麼人？」

探索、猶疑、驚喜、滿足，四種表情輪流浮現臉龐，他吮了一下手指：「Good job！」然後挾起另一塊放在小碟子裡遞至面前。我搖搖頭，他卻堅持：「很好吃的耶，給點意見嘛。」

我擔心他不想說到底蕭禾在掩護什麼人，又怕眼前的麵包暗藏什麼地雷，掙扎了半天，好奇終於戰勝膽怯，決定直接吞下去，才把那塊麵包接過來含在口中。想不到酥硬的外表難以直接下嚥，他又滿臉期待地望著我，哽著半天，只好小心翼翼地開始咀嚼……

探索、猶疑、驚喜，三種口味輪流浮現，但口中麵糰裡的最後爆開的「果仁」，卻出現滋滋啵啵的氣體和奇怪的顆粒，把我嚇了一大跳以為又是什麼異味，惶恐之際趕忙大力「噗」地噴出——！

「依邱品智先前告訴我們的背景，目前很難想像她在掩護什麼人、還是什麼目的。」他冷靜地抽出兩張面紙，把我噴在他臉上身上的嘔吐物擦掉。「她承認是受警方誤導、還是其他原因，把她救出來才有可能知道。」

「她恐嚇的可是羈押她的法官的上級審法官吶？」

「那又怎樣？」他的表情看來胸有成足。

口中殘留的是鳳梨、花生和汽水的味道。剛才好像太早吐掉了。

「這麼有把握？可茉的案件你說她會無罪，是有把握還是安慰她而已？」

臉頰上的酒窩浮現，他神祕地微笑：「到時候就知道了。」

「到底什麼時候才會知道？」

「麵糰還沒完成發酵、烤箱也還沒熱，妳就在問麵包做好了沒？」他把自己攤在電腦椅裡，整個人懶腰伸成了個大字形：「我們手上一下子就有三個案件、五個神祕人和一堆謎團，要一一解開總要花些功夫吧。」

「可茉車禍案裡的豬殃人、帽T人和孟思梨，何正光意外案的阿牛和黑衣人，恐嚇法官案的紅騎士……」我喃喃自語地算完，糾正他說：「咦，是六個神祕人吧。你認為紅騎士就是蕭禾？還是豬殃人和帽T人就是同一個人？」

「喔，抱歉，少算一個。」他打了個好大的呵欠。「反正就是一堆奇怪的事陸續出現，一案未明一案又起，感覺上亂成一團。」

說的也是，難怪這幾天一想到工作整個腦袋就昏昏的。但是我任性地說：「我不管，反正你一定要答應我，找出真相，讓可茉無罪脫身！」

他怔了幾秒，嘆了口氣：「清白需要付出代價，真相未必盡如人意。」

我推了把椅子過來坐下：「反正我當你是答應了。我們該從何處著手？」

「目前我手上的線索有三條。」他拿起桌上的保溫杯啜了口紅茶，頹靡的眼神似乎明亮了些。「第一，邱品智提供給我卓耀春的住址，我打算順著這條線索拉出後面的瓜。」

「咦，不是說要找蜜棗伯嗎？」

「邱默夫在二十幾年前就死了。他的老婆和兩個子女也不知去向。」

「不知去向是什麼意思？」

「就是房子都已殘破傾毀，人去樓空。」

「線索斷了。」

「第二條線索就是救出蕭禾，找出紅騎士。」

「等一下，法官恐嚇案的歹徒是誰，讓警方去傷腦筋不就好了。」

「別忘了，我們在『採訪』柯振平的時候，發現簡博化與何正光是認識的。」

「直接找蕭妙琪問不就得了？」

「邱品智說警方問過了，蕭妙琪完全不知道簡博化這個人。」

「那蕭禾就一定知道嗎？」

他聳聳肩沒回答，卻說：「第三條線索，就是妳必須去參加陳駼瑞的遊艇趴。」

「陳駼瑞是豬殃人？」

「妳為什麼不猜他是紅騎士？」

「他的身形哪像小紅騎士，嘴臉倒像會遭殃的變態人。」

第十三話

她面容愁苦，似遊魂般在街上漫無目的地逛著。即使坐在路邊騎樓下的咖啡座，不時經過的路人談笑聲、車輛喇叭聲，均會引起畏縮膽虛的眼神張惶回應。

任何人觀察她一整個下午，都會覺得她不是在躲債，就是精神有問題。

從她不時滑著手機留言、望著手錶發呆，及與手機那端的人小聲交談的急促語氣看來，顯然是在等著什麼人，而且焦躁不安。

可能是為了打發等待的時間，她從前一家咖啡店到這家咖啡店之間，途經一間廟宇，還進去燒香膜拜了半天。四點半左右，對方終於出現。是個身形高瘦、身著毛衣、戴著黑框圓型眼鏡的年輕男子。

他坐下來和她交談了一會兒，兩人起身共同步往捷運站，搭上往新莊方向的中和新蘆線列車。因乘客很多，他們併肩站在門邊的扶桿抓著拉環，又開始交談。從交談的內容聽來，原來他要帶她去見某個人。

她顯得很緊張，一路上男子不斷低聲安慰她。

列車進到輔大站，他們下車搭上電扶梯。她這時問費用多少，男子說隨意。她又問過程會不會有危險，男子說會保她的安全。

到底是見誰……

為什麼會有危險……

出站後他們往景德路方向步行。終點是位於巷子裡的一棟廟宇建物；大門上面豎掛著一塊紅底金邊的匾額，上面金字寫著「玄元無極宮」。

門前立著一座三腳香爐，裡頭插滿了香，正冒出縷縷裊裊的白煙直飄上天。

屋內門邊的一個小桌後面坐著一個身著穿著唐裝的大叔，男子上前交談了幾句，她從背包裡取出皮夾，抽出幾張紙鈔恭敬遞給大叔。

堂前高檯最上層正中央供著一樽坐姿、身著古裝、手持拂塵的黑臉大神偶，左右立著身著金袍、背上插著旗子、面目看來凶惡的白臉神偶；下層則擺著七樽個子較小的各式仙偶，被前方的香鐔裡騰濛氤氳的煙霧繚繞輕籠。

檯前一個身著道袍、髮紮成髻的女子面向神偶跪著，以固定的頻率敲著木魚和引磬，讓整個廟堂裡瀰漫著詭異的氛圍。

堂中放著的幾排橫凳，已有另外三位民眾坐著。她在中間的橫凳上坐下，男子則站在堂邊。這時唐裝大叔喊了聲：「還有人要去嗎？」

正在疑惑時，身邊突然移動的身影讓人眼珠差點沒奪眶而出：文石轉身遞給大叔一張紙鈔，然後趕緊在第三排她正後方的橫凳上落座。

唐裝大叔巡視堂上，已無人有意加入，就向堂邊幾個身著藍色衣服的工作人員示意，工作人員動作迅速地用紅色布巾為參加的五位民眾綁在眼上。這時神壇前的道姑連敲三長聲引磬，口中以台語唸起：「天清清，地靈靈，請恁三姑來問明。陰旦接陰府，陰府公，開宮主。大步來接應，寸寸來分明。」，手中引磬鐺鐺鐺的聲音愈敲愈急促，詭譎的氣氛讓人心頭一緊，手臂寒毛豎起。

眼上被紅巾矇住的五位「旅行團團員」依工作人員的指示，雙手拍著大腿，雙腳彷彿走路般左右交互踏著，五個人一起坐著走路的景象既怪異又讓人想笑。

道姑持續唸著聽不懂的經語，工作人員在「團員」身邊詢問：「有看到光嗎？」其中兩個人舉手。其中一個居然是文石！

不會吧，文石的八字真的這麼輕？

工作人員又問「看到一座城了嗎？」。原先沒人舉手，約半分鐘後工作人員再問，這時又有兩人舉手說看一片白光，而文石則說看到了一座灰色的石城。

「城門有開嗎？」

「呃，沒有，但城門上有兩個拿著長槍的人，問我為什麼要進城。」

「舉起手跟他們說你是闞三姑帶來的，要進城去看你的親人。」

文石依指示舉起了左手，過了幾秒：「他們開門了……我進城了。」

「看到什麼？」

「……很多人在路上走著……他們很好奇看著我……」

「不要停下，趕快往前走。」

文石雙手拍著大腿，左右兩腳交踏的動作看起來走得更快。這時另外三個人也說看到了城門，身旁的工作人員也囑咐他們入城的口令。

只有她語氣急促地問：「為什麼我什麼都沒有看到？」

工作人員告訴她要保持虔誠的心，不可心急。

「路上人很多，還可以看到柳樹和池塘，前面一大片草地上很多人坐在那裡聊天。想不到風景還不錯耶。」文石邊踏著步，邊回應工作人員的問題；但工作人員告訴他：「不可逗留！趕快跟緊三姑，專心找想找的人。」

「咦，有兩個穿軍服的人過來叫我，他們要幹嘛？」
「你頭低下來不要看他們，讓三姑幫你處理。」
大約一分鐘後，工作人員又問：「那兩個軍爺走了嗎？」
「早就走了，我現在在過橋。」
工作人員有點意外：「這麼快？」
「嗯。因為前面那個白衣女子她走得很快，還向我招手，好像要我走快點。」
「很好，她就是三姑。你跟緊點。」
另外三位團員分別說他們也進了城，看到了些什麼。
「為什麼我還是什麼都看不見。」她又問。她身邊工作人員還是要她勿心急。
「哇，前面有好大一座山。可是眼前是一條河，下面的河水很急很可怕，沒路可以往前走了……啊，白衣女子飛起來了！」
「你把身體放輕鬆，她會帶著你。」工作人員提醒他。
「……啊！真、真的，飛起來了……！真是奇妙呵……」文石的語氣激動起來；「……阿嬤！我看到阿嬤了！」
「她在哪裡？在做什麼？」
「她在山腰上的一個小村落的小屋旁，在水井邊打水——阿嬤！阿嬤！」文石忘情地叫了出來……而且，居然有兩行眼淚從紅巾下方順著臉頰流了下來……難道，真的是看到了他過世的祖母？
「你阿嬤跟你說什麼嗎？」須臾，身旁的工作人員輕聲問他。
「她說我為什麼會來這裡，我說我想念她，她說這裡很清幽她過得很好，叫我趕快離開。」

「三姑有叫你離開嗎？」
「我在阿嬤的屋子裡看她的生活環境，沒有看到三姑……」
觀察其他「團員」，有一位也已找到她要找的親人，另外二位被擋在城門外還不能進去；只有她仍然拍著腿踩著步子，仍然連什麼白光綠光都還沒見到。
乍然，神壇前的道姑輕敲一下桌上的缽磬，口中唸著經文的速度變快。
「看到三姑了嗎？」工作人員再一次問文石。文石的臉偏倚右方：「門自動打開了……白衣服的女子飄在空中……」
「快出去吧。三姑要帶你回來了。」工作人員催他。
這時，她身邊的工作人員跟她說：「沒辦法，三姑不願帶妳，妳可以停下腳步了。」並且把她眼上的紅巾取下來。她揪著眉，臉上寫著失望的表情。
「你出去了嗎？」工作人員再一次催文石。
「可是我還在跟阿嬤聊天——」
「快出去！跟著三姑走。」
「這樣……好吧，那我跟阿嬤道別了。」
「別再拖了，再不走你會回不來！」
「好吧……我起身走出門了。」
這樣的對話引起她的注意，回過身望著文石小聲問工作人員：「為什麼有的人可以順利見到想見的人，我卻見不到？」
「這種事講緣分的。三姑願意帶，對方也不反對見妳，就可以在三姑的帶領下見到。有的人是三姑帶妳進去，守城兵通傳了，但對方不想見妳，所以妳也見不到；」他望著那兩個被擋在城門外不能進去的團員說。「還有一種就像妳，三姑連帶都不願帶，所以妳連引路光和城門都看不到。」

「怎麼會這樣呢？」

「通常跟妳想找的人有關。如果三姑認為妳和那個人沒有血緣關係，而且重逢後可能會給妳帶來不幸，她就不願意帶。」

「那我該怎麼辦？」

「多行善事、多積功德，下次也許會有比較多的神明願保護妳，再來試試。」

整個「旅程」在道姑敲了銅鐘聲中戛然而止，眾人眼上的紅巾也被取下。

我們前後步出「玄元無極宮」。在路口她和那男子分道揚鑣時，不經意將羨慕的眼神投向身後的文石。

文石與她的目光對到，趁勢點頭向她致意，並快步迎上去。

「妳朋友走了？」他望著那男子的背影。

「嗯。」禮貌地牽牽嘴角微笑，表情顯示那男子不是她朋友。

「妳剛才好像……並不順利？」

她聳聳肩，苦笑。

「如果我沒猜錯，妳想找的應該是一個……想對他道歉的人。」

她的臉上一陣變化，警戒與猶疑的眼神閃過。

「如果是的話，那妳不應該來找三姑，因為三姑不會帶妳去找冤親債主。」文石講得極為真誠：

「妳應該去找房舒老師。」

路口的紅燈轉成綠燈，她和我們一起步上行人穿越道過馬路。

「房舒老師是……？」她試探性地問。

「是個引路老師。我原本聽人介紹先去找老師，希望她能帶我去見阿嬤。但是老師不幫我，說因為感恩、思念親人的引路找關三姑就好了。」

「什麼意思？」

「妳不懂嗎？就是我們兩個相反啦。妳這種的應該直接去找房舒老師就好了，而我直接來找關三姑就可以啦，結果我們都繞了一大圈找錯引路人，幸好今天沈小姐指點我來，讓我終於見到阿嬤，知道她過得很好。」

沈小姐？是在說我嗎？對於她投來的眼光，我趕緊點頭微笑。

「剛剛那位先生是誰？他跟妳報錯神仙了。」

「喔，我也不知道，他是在廟裡遇到我，好心跟我報這裡的。」

「他有跟妳收錢嗎？」

「沒、沒有。」

「人遇到擔心掛慮的事，有時就會有歹徒趁虛而入斂財，妳要小心。」

「喔，謝謝。」看她臉上的表情，可能是在想：搞不好你才是歹徒……

這時文石給我一個暗示的眼神。我朝停放在路邊的轎車照後鏡望去，嚇了一跳：剛剛往另一方向離去的黑框眼鏡男，居然遠遠地跟著。

「但是，你怎麼知道那個什麼老師的，能夠幫我——我意思是，既然你應該找關三姑而老師又沒有幫你？」

「啊，老師問我三個問題，就說不需要找她，去找三姑就好。我很白目，說老師應該是功力不夠才這樣說，結果她破例讓我在旁邊看，想不到看到老師的能力，真是厲害，看了三個，三個都見到想見的『人』。」

她的眼睛一亮。

「而且老師是修行的人，幫人不收錢，害我很慚愧，事後猛跟老師道歉。」

「是隨意捐嗎？」

「喔不不不，完全不收！老師說如果收了，會折壽遭天譴。」

我們接近捷運站前的階梯時，她終於忍不住：「請問那位老師在哪裡？」

文石卻忽然說臨時想起還有重要的事，要我帶她去，然後就一溜煙跑掉了。

臭文旦！一定要這樣時不時考驗我的隨機應變能力嗎？

我說房舒老師的電話地址沒帶出來，回去找到後立即傳寄給她，所以我們互留手機號碼後，又閒聊兩句才道別。她離開後，我留意附近，已不見黑框眼鏡男的蹤影。

第二天快到午休時，才見文石低著頭進來。

趁拿案卷資料的機會，我溜進他辦公室：「你跑哪了？」

他面色凝重，盯著手機：「我回頭去跟蹤那個戴黑框眼鏡的男人。」

唉，我怎麼沒想到。我趕緊問：「查到了什麼？」

他擰著眉心起身退向窗邊，把手機遞給我。我接過來看——

那是一個名為「迦密山之火」群組的截圖。裡面有兩個人的對話：

——照這樣看來，天火計畫要加快。

——提前進行嗎？

——我會請示先知。但教主說既然有假先知介入，行動先加快完成。

——明天就行動。

「這是怎樣，六大門派圍攻明教總壇光明頂？」

「哼哼，這不是線上遊戲好嗎。」

「什麼計畫？先知是誰？假先知又是誰？教主是指陽頂天還是張無忌？」

「就怕是彭瑩玉或韓山童。」

「誰？」

「重點是計畫提前了，而且明天有行動。所以我們待會要去——」

「等、等一下，天火計畫是什麼、行動又是什麼？」還被大霧籠罩不知身在何處，他卻說要出發了，我不禁揮手打斷：「這兩個人的對話你怎麼來的？」

「是黑框眼鏡男和他的教友。」

「教友？誰？『迦密山之火』真的是什麼教派嗎？」

「想要確定，我們就要跟緊卓耀春。」

「蛤？」我見他一邊說一邊推開書櫃最下層的門，拉出百寶箱，就知道事情有異。雖然滿腹疑惑，還是放下手機，接過百寶箱要拿上車。

百寶箱裡都是一些應急的工具，通常放在小白的後車廂。上次去六龜時，文石就是從百寶箱裡拿出需要的攝影機和牛仔外套。所以我知道又有狀況了。

才從大樓地下停車場搭電梯回事務所，手機就傳來Line的訊息聲。是卓耀春傳來的：「沈小姐，謝謝妳願意陪我去找房舒老師，原本約定今晚的時間，能不能暫緩？」

昨天晚上回家後，就依文石的指示傳簡訊告訴她房舒老師的家很難找，但我明天下午可以開車載她去。她原本說好並表達感謝，但現在是怎麼回事？

我進到文石的辦公室，文石要我直接撥手機問她。她接起後聽到是我的聲音，語帶歉意表示因為臨時有事，所以希望明天的約定先暫緩。

她說的是暫緩，而不是取消。文石附在我耳邊嘀咕了幾句，我隨即回說：「可是房舒老師過幾天就要出國了，什麼時候回來就說不準了唷。」

手機那頭果然猶豫了起來，我再加碼：「妳的急事能改期嗎？」

「呃……」對方頓了半晌，終於下定決心般：「不瞞妳說，今晚我要去找一位從大陸四川來的大師『問事』，只是來台灣訪友，聽說了我的困擾，特地改機票晚四個小時才回大陸，所以……」

文石比了個手勢，我點頭。「咦，我也想去，能跟妳一起去看看嗎？」

不知是覺得我親切又熱心，還是覺得有人陪伴比較安心，她很快答應，並約定碰面的時間地點。最後我以隨口問的口吻：「妳說的那位大師，也是昨天那位先生介紹的嗎？」

「是啊。」對方毫無警戒地回應。

我們再確認一次時間地點後結束通話。我問：「你怎麼知道她一定會答應？」

「女生很少對於算命、星象和靈異的事情不感興趣的吧？而且有同好更好聊，不是嗎？」他從口袋裡摸出兩顆花生，邊嚼邊說，同時拿起自己的手機，快速地滑按了幾下。

我湊過去看。他在看一個名為「帥哥猛男屌很大」群組裡的簡訊。

——今晚八點，人家想去「Room 18」喝一杯，哥哪位有空？

咦！咦咦咦！咦咦咦咦咦！終於……難怪和他同事這麼久，沒見他有女友出現……難怪會無視於夏芯瑤的心意……原來他是……我強捺內心的震驚，偷瞄他一眼；想不到竟和他瞥我的目光對上。他冷冷地說：「幹嘛？想說什麼？」

「沒、沒呀……不必擔心，我挺你的。」

「跟我講這個幹嘛？」

「同事一場，我不會說出去的。」

「說什麼？」

「社會已經很開放了，不必擔心世俗的眼光。」

「我、不、是！」他無奈地把黑眼珠往眼眶上頂，手機往我眼前一擺：「看清楚，好嗎？」

這回我看仔細了：雖然群組的名稱噁心，但其實是個暱稱「Maggie」的女子發的春天訊息。看她的大頭照片，大鬈長髮下是柳眉明眸，朱唇輕啟皓齒微露，穿著紅色背心的上半身——嘖嘖，到底是吃什麼飼料能讓胸前這麼大？

「喔，原來是美姬姊。」哼，原來是綠茶婊。我心裡暗忖。

「美姬姊？好像跟她很熟齁。」

「啊不然她是誰！你看她的Line是要幹嘛啦？」

「是要讓妳看這個傢伙上鈎呀。」

下面連續有七個猛男或型男圖照，不是秀著臂肌就是戴著墨鏡，其中一個還無恥地穿著丁字褲秀著兩片噁心的臀肉，每個都回訊搶著說有空。Maggie只跟其中一個叫小麥的男子對話約見。我瞄著那些訊息前的暱稱和照片，用不屑的語氣說：「人外有人帥外有帥？巨尺強生？蕭魂？麥克肌塊？大基哥？蛤！還有杰倫腦狄索身？都是些什麼鬼，真是夠了！喂，你的暱稱是哪個？」

「我的暱稱不重要，重要的是小麥上鈎了。」

「小麥是那個戴黑框眼鏡的男生？喂，我先聲明，一個陳騌瑞我已經快煩死，別想再叫我去跟這些肉慾渣男套情報。」

「不不不，妳只要等卓耀春的Line或電話就可以了。」

「蛤？到底怎麼回事？」

「她打來妳就帶她來這裡吧。」

第十四話

當晚我接到卓耀春的電話時，心想：文旦是有天眼通嗎？

我開自己的車到捷運站接她。她上車後一邊道歉、一邊解釋不知為何她朋友突然通知說四川大師臨時有事要改時間。

我暗忖：不是說為了妳的事多停留四小時？啊那張改過的機票怎麼辦？

手機導航設定文石給的那個地址後，我就轉動方向盤往快速道路方向行駛。

街道上大樓逐漸清疏，往後飛刷的窗景最後只剩往山區道路的路燈。

一路上我為了打破沉默的尷尬，找了許多話題跟她閒聊；她也微笑著禮貌回應。直到我試探性地問她：「這麼問，希望妳不要介意……是不是發生了什麼事，不然妳為什麼會去玄元無極宮？」

她的神情立即籠上一層陰霾，頓了片刻說：「最近老是夢到一位過世的朋友，所以想見一面。」

「原來如此。想必是很要好的朋友。」我的語調輕鬆，瞥了一眼她已開始斑白的鬢髮，心裡卻是不以為然地感嘆。她一定是遭遇了什麼不為人知也不想為人知的事，從她陰鬱的神色與迫切尋求玄術，就可推知文石會認為她是很重要的線索，方向應該錯不了。

導航傳出「前方兩百公尺抵達目的」的指引。

就在心裡嘀咕這是哪裡時，車子停在三峽區安坑里的一棟大樓前。

把車停在路邊，我們步入大廳。管理員從櫃檯後方起身，投來詢問的目光。

我搜尋著櫃檯後方牆上住戶名牌板上……17樓之5……燈塔陰陽事務所？

陰陽事務所……是什麼鬼地方？

昇降梯的門抵達17樓時自動滑開。這是每層樓有五個單位的大廈，寧靜走道上空無一人。17樓之5在右手邊最後一間，門邊的牆上果然有「燈塔陰陽事務所」七個金字的壓克力板。

我按了一下門鈴，屋內傳來悅耳的聲音回應：「來了。」

一個身著白色長袖衫、黑色長裙的少女把門拉開，充滿靈性的大眼睛望著我們微笑問：「晚安。有預約嗎？」

預約？預約什麼？我一頭霧水：「沒、沒耶……」

「沒關係。請進。」她引我們進入室內。客廳相當寬敞，地毯、壁畫、立燈、沙發、電視，所有擺設都很高雅，柔和的燈光尤其給人溫暖感，整體的搭配合宜，如果不是門外那個名牌板，這裡根本就是一般人的住家客廳，而且屋主應該是個品味不凡的人。

「請問是誰介紹妳們來的？」

「蛤？喔，是……」被美少女這麼一問，我忽然有點不知所措；「文石先生。」

「請坐。稍待一下。」她禮貌地微微欠身，轉進走道上的一個屏風後。

我們坐入柔軟的駝色沙發，望著桌上的紫水晶發呆。空氣中瀰漫著精油香氛。

卓耀春小聲問我：「這位老師是哪方面的高人？」

哪方面？根本不知道文石叫我帶妳來這裡幹嘛，就不要說是找多老多高的人好嗎！我只好擠出笑意：「待會兒妳就知道了。」

美少女無聲地突然從屏風後現身：「請問，是哪位需要洗？」

洗什麼？卓耀春疑惑地望我一眼。我暗忖這裡不是美容院，應該不是要洗頭，所以比了個手勢：

「是這位卓小姐。」
「心誠則靈，信者得救。卓小姐知道吧？」美少女問她。
「是、是。」
「那，請兩位隨我來。」
美少女在前面引路。卓耀春靠過來悄聲問：「什麼意思啊？」
「就是說，心誠了，就會靈，相信了，就得救。」
「……喔。」她的表情寫著疑惑。別怪我，我也很疑惑。

屏風後走道兩側有好幾個關著門的房間。少女在走道末端推開最後一間房門，比了個請進的手勢。我們加快步子欠身入內後，少女在身後把房門輕輕闔上。
房間內辦公桌後面坐的是支黑色拖把——呃，不是，是個上半身黑衫、蓬鬆雜亂長髮蓋住大半臉頰的婦人。她臉色蒼白、眼尾滿是細紋，膠原蛋白流失的臉看來憔悴，活像個女巫。
卓耀春在桌前的椅子坐下；我只是陪她來的，自然找房間角落的小沙發落坐。披髮婦人緩緩抬起頭，露出豐厚的嘴唇和眼影粗得過分的大眼珠，樣子有夠詭異！但她眼神出奇銳利，濃濁低啞的嗓音問道：「妳要問什麼？」
「我想見一個已過世的朋友，不知老師能否帶領？」
「塵歸塵、土歸土，逝者已矣，來者方可追，若彼此修行都夠，他日不是終可見嗎？」
「實在是太想念了，所以……」
「想念放在心裡才是正道。」

「可是，有些話來不及說，就……實在是抱憾了好多年，難過到想死。請老師務必幫忙，謝禮我一定不會少——」

婦人忽然生氣地說：「誰介紹妳來的？這麼不懂規矩！讓我再聽到謝禮或費用之類的話，妳就請回吧！」

「抱歉、抱歉！」卓耀春應該是馬上想起文石說過大師不收費的事，立即起身彎腰道歉；語氣卻更激動說：「請您一定要幫我，否則我會死的！」語畢，甚至推開椅子作勢要下跪。

想不到披髮婦人竟以更快的速度起身出手抓住她的手臂制止：「不可以！」

「拜託、拜託、拜託、拜託、拜託……」哽咽的語氣讓氣氛有了變化。

婦人盯著她看了幾秒，從桌角的便箋簿上撕了一張：「那好吧，妳把他的名字、性別、忌日寫下來。」

「呃，但我不知道對方的八字——」

「我有叫妳寫八字嗎？這裡不是算命，不要把我當江湖術士。」

雖然被無情地斥責，卓耀春卻浮現放鬆的表情，拿起桌上的筆振筆疾書。

趁此時我快速掃描室內。在披髮婦人身後的書架上有一塊小匾，上頭以篆書寫著「洗滌心靈，返璞歸真」，明白了美少女剛剛的問題。又注意到辦公桌右方的置物櫃上有幾個相框，其中一張相片上有兩名婦人穿著連身樣式一樣的長袍，頭上都頂著髮髻，其中一人就是眼前這位長髮婦人；背景是彷彿是中國古山水潑墨山水畫裡才會有的雲霧深山與古剎名寺，相片左下角有一排字寫著「陰陽家鄒房舒大師惠存」。我悄悄拿出手機，用孤狗大神搜尋。結果完全沒有鄒房舒這號人物的相關網頁，倒是有許多關於中國古代陰陽家的知識。

陰陽家是盛行於戰國末期到漢初的一種哲學流派，齊國人鄒衍是創始人。陰陽家思想將自古以來的數術思想與陰陽五行學說結合，嘗試解說人事與自然現象的成因及變化法則。中國人的天文學、氣象學、化學、算學、音律學和醫藥學，都是在陰陽五行學說的基礎上發展起來的。原本各自揚述政治思想、社會理念的九流十家，其中的陰陽家流傳到後世，只剩庶民的星象、易卜或命理等神祕數術而已，不如儒家、法家或道家對後世政治或道德思想的影響深遠。

陰陽家最有名的是諸葛亮，精通天文地理與太乙神數。離今最近較有名氣的則是劉伯溫，擅長八卦卜筮與奇門盾甲。但也許窺知或洩露太多天機，兩人都沒好下場：一個累到死、一個被毒死。可能這就是眼前這位神祕婦人如此低調沉潛不肯收費的緣故；否則若功力高強，早在網路上廣被傳揚了吧。是說文石是怎麼知道這個鄒房舒的？為什麼要我帶卓耀春來找她？回去非問個清楚不可。

暗想至此，我抬起視線再望向她們時，發現桌上不知何時放上了一個白瓷大碗。婦人用遙控器把辦公桌上方的日光燈關了，房間只剩我身後的立燈，讓空間一半在我位置的光明處、另一半則在她們所在較暗的陰晦處。

婦人問卓耀春身上有什麼東西。卓耀春打開腿上的包包說有皮夾、手機、鑰匙、礦泉水時，婦人出聲：「就礦泉水吧。」

「可是我喝過剩一半，沒關係嗎？」

婦人沒回答，接過瓶子打開瓶蓋，把水全部倒入那碗中，再把瓶子還她：「閉上眼睛，專心想著那個人生前最後的樣子。」

「可是我沒有見到最後一面。」

「妳總記得他的長相樣子吧。」

卓耀春點點頭，雙手合掌閉眼低頭，彷彿在禱告般。此時婦人口中開始發出類似咒語般低吟聲，雖然聽不懂唸什麼，但語調和緩，不致讓人有恐怖感覺。

片刻後，婦人把那張寫有名字的紙箋用打火機點火燒化了放在碗中，兩手食指併中指在碗邊繞搖，口中仍唸唸有詞，在餘燼快要燒燼時忽然大叫：「他來了！」

卓耀春睜開眼，循著婦人的視線往碗裡瞧，猝然全身劇烈顫抖，失聲哀嚎：「啊——！」

我被嚇到彈起來，衝上前去扶住她快暈倒的身軀。望著她歇斯底里地激動哭泣顫抖，一口氣換不過來，幾乎昏厥過去，我連忙按壓她的太陽穴和肩頸，同時自己的手臂上的雞皮疙瘩豎立，驚異於她看到了什麼……

婦人趕緊燒了張貼著符的冥紙拋入碗中，口中唸著什麼。然後從桌後起身來到我們身邊，從一個小瓶子倒出一些藥油往卓耀春鼻下人中輕抹。這時我偷瞥碗中一眼：除了黑色灰燼外，哪有誰在裡面？

我瞄了佝僂的婦人一眼，忖度這個所謂陰陽師難道真的是大隱於市的高人，可以讓卓耀春看到已逝去的友人……

卓耀春休息片刻後，情緒稍稍平復，紅著眼眶想要再靠近桌上的碗，婦人舉手制止：「今天就到此為止吧。」

卓耀春又激動起來，竟吵嚷著拜託老師一定要讓她見一面，貌似如果婦人不從她就當場一頭往桌角撞死般的堅持。老婦人見狀，嘆著氣回到座位上：「唉，孽緣！那妳要控制，不可以太激動。否則得罪了對方，麻煩就大了。」然後把手中的小瓶子放在桌上。我注意到那只不過是藥妝店都買得到的白花油。

卓耀春猛點頭。我開始懷疑她到底為何想要見那位「老友」、以及那位老友到底是誰。

婦人又把燈光調暗，開始唸咒語。

這次的語調變得急切，且聲音愈唸愈大聲、愈加讓人緊張。我腦海中開始浮現「通靈」、「附身」以及一堆好萊塢恐怖片的驅魔鏡頭，腳底開始發涼。

婦人聲音尖銳到極度讓人不舒服，似乎一口氣把咒語唸完，氣將用盡之際深吸一大口氣，然後往碗中大力一吐：「他回來了！有什麼話快跟他說吧。」

卓耀春滿臉通紅，睜大了眼立刻朝碗裡望：「啊！你來了！對不起！真的對不起呀——」

「他說要原諒妳嗎？」婦人低聲問。

她絕斷地搖搖頭，失聲道：「他怪我呀……」

「我幫妳勸吧。」語畢，婦人又開始發出類似梵音的吟唱，然後雙手捧碗輕搖，但才剛開始，卓耀春就大叫：「他要走了！」

我實在太好奇，探頭往碗裡看：除了浮在水面上的黑紙燼外，什麼鬼影子都沒有！卓耀春不死心，竟還伸手進碗裡抓，彷彿企圖挽留，結果什也沒抓到，手上只沾著燒過的黑紙燼：「老師！老師！他怪我怎麼辦哪？」

「如果我不知道妳們發生了什麼，怎麼幫妳化解？」婦人取了幾張面紙擦拭額頭上的大顆汗珠，微喘著回答。

卓耀春這時面露難色地望了我一眼。

咦？

我就這樣被請出了房間。

半小時後，卓耀春被美少女帶出房間，臉上居然已不見之前的愁苦憂悶。

回途中，我用盡自出生以來的所有智慧套問，想知道她和那個「碗中人」到底發生什麼事、鄒房舒又是用什麼方法「洗滌心靈」。但她東繞西閃就是不鬆口，最多只是感謝我帶她來拜訪老師，真是有夠狡猾。

結果整個過程我覺得自己只像個司機而已。真嘔。

等了五分鐘左右，法官席後方的門忽然被推開。庭務員高喊：「起立！」

身著藍領藍袖法袍的法官入席就座後，法庭內的眾人才落座。

輪值法官艾甄君是位中年女法官，辦案作風以保守嚴謹著稱。

「今天開庭，是因為辯護人具狀聲請撤銷羈押。被告妳的姓名、年籍資料？」

蕭禾隨即應答。身上是看守所發的制式灰色夾克，整個人看來很沒精神。

偵查期間，被羈押在看守所的當事人因極度不安，常會找理由請律師為自己聲請具保停止羈押，也就是提供保證金押在法院以換取人身不被拘禁的自由。法官一般都會考量偵查蒐證及撰寫起訴書的時間需要，在徵詢檢察官的意見後決定是否裁准交保。聲請交保並非就被告到底有罪無罪進行認定，而是就應否羈押或繼續羈押為程序上的審查，所以即使被告承認有罪、或檢察官都還沒決定被告是否應被起訴，仍然可以為被告的利益聲請交保。

但文石為蕭禾聲請的卻是撤銷羈押。

撤銷羈押的原因，最常見的是羈押期滿且逾法定羈押次數，或在上級審被告的羈押期間已逾原審判決的刑期。比較少見的則是羈押原因消滅。特別是蕭禾，才被押二十天，檢察官的起訴書也還沒寫出來，她就在文石到看守所接見時，提出撤銷的要求。

這讓人太好奇，因為這無異要法官承認自己原來的羈押可能發生錯誤，畢竟二十天內就發生不必收押的事實，實在太罕見。

「請辯護人陳述聲請理由。」法官在人別訊問結束後隨即問道。

「我就直白的講了。」文石起身，畢恭畢敬對法官說：「警方抓錯人了，檢方辦錯人了。」

空氣凝結了整整五秒，法官終於挑了一下眉頭：「辯護人的意思是，被告不是本案的行為人？」

「是。對吳法官恐嚇的人不是被告。」

「那是將來進入審理庭時法院調查認定的，我這裡是只處理羈押程序，有罪無罪不是我這裡——」

「庭上，如果蕭禾不該是本案的被告，她還應該被羈押嗎？」

「你的論述建立在恐嚇的行為人不是她，但本案行為人是不是真的是她，不是應該由起訴後的承審法官調查認定嗎？如果本庭可以直接認定的話，那檢察官不就不用起訴論告了嗎？」法官沒好氣地回道。

「這部分的法律程序我知道，但我若能立即提出證據證明呢？」

法官猶豫了：「檢察官的意見？」

「辯護人如果有何有利於被告的證據，可以向我們地檢署提出，我們會調查是否屬實。如果不想在現在提出，也應等起訴後向法院刑事審理庭提出，不是向羈押庭提出吧。」

「我提出後檢方要調查多久？三天？五天？起訴書還要多久才能完成？起訴後法院還要分案、排定庭期，還要多久？這二十天來，檢方沒有再借提被告訊問、也沒看到任何關於本案的調查動作。」文石語氣急促地問。

「我們當然會盡快。」檢察官不耐煩地回道，還嘀咕抱怨：「真囉嗦。我們手上的案件又不是只有這一件。」

「但是被冤枉的人一天都不應該被羈押，否則會有冤獄賠償或國家賠償的問題吧！」文石提高了音量。

在我聽來，這真是太荒謬了。法律把羈押庭和審理庭分開，固然是因為起訴前、後有分案承辦的程序，案件通常未必分到同一個法官手中，但這不應該是審查羈押的法官可以不探究真相的藉口。羈押庭的承審法官在辯方沒有調查權，一般只能就羈押要件是否具備為法律適用上的爭執情形下，只依檢方提出的「嫌疑證據」程度就裁定是否押人，顯然已成習慣。所以現在文石突然說有證據可以提出要求調查，法官貌似很不適應，難以決定。而檢方自然順勢倒打，不想讓法官這時就調查，以免亂了他們習慣的偵查步調。

但，顯然文石提到的「國家賠償」，讓法官想起自己職務上的責任。

「呈上來吧。」

文石提交一片錄影光碟，請求法官當庭勘驗。

光碟內容是一場國際心理學學術交流座談會的實況錄影，講台上坐著五位與談人，中間一位頭髮花白的紳士，座位前有寫著「K大心理系主任」的名牌，最右邊座位名牌上寫著「K大心理系助教」，其他三位看來都是歐美籍的學者。

「K大心理系助教」那個位子後面坐者的人，就是庭上的被告蕭禾！

全場座談會長達三小時。蕭禾擔任主持人，直到會後台下發問與台上專家學者討論，串場和適時回應都是她負責。

文石說，這場學術座談會的日期、時間，與警方所找到超商監視器所拍到紅帽騎士的時間是重疊的。也就是說，全場幾近一百位學者、聽眾都可以為她的不在場作出證明，那麼，買易付卡遂行恐嚇的人應該就不是蕭禾！

可是檢察官也不願立即屈服：「這最多只能證明被告與那位紅帽騎士不是同一人，但不表示被告不是恐嚇的行為人。」

「這麼說當然有道理，但是，把易付卡、機車的聯結切斷，請問檢方還有什麼證據證明恐嚇信或恐嚇簡訊是被告寄發的？」文石反問。

「我們正在過濾她的電腦及手機通聯紀錄，我們一定會找出的，請庭上給我們一些時間。」

文石兩手向外一翻，望著法官聳聳肩：「如果找不到呢？被告活該被押嗎？」

「聲請駁回。」法官闔上卷宗，起身。「十萬元交保。」

第十五話

「我是女神——！我是女神——！」

第二天是週末不必上班。雖然耳邊傳來窗外的麻雀叫聲，但我不想睜開眼睛，只想賴在床上到九點才起來。結果手機在床頭一直叫，搞得滿肚子火氣，掀開棉被想罵是哪個女神經病在鬼叫，起身才想起來電鈴聲是……在自己覺得美若女神時搞怪錄音設定的……

昨晚為聯絡蕭禾的家人到法院辦理交保的事，搞到十一點多才下班。晚睡的結果，早晨必然頭昏腦漲。心裡不禁咒罵明明應該撤銷羈押的，卻不認錯硬是裁定交保是怎樣？維持司法公信力？可笑！去吃屎吧！

「喂？」我不甘心地接起來。

「還在睡？看一下妳的Line，趕快來吧。」

沒等我任何回話，文石居然就把電話掛了。

搞什麼呀……把畫面滑到Line的目錄頁，果真有個紅色的未讀訊息。

「哈囉正妹！」被我設定豬頭的圖片下，四個字的訊息映入眼簾。

是陳駩瑞。我點開訊息，是中午要登船的時間和地點。

遊艇趴終於來了……咦，文石說趕快來、而不是趕快去……

我以最快速度收拾簡單的行李，衝向台北車站搭最近的一班高鐵南下，再叫計程車趕往高雄港的香蕉碼頭。

怎麼會知道陳駩瑞這時會傳訊息和他在哪裡？上了遊艇我要注意些什麼？一路上我傳Line給文石，他都沒讀，電話也關機，真不知道他在忙些什麼。

抵達碼頭抬眼，我嚇了一跳：好大好漂亮的一艘遊艇！真的是私人的嗎？

一位身著白色制服、膚色黝黑的帥哥站在登船梯前，見我走近，露出潔白的牙齒用英語問：「請問有邀請函嗎？」

邀請函？我怔在當下，制服帥哥見狀指指我的手機。我趕緊刷開Line，讓他辨識那則陳駩瑞寄給我的訊息後，他作了個請的手勢。從他隨我身後上船並收起登船梯看來，我是最後一個登船的受邀者。

制服帥哥引我走進下船艙，一條走道兩邊有將近二十個的房間；他推開最後一間的門說了聲「假期愉快」，就悄然返身退走。

房內的設施不輸昂貴的飯店套房。但我無心享受，從包包裡取出手機就坐在床沿猛滑。發現文石回訊了：「跟著陳駩瑞。」

「為什麼我要跟著那個變態瑞？」我趕緊傳訊再問。

「要幫倪可茉找到無罪的證據，他是重要的線索。」

「跟著他是要幹嘛啦？」

「恐怕還會有人死掉！」

「誰會死？變態瑞嗎？」

「有可能，但不確定。」

這時有人敲門。我趕緊收起手機起身開門。站在門口的正是陳駩瑞。

他的賊眼往我身後掃描，我機警地往前步出房間，把門帶上。

他說了些美女怎麼不一起來玩之類的油腔滑調。我胡謅幾句虛應一番，隨他走上甲板，要他帶我四處參觀。

這艘名為「Tyche」的豪華私人遊艇共分五層。除了甲板下旅客房間的第四層、機房的第五層外，第一層為控制室，我看到幾個同樣身著白色制服的男子在艙室中忙碌著。第二層是交誼廳，用厚重的窗簾遮掩著窗口，無法觀察裡面的陳設。第三層是甲板層，前後兩間隔開的的艙廳，前廳裡有看來價格不菲的音響視聽設備，掛著活動廳的牌子；後廳則是餐廳。整艘遊艇的後甲板則是游泳池，幾個女生身著布料極少的泳裝在池畔和水中，池邊大陽傘下坐著幾個身著花襯衫和五分褲、嘴角咬著雪茄的男子，正大聲地與那些妖女調笑嬉鬧著。

為避免他炫富的嘴臉讓我眼珠不斷要往上翻，趁他不注意時低頭瞄了一眼手機上文石最後的訊息：

「妳自己小心一點。」

真的會死人嗎……

陳騌瑞把我帶到泳池邊，幾個妖女扭腰擺臀馬上靠過來，嬌聲嗲氣地喊著「陳少，怎麼現在才來啦」、「陳副，人家好無聊喲」，讓他嘴邊肉猛顫，左擁右抱地大笑說：「別急別急，等船一出港，舞會馬上就開始啦。來來來，給妳們介紹個好姊妹。呃，妳叫——？」

哼哼，連本正妹叫什麼都記不得？可茉呀，妳趕快跟他分了吧！

我按捺著火氣，微笑著說：「叫我Justitia就可以了。」

「蛤？什麼亞？不管了，叫妳小雅好了。來來來，她是小喵、她是蕾蕾、這位是媚兒、那兩個是果凍和蜜蜜，哈哈。大家好好相處啊。」

「嗨！小雅！」

「嗨！大家好！」

一瞬間，我竟有既然身為金錢豹酒店紅牌公關就該好好跟大家相處的錯覺。然後他又帶我去幾個油頭粉面的富二代面前介紹，什麼偷你、薑泥、沾母屍的英文名字一堆，我都不屑記。反正這些傢伙不是露出邪笑就是盯著我的胸部，沒一個讓人有好感的。

這時腳底下傳來引擎發動的聲音，整艘遊艇開始啟動並倒俥駛離碼頭。陳騌瑞本想跟我說什麼，口袋裡的手機卻突然響起。接起後，對方不知說了什麼，讓他原本開心的臉垮了下來：「好啦好啦，我現在就過去。」，然後結束通話並對我們說：「妳們先自己玩，我稍後就來。」

幾個女生矯情地嬌嗔了幾聲，才讓他笑著離開。

我倒是鬆了口氣，找個藉口就脫離這群讓人不舒服的男男女女。

跟在陳騌瑞後頭，見他步上艙梯進了交誼廳；我留意四周沒人，悄悄上前推門，但門被鎖住。等到耐心快要耗盡時，裡面傳來腳步和交談聲，我趕忙離開艙門邊隱身在逃生小艇後方。陳騌瑞和另一個頭髮幾乎全白的老阿伯在門前出現，兩人的交談聲調都很高，顯然在吵架：

「養你這個不孝子有什麼用！到現在你還不在乎、只顧玩樂享受！」

「不可能啦！這種圾垃只會嗆聲而已，我就不信能把我們怎麼樣！」

「真的不知死活啊你！」

「我請了Bond和Richard擔任Bodyguard，安啦。」

「蛤，什麼蓋？我看是臭水溝蓋吧！吃麵包配茶就可以保護你？騙肖咧！」

「厚！Bond是龐德、Richard是理查，不是台語的胖和國語的茶！他們都是保鑣公司最頂尖的好手，你不懂不要在那裡夏夕夏景啦！不要跟你說了。」陳騌瑞怒氣沖沖地經過我身邊，後頭那個應該是他老爸的男子火氣也不小：「你又要去哪裡？死了就別來找我！」

是說，死了來找你，你也會害怕吧。

遊艇往外海移動，高雄港後方那個高字形的大廈已快消失在天際線邊緣。

陳駪瑞和他老爸吵了一架，就跑去泳池畔跟那幫妖女鬼混。我把剛才的事用Line跟文石回報，文石回訊：「他暫時沒事。我們去餐廳喝杯飲料吧。」

因為還是白天，大家都待在甲板上享受陽光，所以餐廳裡沒有別的客人。我往吧檯的角落靠過去，向調酒師叫了一杯粉紅佳人。

「你什麼時候變成服務生了？」我望著文石身上的白色制服，低聲問。

他啜著杯中金檳色的鬥牛士：「女生的也有，網路上一件九百九，妳要嗎？」

「我要你告訴我，為什麼你知道要來這裡？」

「妳還記得那個戴著黑框眼鏡、帶卓耀春去玄元無極宮的傢伙？」

「『迦密山之火』的小麥？」

「他叫麥楓瑜。」

「這裡會有人被殺……就是他所謂的天火計畫？」

「我是這樣懷疑，所以才跟他作朋友。」

「作、作朋友？我沒聽錯？」

「嗯哼。」

「哼哼，還說你不是男男戀！唉，真替夏芯瑤不值呀。」

他瞥我一眼：「妳不知道現在手機功能很強大，只要搖一搖，就能加入手機的通訊功能邀請對方加入好友？」

「原、原來如此。」我吐舌聳肩，本想向他道歉，但轉念一想又覺得不對：「可是——」還沒問完，就見一個熟悉的身影出現在文石身後。我趕緊把視線移走，垂下頭裝作在品嚐調酒：「見鬼了！你的小麥就在身後。」

文石倒是鎮定得很，還若無其事地望了對方一眼：「今天晚上八點會有事情發生，妳跟著陳騌瑞，必要時記得用手機錄影。」

「連這個你也打探到了？」

「但是到底會發生什麼事，我無法確定。」

「現在該怎麼辦？」

「把酒喝完，妳先回房間睡覺，到晚餐時間再出來都沒關係。」

「為什麼一定要睡覺？」

「今晚可能會熬夜。」

「這段時間不必跟著陳騌瑞？」

「妳想一直被變態騷擾嗎？趁麥楓瑜在滑手機，妳趕快走吧。」

「等一下，我還沒問你為什麼要卓耀春去找鄒房舒——」

這時麥楓瑜突然往這邊走來。文石往我肩頭一推，起身擋在他和我的中間，我趕緊住嘴，從另一邊的艙門溜走。

我的粉紅佳人還沒喝耶……

我沒聽文石的話直接回房間。想說在遊艇上游泳是難得的體會，所以換上泳衣來回游了兩趟，然後點了杯熱帶綜合果汁，坐在池中藍色氣墊椅的陽傘下。

剛想享受一下南海的陽光，池邊有四個男生卻像鱷魚見到獵物般，立即下水朝我游過來。他們圍著我自以為幽默地講著冷笑話、問東問西搭訕個沒完，其中一個還拼命秀著臂肌。我陪著笑臉，餘光瞄到池上許多妒恨的女生射來眼刀，擔心自己成為她們嫁入豪門的阻礙，只得隨便敷衍幾句就喝完果汁離開。

奇怪的是，那隻變態瑞此時卻不見人影。

回房間後，我躺在床上發呆，開始覺得這整件事始終透著古怪。

陳賨瑞不過是個紈袴公子，會有什麼人想殺他？從他跟他老爸的吵架片段聽來，文石的消息應該不是假的，但他好像不太在乎……這件事跟卓耀春到底有什麼關係？跟可茉的車禍案又有什麼關係？文石居然說在這裡可以找到讓可茉無罪的證據？還有那個可疑的孟思梨，會不會才是真正恐嚇吳恭隆的人……太多的人和事，我想破頭也不得其解，然後就這麼昏昏沉沉地睡著了。

朦朧中，彷彿置身在一處巨大的廢棄物清理場，一望無際的垃圾堆到天邊，各種化膿般的汁液從縫隙中流出，遠方還有幾縷黑煙從垃圾山頭浮湧而上，遮蔽了天空。我拼命的奔跑，滿身冷汗，卻始終走不出這可怕的地方，只知鼻腔中的惡臭愈來愈濃，濃到快窒息……

然後我就被臭醒了。

隔壁房間傳來奇怪的叫鬧和呻吟聲，空氣中瀰漫著一股類似煎中藥又像燒輪胎味道。我舉起手，望了一眼腕上的錶：快七點半了。

我趕緊起身出門。走過好幾個房間，裡面都傳出令人噁心的叫聲。是在開毒趴。

要不是有任務在身，我才不想待在這種罪惡的地方。

加快腳步上甲板。海風吹來，空氣頓時變得很清新。

天色已暗，星空璀璨，甲板上泳池邊都已空無一人。

我進到餐廳，在把費檯上端一碗沙拉，又夾了一整盤的海鮮，就跑到角落的座位大吃起來。這時，服務生端著酒瓶過來：「小姐，需要一點餐前白酒嗎？」

「好哇。」

他專業地倒了一杯，輕放在桌上。我抬起頭要向他致謝，差點沒叫出聲。

「八點在活動廳，想辦法混進去。」

「一般人不能進去嗎？」

「陳駼瑞的老爸叫陳呈偉，一個月前接到了今天晚上有人要殺害他兒子的簡訊，擔心的不得了。」

咦，殺人預告？我整個人的細胞都活了過來。

「陳駼瑞卻毫不在意，四處趴趴走，還想開舞會。兩個人吵了半天，陳呈偉要他今天晚上八點以後必須待在房間，有保鑣保護。陳駼瑞玩咖一個，哪會乖乖受控制？陳呈偉只好妥協，讓他在活動廳裡開舞會，但只同意他熟識的幾個朋友在場玩。」

「下午他們在吵的就是這件事？但我跟陳駼瑞不熟呀。」

「他認為跟妳很熟不是嗎？」

「你怎麼會知道這些事呀？」

「他跟孟思梨講我才知道的。」

「喔！孟思梨也來了？終於出現了！」

「嗯。陳騌瑞的朋友都到齊時，活動廳的門就會鎖上，不准任何人再進出，直到明天抵達香港維多利亞港為止，到時會有另一批保鑣護送陳騌瑞到大陸的祕密地點躲藏。」

「那如果真的發生命案不就是……」一想到可能目睹密室殺人，我的寒毛突然直豎，不禁把手中的白酒一飲而盡。「但，萬一他不讓我參加怎麼辦？」

「放心，只要妳要求，就一定進得去。」

文石低聲說完，就恭敬地欠身離開。

搖頭燈跟雷射燈閃個不停、電音和鼓聲震耳欲聾。我隨著節奏盡情地舞動著。身邊的陳騌瑞在光線的閃爍中像隻蟲般蠕動著，舞姿極醜。

他一聽到我說想要參加今晚的舞會，居然馬上笑瞇了眼睛，還說什麼「妳表姊說要把名額讓給妳」之類的不知所云，完全看不出來即將被殺的恐懼。

表姊是誰我已經無暇多想，因為一到八點，兩個身著黑西裝的大漢真的把活動廳兩側的門都鎖上，還把鑰匙都交給了那個白髮阿伯陳呈偉。那一刻起，我已經開始提心吊膽，思忖著的都是真的會發生殺人事件嗎……

搖晃了快一小時，音樂才停下，恢復正常燈光。真不知這樣一直扭動身體到底有什麼好玩的，只能想說至少流了點汗，也算運動有益健康吧。

現場除了ＤＪ和兩個站在門口撲克臉、黑西裝的保鑣外，舞池裡只有五男五女。看來陳呈偉擔心歹徒會混入閒雜人等趁機下手，真的限制在場的人。

大家在吧檯拿東西吃時，幾個白色制服的工作人員進來佈置場地；文石也混在其中。這時有個穿戴燕尾服、長披風，臉上戴著面具的男子也跟著進來。

場地佈置完畢，前方擺放了一個小型舞台，整個活動廳頓時有小劇場的感覺。

那個暱稱小喵的女生見伴唱機被推出來，尖叫一聲，衝上去搶麥克風。

「沒有誰能把你搶離我身旁，你是我的專屬天使，唯我能獨佔，沒有誰能取～代你在我心上！擁有一個專屬天使，我哪裡還需要別的願望——喔喔喔——」

扯著嗓子走音兼搶拍啊！妳不需要願望？我需要：老天，叫她快閉嘴吧！

我別過頭去問陳騌瑞：「那個戴面具的人是要幹嘛？」

「喔，他的表演很厲害，待會兒妳就知道了。」

「你哪裡找來的？」

「不知道是誰寄了一個影音檔，我在手機上看了覺得很屌，就照上面的聯絡方式找到他，請他來助興的。」陳騌瑞得意地說。

「他是要表演魔術嗎？」從面具男的打扮，我這麼推測。

「呵呵，妳好聰明呀。」他的手突然就往我腰際摟過來。我瞥見陳呈偉由迴旋梯從樓上的交誼廳步下，連忙起身閃開他不安份的手：「咦，你爸下來了！」

陳呈偉把他叫到一旁，兩人不知低語些什麼。

腕上的錶指針顯示九點多了。八點已過，預告殺人並沒有發生，所以他才放心下來……看來用厚重窗簾布遮掩的交誼廳，是他個人專屬的吧。

擔任ＤＪ的男子從小喵手中接過麥克風，把音響關掉，清清喉嚨後請大家就座，並介紹遊艇的主人出場。陳呈偉在掌聲中上台，像許多企業家的惡習一樣，開始講自己如何從一個學徒到白手創業發達、現在公司年營業額多少億、海外有多少分公司、手下掌管多少員工，直到買了這艘取名希臘幸運女神「Tyche」的豪華私人遊艇等等。

雖然感覺很假很炫富，但我還是跟其他人一樣鼓掌，讓他笑瞇了雙眼下台。

接著是被ＤＪ介紹稱為「靈幻」的魔術師，在掌聲與口哨喝彩聲上台。

小舞台上放著一個長腳檯和尺寸很大的黑行李箱。魔術師向大家行禮後，隨著音響放出的背景音樂，先把放在長腳檯上的小盒子，交給台下的觀眾檢查。那是與鞋店的鞋盒一般大小的黑色盒子。他挑中檯下的小喵和陳呈偉分別檢查裡面空無一物後，就開始從裡面變出鴿子、兔子和十顆橘子、二十顆蘋果。

原以為是什麼特別的戲法，結果只是電視上的諧星都會玩的把戲。我打了個呵欠，小聲說：「那種廉價的道具，到魔術用品店去買就有了啊。」

陳騌瑞邊用力鼓掌邊對我說：「這只是開場的例行小把戲，後面的才精彩。」

「剛才你爸跟你說什麼啊？」

「沒什麼，只是叫我還是要小心……真不知要小心什麼。」他咕噥地抱怨。

這時我瞄到文石。他站在左舷門邊一個保鑣身後，對我作了個手勢。

我幾乎忘了他說要錄影的事，於是悄悄從包包裡取出手機。

接下來魔術師從那個大行李箱裡取出三個圓柱形瓶子，擺在放檯子上，對服務生作了個倒水的手勢。文石見狀，搶先從場邊的點心桌上端來冷水壺。他在三個瓶子內注滿水，然後作手勢要徵求自願者。

陳騌瑞不但自己舉手，還拉起我的手一起舉。

我們被請上台，分別站在魔術師兩側。魔術師把三個甜辣醬包交給我們檢查。都是在超商買關東煮時，免費可拿的鋁箔軟醬包，沒什麼特別。

我們三人各分一包。魔術師要我們學他把醬包放進裝了水的瓶子裡，然後蓋緊蓋子。我拿起眼前的玻璃瓶，照他指示做，放進去的醬包浮在瓶裡的上方。

魔術師的的左手開始對著瓶身作出施展魔法的動作，口中並唸著咒語，約十秒後，忽然大叫一聲：「Sleep！」

奇怪的事發生了：瓶中的醬包居然慢慢下沉到底部。

然後他把手心向上，繼續唸著咒語，再大叫：「Wake up！」

瓶中醬包居然立即從底部往上快速浮起。引起台上一片驚嘆。

他再施法命令：「Sleep！」醬包又乖乖往下降，但中途他隔著瓶子食指一指：「Stop！」醬包就真的停在瓶內的中間，動也不動！台下立刻響起如雷掌聲。

他請我和陳騌瑞也試試。陳騌瑞學他，不論是叫什麼，醬包像死了般不動。

我學他的手勢，根本不知該唸什麼，只好連叫幾聲「Sleep！」，急了還叫：「快點！」，引來台下一陣大笑。看著那懶得理我的醬包，覺得自己好蠢。

下台後，真心覺得厲害，我拿起手機開始拍台上的情形。

魔術師又拿出一個紅色塑膠袋，裡面都是廢棄的汽水易開罐。他拿下台讓每位觀眾檢查，有的人還拿出來看，大家都似乎都相信應該是喝完捏凹的空罐子。

他回到台上在袋裡翻攪，隨手取出一個，把罐口朝下，讓大家確認是空的。

然後他把罐子回正，身體開始擺動，兩手輕舞。這時怪異的事發生了：凹陷的罐身居然隨著他的律動自動回復！台下有女生還驚異地發出尖叫。

最奇怪的是，他居然拉開拉環，開始從罐中倒出汽水在紙杯中！

接著他端下台，給坐在最前端的陳呈偉和那個尖叫女生喝……

陳呈偉目瞪口呆，那女生喝過後大叫：「真的是汽水！」，全場又是驚呼連連。

接下來，魔術師走向那個放在旁邊的黑色大行李箱，將暗扣打開，拉高成約一米九高度的箱子。這時場內的燈光變暗。後方的投影幕上播出：

「以下的表演有危險性，易受驚嚇。請膽小的觀眾離席，以策安全。」

前面的表演這麼厲害，就算保鑣同意開門，也沒人捨得離開。

魔術師假裝等得不耐煩，聳聳肩作出無奈的樣子，引來大笑。接著請另一個我記得叫果凍的女生上台，充當助手，然後自己進入行李箱裡，雙臂交疊在胸前，面向台下，並請果凍將行李箱的拉鍊拉到他胸口的位置，只露出他的臉。

這時場內的背景音樂變成緊張的鼓聲，投影幕下一頁秀出：

「請各位閉上眼睛十秒，回想自己生平最害怕見到的人！」

在座的人都依指示閉眼。只有我為了錄影，盯緊手機的螢幕。

場內的燈光變得忽紅忽綠，還出現奇幻的雷射光，氣氛變得很奇幻。

約十秒過去，大家睜開眼睛，果凍依指示將行李箱慢慢轉一圈……

當行李箱轉回面對台下時，場中有人驚恐地慘叫出聲，並掩面彎腰，把大家嚇了一大跳！我把注意力移回台上時，行李箱又已經轉向背面了，但台上的果凍顯然也被慘叫聲嚇到，面露驚惶。

到底是看到了什麼？

當行李箱又轉一圈朝向正面時，台下有女生尖叫！

這次我看清楚了：魔術師的臉變成獠牙淌血的猙獰死屍！

因為果凍也嚇到尖叫，並踢開高跟鞋衝下台，所以她用力一轉的力道未停，行李箱又第三次轉動。再轉回正面時，室內的燈突然閃爍不定，讓在場的人全部噤聲。

不知從哪裡冒出紫色的光線，伴隨著類似腐屍的惡臭。

地板因鼓聲太大太急促，開始微微震動。

「那、那是…什麼？」身邊的陳駿瑞聲音顫抖。

我不禁打了個寒顫。眼前的景象瞬間讓人全身的寒毛盡豎，耳底狂鳴——

行李箱開口愈來愈大，並冒出黑影，愈來愈大……

黑影緩緩抬起它的頭，緩緩睜開它血色赤眼，舌頭半吐在外。

它赤眼眈眈掃巡著在場的每一個人。被掃到那一秒，電擊般讓我全身僵直！

「喔啊——」視線最後盯住的那男子，發出駭怖的叫聲。

唉——彷彿來自幽冥最深處的怨憎與憤恨，化為這一聲長嘆！

我覺得背脊上一陣陰寒，身體因駭愕而顫抖起來。

黑影倏地伸出黑爪，指向台前一個男子。

男子緊張到全身僵直，在位子上動也不敢動。

然後行李箱急速轉動，鼓聲在最高點乍然而止。

光線突然全滅。雖然只有三秒，卻彷彿三世紀那麼長，廳內恢復光明。行李箱已停止不動。在開口處露出的是一張可愛的小女孩扮鬼臉的照片，引來大家鬆了一口氣，全都笑出聲。

「讓大家受驚了，今晚的表演到此為止，謝謝！」投影幕上秀出的字幕，讓眾人起立用力鼓掌。這時行李箱自動轉動，並瞬間縮小回原來的尺寸，我當時以為這是另一個彩蛋，興奮地期待著。但當行李和掌聲慢慢緩止，鼓聲也停歇，台上再沒有任何驚喜出現，反而讓大家面面相覷。直到台前一個女生發出淒厲的尖叫時，卻把在場的人嚇傻。

「他死了！」

有人開始圍上去，我也立刻往台前擠。

被圍住的是那個最後被嚇得臉色慘白、全身僵直的男子。他的臉色、頭髮和口角吐出的白沫一樣慘白。是陳呈偉。

在場的人一陣慌亂。一個保鑣立即將他放在地毯上對他施以心肺復甦術急救，另一個保鑣仍守住門口不准任何人進出，並以對講機通知船長求救。

「魔術師不見了！」這時有人大喊。眾人聞聲一起回頭。

一個服務人員不知何時衝上台去打開行李箱，裡面已經空無一人。

第十六話

因為出了人命，「Tyche」緊急轉向澎湖馬公港停泊。當蓄著落腮鬍的船長進來告知，警方在無線電要求所有的人不得離開活動廳時，我才從大家不安的議論中得知陳駪瑞認為陳呈偉是遭人殺害、已透過船長向警方報案。

白制服的服務人員取來白色床單，把全身慘白的陳呈偉屍體蓋住。

兩位保鑣仍然像門神般站在門口，除了船長和服務人員外，禁止任何人進出。

在場的人似乎都不想惹上麻煩般，聚集在遠離屍體的吧檯附近，除了喝些飲料鎮定心神外，也竊竊私語討論剛剛到底發生什麼事。

有人認為陳呈偉應該是被魔術師殺死的。但馬上有人質疑說眾目睽睽，根本沒看到魔術師接近陳呈偉，怎麼殺人？引來一陣沉默。又有人反駁如果不是魔術師殺的，怎麼魔術師會消失不見，難道不是畏罪潛逃？有人立刻嘲笑說魔術就是表演而已，如果當真，那些把美女助理鋸成兩截的魔術師豈不都是犯罪？

最後有個三角眼的男生，不耐煩地提高聲調說：「陳呈偉年紀一把，身形又有些肥胖，剛剛的魔術表演聲光效果十足，有心血管疾病的人會在突然遭受刺激情形下心肌梗塞猝死，也是很常見的，大家不要胡說亂猜。」

另一個長得像瘦皮猴的男生語帶不屑，回嘴：「說得跟真的一樣，你還不是猜的？」

「我是觀察他沒有什麼外傷，死亡當時正是魔術師表演到最高潮、音樂最大聲的時候，加上他死亡時的痛苦表情和手抓著胸口的衣襟來判斷的。」三角眼瞪瘦皮猴一眼：「還有，我的職業是外科醫師，事關人命的事我從不用猜的。」

這下子沒人敢再討論些什麼。廳內陷入不安的死寂，只剩艙底傳來的引擎聲。

遊艇快速駛向馬公港。停泊後，早已等在港邊的刑警和醫護人員立即登船。

經法醫檢查結果，陳呈偉的外觀完全沒有外傷，再經警方詢問當時情況，初步研判應該是心因性休克。但身為家屬的陳縣瑞對死因有意見，所以警方請醫護人員將屍體移送太平間，擇日進行解剖。

陳瑞縣激動地向警方哭訴，幾天前有人傳簡訊給陳呈偉表示將在今晚下手，讓陳呈偉非常緊張。

「原本說是要殺我的，但想不到竟然是我父親……」

「為什麼要殺你卻對你父親預告？」應該是小隊長的刑警問。

警方提出這個質疑，但陳縣瑞答不出來。

為什麼說八點要下手，卻延遲到九點多才行凶？自己或父親有無跟什麼人結怨？懷疑在場的誰可能是凶手？面對這些問題，陳縣瑞也是漲紅了臉，說不出個所以然，最後竟腦羞成怒吼道：「這些不是你們警方應該查清楚的嗎？」

經過刑警分別向在場的人逐一盤問，大家的回答幾乎都一致：陳呈偉是在和大家一起看表演時突然倒下去的，當時沒有任何人接近他。

雖然有人提出魔術師可能涉嫌的意見，但經刑警檢視我的手機錄影檔後，看法似乎跟那個三角眼外科醫師的想法一樣。警方把那段表演的錄影檔拷貝留檔存證後，又問陳縣瑞：「你父親有沒有心血管方面的疾病？」

陳縣瑞想了半天，不甘心般喃喃道：「……他好像有高血壓和高血脂的病史。」

在場的刑警都露出鬆了口氣般的表情，其中一位刑警問：「那這樣，你還認為有解剖的必要嗎？」陳鯮瑞看來很猶豫。我忍不住插嘴：「你們不需要先去查一下那個預告殺人的簡訊到底是誰寄的嗎？」全部的人目光轉向我，幾秒的尷尬後小隊長才回說：「我們已經把死者的手機當作證物，這是一定會查的。」

這時另一個身著黑色背心的刑警推門進來，在那個小隊長耳邊低語幾句，小隊長的臉上有了變化。

結果，除了船長和工作人員外，包括我在內，全船的乘客都被請到警局採尿。

因為警方進行疑犯盤問時，在甲板下艙房裡發現有人在開毒趴。

警方對於查緝毒品的興趣，顯然高於只是疑似被嚇死的心臟病患者。

「我是女神——！我是女神——！」

再一次被來電答鈴設定自己的聲音叫醒。沉重的眼皮撐不開，伸手在床頭檯几上亂抓好幾回才摸到手機。天亮後在馬公機場搭飛機回台北，進門都已經快中午了，疲憊到連午飯都沒吃我就癱在床上昏昏睡去。

「喂？」

「妳不想知道魔術師哪裡去了嗎？」

「我比較想知道你到底死哪去了。」

「我就一直跟著魔術師到現在呀。」

「蛤？你知道他消失的祕密？」

「我看著他消失的呀。」

「什、什麼意思？」

「我一直看著他，他到哪我就跟到哪，當然知道他是怎麼消失的。」

眼皮彈開、人從床上彈起，我的精神瞬間彈升：「只要你告訴我到底是怎麼消失的，要再去警局尿一次我都願意。」

「那些刑警就只想辦可以記大功的毒品案。唉！」文石的語氣變得緊張起來；「我的辦公桌左邊最下面的抽屜裡，那個藍色鐵盒子拿來給我。」

「那是什麼？」

「防身武器。妳自己有什麼防身武器嗎？」

「防狼噴霧器。」

「妳也帶著吧。」

他給的地址在桃園，我駕駛自己的車衝上高架道路時，才發現一輪明月已掛在天際。這時的思緒忽然清醒，許多的事開始在腦中組織起來。

為什麼我現在會在夜晚裡飛車？因為要找一個神祕的魔術師。這個魔術師在陳呈偉暴斃的當下憑空消失。而我們會在一艘私人遊艇的活動廳裡看到這場魔術秀，是因為文石認為跟著陳騌瑞，有助找到可茉車禍案的線索。在遊艇上，那個介紹卓耀春去觀落陰的神祕男子麥楓瑜居然也在；而卓耀春是六龜鄉一筆地號97號土地過戶登記的的地政承辦人員，那筆土地是個善良果農、人稱「蜜棗伯」的邱默夫向一個陳姓地主買的，但不知何故買受土地辦妥登記後，邱默夫的名字卻不見了，土地權利異動索引中，卻出現何正光的名字。土地目前出租給雲中仙悅溫泉會館，據會館老闆柯振平說，出租人原先是何正光、後來權利移轉給簡博化繼續出租，何正光只不過是人頭而已。至於簡博化，就是與可茉發生車禍的被害人……

文石的簡訊說，跟著陳駩瑞，是為了幫可茉找無罪的證據……也就是說，雖然可茉被起訴過失致死，但文石認為她應該是無罪的。他這樣判斷的依據是在簡博化車裡發現的那一小株刺果豬殃殃葉，推測當時車上還有個「豬殃人」。豬殃人與簡博化在車上發生什麼事？殺了簡博化嗎？所以簡博化頭上的傷，就不是車禍撃撞造成、而是被人毆打所致嗎？但是，車子衝下山谷，車內卻不見豬殃人……那只有一種可能，就是豬殃人受傷後在可茉及其他到場援救的人都沒發覺的情形下，先負傷逃走了吧……也就是說，只要找到一個有車禍外傷的關係人，就有可能是豬殃人，這樣推論怎麼想都覺得很合理。

後來文石的調查過程中，好像沒發現什麼人是受傷的，只有一個人躺在病床上，那是老律師夏敬明！難道夏敬明會是受傷後假裝重病……不會吧，除非他跟簡博化有仇……是什麼樣的仇恨呢？

另一個重要線索是，他退休前有一個當事人何正光。何正光跟簡博化認識，簡博化認為六龜土地是他的、何正光其實只是人頭，但這畢竟只是簡博化事後對柯振平的說法。會不會事實上兩人對於這筆土地產權是有糾紛的？照柯振平的說法，不過是位置剛好在雲中仙悅溫泉會館的門前的一塊地，簡博化就把租金猛漲四倍，這筆租金在台北市的土地也許不算多，但在位於高雄山區的六龜，而且只能做度假村大門和車道使用，就真的很貴。

因為這筆土地的產權及租金糾紛，導致何正光懷恨在心，也是很有可能的。也許車禍當天，何正光約簡博化出來談判，要求返還土地或分配租金，但簡博化到口的肥肉哪捨得吐出來？兩人在車上發生爭執，何正光一氣之下，失手就——或根本早就準備了球棒之類的鈍器。

我拿出手機，點入記事本，找尋兩人的死亡時點……

簡博化車禍死後一個月，何正光才因洗澡時一氧化碳中毒，被認為意外死亡。所以簡博化被何正光殺死，是有可能的。

但是何正光已死，無法證明他就是豬殃人。不過在追查時，文石又發現何正光極可能不是死於意外；而警方調查後認為是一個戴黑色安全帽的黑衣人涉嫌，無奈黑衣人不知去向，線索追查至此似乎陷入瓶頸。

這些人之中，邱默夫死了、何正光死了、簡博化死了，現在連陳呈偉也死了。

這中間一定有什麼故事，把這麼多的事和人串連在一起。

豬殃人、帽T人、孟思梨、阿牛、黑衣人、紅騎士，如果能找到其中一個人，應該就能找出這個故事的真相吧。

雖然不知這些人在哪，但我知道找這些人的線索在哪。

在文石那個奇怪的腦袋裡。

在桃園市中心區一棟大樓前，我輕踩煞車，因為發現文石的小白就在路邊。

把車停在小白後面幾格的路邊停車位。才熄火，副駕座的門就突然被打開。

「嚇我一跳。」

入座的文石視線始終盯著對面大樓的某個地方：「在那邊。六樓。」

六樓有燈光。我問：「魔術師在裡面？他到底是怎麼離開那裡的？」

「大大方方離開的。」

「不可能！我一直注意著，門口有兩個保鑣控制，直到警方上船為止。」

「比起他怎麼離開，我比較在意的是陳呈偉到底是怎麼死的。」

我拿起手機，把昨天的錄影檔點開：「顯然是心臟病發作，被嚇死的。」

「妳知道這是誰？」文石按下暫停。畫面停在魔術師的臉變成伸出舌頭的紅眼鬼面出現的那一秒。我瞄了一眼：「低俗的嚇人把戲，好萊塢許多低成本的恐怖片都有的傢伙，誰會記得是傑森還是佛萊迪。」

他把自己的手機滑開，點出一張相片送到我面前：「跟他像不像？」

一個髮色斑白的阿伯，笑得很開心。看來是從一張泛黃的相片翻拍的。

如果這個阿伯不笑的話……

如果阿伯把兩眼放空、嚴肅一點、吃胖一點……

甚至把舌頭伸出來的話……很像！

「咦！咦咦咦！咦——！」我大吃一驚：「他到底是誰？」

「魔術師的投影字幕不是說了嗎？」

「這……」我回想了幾秒：「想著自己生平最害怕見到的人？意思是……他是陳呈偉最害怕見到的人？」

「沒錯。」

我像在伸手不見五指的地窖裡乍見一道微光從門縫射下：「那他還是被嚇死的呀，因為魔術師知道他最怕誰對不對？可是，魔術師怎麼知道他最怕誰？還是說……這個阿伯是鬼？」

「嗯哼，陳呈偉就是認為自己見鬼了，才會那麼怕。」

「我看過錄影檔好幾次，那個黑色大箱子轉第一圈時是個像蟑螂般的面具，把一個女生嚇得哇哇叫，第二次是個死屍，也嚇到在台上的那個女生。這兩次沒有其他人被嚇到，陳呈偉還露出不屑的表情。但是第三次，陳呈偉是被嚇到死的表情和反應呀。不過，老實說，聲光效果是挺嚇人的，我也被嚇到——」

「但這個黑影人不是妳害怕的人，妳只是被聲光嚇到而已。」

「難道，這個人真的已經死了，而且昨晚是來索命的？」我腳底發冷，手臂上浮起雞皮疙瘩。

「也許魔術師就是要陳呈偉這麼認為。」

「為什麼要嚇死他？還有，這樣就一定能嚇得死他嗎？」

這時一輛灰色廂型車駛迎面駛來，在地下停車場的自動柵門前停下，駕駛是誰因角度關係無法辨識；但副駕駛座那個人的側臉，讓我們愣在當下。

卓耀春為什麼也跑來這裡？

自動柵門開啟後，廂型車立即往停車場駛下。

「我們來求證一下就知道了。」文石盯著廂型車緩緩駛進地下室；「妳守在這裡等我的Line，有任何奇怪的人接近就通知我。」

我把藍色鐵盒交給他，心跳不禁加快，感覺有什麼危險的事即將發生。

他下車跑去打開小白的後車箱，拎起一個背包，就快速奔向對面大樓。

這幾年台灣社會少子化，加上經濟長期不景氣，購屋人口快速下降，但建商的推案量還是未歇，形成都市大樓不斷雨後春筍、空屋量卻直線上升的怪現象。所以夜晚在大街上抬眼所見，各大樓裡有燈光溢出的樓層愈來愈少。

對面這棟高矗在夜色裡的「飛燕福居」大樓，就是寥寥幾個窗戶有燈光而已。

記得有次忍不住問：「建商猛推案卻賣不出去，成本怎麼回收？」

文石嚼著花生米，笑回：「哪有需要回收的問題。」

「是啊，你都自己搭鋼筋、自己挖石灰作水泥、自己鋪磁磚。」
「蓋房子哪要那麼累？向銀行貸款、再把工程發包出去就好了啊。」
「喔，那賣不出去錢也不用還就對了，銀行有白花花的貸款用不完？」
「建商是這麼想的沒錯啊。」
「沒錯？你頭殼壞掉了，把銀行當慈濟嗎？」
「公司還不出錢是可以倒閉的，一個建商手上可能有好幾間公司，甲公司倒了再用乙公司推建案借款，有什麼難的嗎？」
「蛤？那這樣銀行的貸款都收不回來，不就換銀行倒？」
「我們的政府會讓銀行倒嗎？」
「意思是……用人民的稅金去補嗎？」
文石聳聳肩不置可否，又拋了幾顆花生入口。
當時我就覺得建商奸、銀行衰、整個制度更是爛，氣到想徹訐譙。
胡思亂想之際，一輛銀色豐田轎車迎面駛來。遠光燈射得讓人皺眉低頭，經過我車之後也是停在「飛燕福居」停車場入口。我回頭望向副駕駛座……驚呆。
「旦旦，你腦袋燒三天也想不到誰來啦。」我趕緊用Line訊他。
等了一分鐘沒見他讀，不知是在度姑還是烙賽中。
正想再發簡訊，眼前接著發生的光景，讓我手指懸在空中——
三台黑色轎車緩緩靠近「飛燕福居」，分別停在大門旁、地下室入口旁和大樓側門邊。十幾個穿著深藍色背心的壯漢分別從車上下來，在路燈的黝闇翳影中聚集，交頭接耳些什麼……其中一個人燒成磁磚我都認得。

我用最快的速度在手機上寫著：「旦呀，到底什麼狀況？這邊好多罩杯啊！」

他還是未讀。我急了，輕輕推開車門下車，趁那些背心男不注意，悄悄溜進「飛燕福居」的大廳。

管理員是個老頭，仰著的頭掛在椅背上睡到打呼；所以我低著頭，直接進電梯，按了數字鍵「6」。

電梯門無聲地滑開，我無聲地走近那個亮燈窗戶的位置；一邊注意手機是否有文石的回訊、一邊思索著該用什麼理由按門鈴。

但其實是多慮了：六樓之一的門是虛掩著未關。

輕推開門，客廳裡的景象完全讓人傻眼。

家具傾倒、家電物品散亂一地，像是大地震搖完再加上強颱吹過一般。我揪著一顆狂跳的心迅速到每個房間巡視，儘量不讓自己踩到地上破碎的東西。結果屋內未見人影，只在主臥房地上發現一道恐怖的、長長的血痕。

文石的藍色鐵盒已被打開，也摔在屋角。

我驚覺這裡剛剛發生劇烈的打鬥，而且有人受了傷。

拿起手機要打一一〇，這時背後有空氣流動的感覺，正當感到有人接近而要轉身時，黑影閃過往臉上撲來，我正要反抗，一股怪味撲鼻——

眼前一黑，我失去了知覺。

不知是否來自地獄，幽遠深沉的敲打與撞擊聲，把我從昏迷中喚醒。

「你們想幹嘛！」一個粗啞的聲音喝斥道：「這個國家是有法律的！」

「法律？」另一個有磁性的聲音以嘲諷的語氣反問，引來好幾個人一陣大笑，讓我從昏沉中逐漸甦醒。「這個國家有嗎？」

「別亂來！」粗啞聲裡有怒氣，「你們會受到法律制裁的。」

「今天我們帶你來這裡，就是要跟你講法律的。」磁性聲不疾不徐回應。

我睜開眼，發現自己身處一個房間裡，四周一片漆黑，而且雙手被反綁在身後。掙扎一會兒，發覺綁住雙手的帶子有一端繫在身後一個柱狀物上，以致我無法以手臂的力量支撐身體從地上坐起來。想大叫求救，口中卻被類似手帕的布條塞住，以致只能發出令人沮喪的低嗚聲。

以為來自地獄的奇怪敲打聲，原來是發自地板下方深遠處。

那個粗啞的男聲吼了幾句，聽不清楚是在罵什麼；磁性聲仍然是不為所動的語調：「好大的官威啊！你始終這麼愛耍官威，這就是你今天在這裡的原因啊。」

「說什麼！」

「不明白也沒關係，反正手握權力的人，到最後心中一定只剩自大與虛榮，忘了自己的責任，很正常。把電鑽拿過來。」

電鑽？要幹嘛？心跳忽然急劇加快。

嘰——！電鑽啟動後急速鑽動聲傳來，令人頭皮發麻。

瞳孔已經逐漸習慣黑暗，發現對話聲音的來源是距離幾公尺遠、一扇門後的另一個房間。那房間的燈光從門下方縫隙穿進來，讓我得以判別自己的位置。

「哇——！」這時一聲淒厲慘叫從門後房間傳來，劃痛耳膜，我被嚇得背脊發冷，不自覺用力掙扎，手腕被綁著的地方卻更緊痛。

「很痛啊？比起被你害的人所受的傷，這真的不算什麼耶。」

「……你、你們不怕報應嗎……」

「你跟我講報應？」磁性男聲突然放聲大笑、一直笑、笑到聲音轉為哀淒；「這個世界果然是是非不分、黑白顛倒到無下限的程度了。」

粗啞聲又是可怖的慘叫，嚇得我頭皮發炸，想尖叫卻叫不出聲。

顯然那個粗啞聲的男子被人凌虐著，我在想誰趕快去救他吧，一個像天使降臨般的聲音：「夠了！你們這些假先知！」

文石？是文石……

第十七話

須臾的靜默後，另一個煙酒嗓的男聲出現：「他醒了。」

「你說我們是假先知？」磁性男聲問。

「你們不是自比為以利亞嗎？你們現在不是在挑戰巴力的假先知嗎？」文石以不疾不徐的語調說：「但是世上所謂的先知，常常是有人自以為是吧。」

「你知道個屁！」

「我知道你受盡了委屈，就是等這一天，不是嗎？」

「哼哼，自以為是的應該是你。」

煙酒嗓插嘴：「等一下，他到底是誰？」

磁性男聲：「他叫文石，是個律師，本以為不過是個愛錢的訟棍，現在看來還是個愛管閒事的傢伙。要不是他攪局，計畫早就完成了。」

「不如把他交給我？」

「呵呵，交給你？」文石冷笑，以輕蔑的口氣搶道：「是打算趁我洗澡時放一氧化碳，還是製造一場車禍讓我翻下山？」

又是一陣的靜默，耳邊只剩那個地板下傳來的敲擊聲。雖然不知磁聲男和煙酒嗓的長相，但他們的臉應該跟膨脹後的浩克一樣綠吧。

「你知道什麼？」磁聲男沉聲問。

「你知道的，我大概都知道。」

「吹牛和虛張聲勢，就像那些明知自己不知道真相，還硬要牽強附會，把判決書寫得義正辭嚴般的傢伙，會令人不齒的喔。」

文石嘆了口氣，說：「我就從二十幾年前在六龜山區的蜜棗伯邱默夫說起吧。蜜棗伯是個很老實的農夫，他是個單純的人，喜歡單純的事物，他愛土地、愛土地上生長出來的作物、更愛把作物分享給附近育幼院的院童。有一天，無意中得知附近一塊地號第97號的土地要賣，那地荒廢到野草蔓生，他看了覺得可惜，用盡畢生積蓄買下它，一心只想讓那塊地變成小孩子最喜歡的『慈心園』，他向家人表示，死後就把慈心園捐給育幼院。他覺得世上最富有的事就是藉由土地，擁有孩子的笑。我這樣說，應該沒錯吧？」

沒人回應。文石繼續說：「那塊荒廢的旱地經過蜜棗伯的用心耕耘、灌溉，種滿了結實纍纍的棗子樹，還為孩子們設置了些遊樂設施，那裡變成孩子們最愛去的果園。那段充滿孩子笑聲的時光，應該是蜜棗伯和他的家人最快樂的歲月吧。」

「說到蜜棗伯的家人，你好像有什麼想說的？」靜默片刻，還是沒人回應。文石輕哼一聲，又說：「蜜棗伯的太太是很傳統嫻靜的家庭主婦，兒子叫邱杰，是個善良的好孩子，曾經天真的以為人生就是這樣無憂無慮、輕鬆自在的生活到老。但是，有一天郵差在他家的信箱裡放了一封法院寄來的信，那是一張傳票，因為有人告蜜棗伯，說他無權占有那塊97號的土地，要求法院判他移除所有的果樹、把土地返還地主。這真是莫名其妙，卻也讓蜜棗伯人生的發生劇變。」

地板下方的敲擊聲愈來愈大聲，隔壁房間裡卻好像鴉雀無聲，彷彿只剩文石一個人在自言自語。

「原告是一個叫何正光的人，蜜棗伯不認識他、他也說不認識蜜棗伯，但指控蜜棗伯未經他同意就在第

97號土地上種植果樹使用，屬於無權占用，他有權要求把棗子樹砍光將土地返還。蜜棗伯出庭時大聲喊冤，說自己才是真正的地主，還拿出所有權狀證明土地是自己花錢買回來的。各位，所有權狀是什麼？是地政機關發給地主的，是有官方公信力的證明，沒錯吧？如果今天我向你買了一筆土地、錢付了、稅繳了，所有法定程序都順利完成了，我們依合約共同向地政機關申請過戶登記，地政機關審核認為無誤了，就會在登記簿上記載我是買受取得，成為新的地主，所以，土地所有權狀不就是取得土地權利的官方證明嗎？」

沒錯，大學時民法物權教授確實是這樣說的。因為我國採登記生效主義，有關不動產基於法律行為而取得、喪失、設定、變更，都以登記為準。

「但是法院審理結果，卻判決蜜棗伯敗訴，很奇怪吧？」

「……為什麼？」可能捺不住好奇心，煙酒嗓問。

「因為何正光手上也有一張所有權狀。」我想像在場的人鴉雀無聲，是因為被文石演說家般的語調與表情所吸引；「在不是共有的情形下，一塊地居然同時有兩個地主，是發生了什麼事？蜜棗伯原先以為前地主一物兩賣。但經法官調取雙方的過戶資料查證，發現了一件奇怪的事。十年前蜜棗伯向前地主購地時提出的過戶申請書及相關證件雖然都完備，所有權狀也核發了，但是地政事務所卻疏忽沒辦理移轉登記！也就是說，地籍登記上這塊地仍然是前地主的名字。」

「為什麼會發生這種情形？法官在這個案子裡沒有交代，只能以物權登記生效的規定，判決何正光勝訴，因為他提出了完整的買賣文件、付款證明，最重要的是登記完成了，他就是登記的地主。至於蜜棗伯，判決裡只提到他的權益受損的部分，應該回頭去找前地主要求賠償，畢竟，地主一定是在發現賣給蜜棗伯、卻遭遺漏登記後，起了貪念，再將土地二次出賣給何正光，等於是趁機多撈了一筆不義的賣地財——」

「喂，這位先生，你講這些到底要幹嘛？能不能請你發揮正義感先報警。」那個粗啞聲突然插嘴：「他們綁架我妨害我的自由，還用電鑽刺傷我的腳。」

「我講的這些跟你很有關係——」

「可是我的腳一直在流血呀——」

恐怖的電鑽聲這時又響起，粗啞聲慌忙大喊：「好好好，我讓他講！」

文石等電鑽聲停止後又繼續說：「蜜棗伯去請教了律師。律師說法官的判決沒有錯誤，在現行民法及土地法的規定下，雖然是後來才買受，但因已先完成移轉登記，所以土地確實屬於何正光所有。十年的心血居然就這樣一夕變空，蜜棗伯當然忿忿不平，律師建議他可以找前地主索賠，不過幫他調查的結果，前地主名下根本沒有任何財產，不知是事先脫產還是原本就是敗家子揮霍光了——」

「當然是惡意脫產！」磁聲男大聲打斷：「他的公司那麼大、那艘遊艇那麼豪華，名下居然沒登記一件財產，誰相信他不是故意隱匿財產？」

「台灣的法律制度很怪，辛苦打官司跑法院好幾年，好不容易拿到勝訴判決，結果對方沒有半毛錢，判決書的價值就連衛生紙都不如。難怪在台灣欠錢的人比債主走路還有風、講話比債主還大聲……」地板下的敲擊聲愈來愈大，已經吵到都快聽不到文石的聲音了；「……如果不是地政事務所核發了所有權狀卻沒登記的重大疏失，也不會讓蜜棗伯的土地憑空消失，所以律師幫他另起爐灶，對旗山地政事務所申請國家賠償。旗山地政事務所明知執行登記公務有過失，主任也再三向蜜棗伯道歉，但對於賠償金額一直不願表態，應該是說什麼經費有限之類的廢話吧。」

「不是。他們說一定賠，只是金額讓法院去認定，判多少就賠多少。」磁聲男這些話聽起來好像他是咬著牙、忍著怒火在說。

「不論理由是什麼，都讓蜜棗伯極為不滿，馬上委請律師提出國賠訴訟。事情到這個地步，法院應該要站在蜜棗伯這邊還他一個公道了吧。」文石的語調裡含著悲壯；「遺憾的是，法院還是判蜜棗伯輸了。」

蛤？我沒聽錯吧！雖然覺得不斷摩擦身後床腳的結果，綁著雙腕的帶子快被摩斷了，但震驚還是令我意外地停下動作。

為什麼還是判輸……

除了敲擊聲，隱約聽見還有人在叱喊的聲音。該不會是來自地獄使者吧……

「因為被告旗山地政事務所提出了時效消滅的抗辯。」為了抵抗地底傳來的吵雜聲，文石提高了音量說：「蜜棗伯的權利被遺漏登記是發生在起訴前十年前的事，被告方面主張已超過國家賠償法規定的五年時效期間，所以原告蜜棗伯雖然有權請求賠償，但被告也有權拒絕給付賠償。」

啊，對耶，我記得國家賠償法第八條規定，人民請求國家賠償的權利，從知悉有損害時起因二年間不行使而消滅，從損害發生時起逾五年者也一樣消滅。可是，真的因為這樣而無法要求賠償，那蜜棗伯豈不是太無辜了嗎？

「蜜棗伯的律師反駁說，提起訴訟不單只是主張國家賠償法規定的請求權，重點是以土地法第六十八條為請求依據，因為權利受損的原因是地政人員遺漏登記所致。而針對該條規定，土地法並未規定請求權的時效期間，所以應回歸民法一般請求權的時效，如果是這樣，那麼從遺漏登記時起算，要經過十五年都不請求賠償，才能認為發生超過時效的問題。而蜜棗伯提起訴訟要求賠償的時間點，距離應該辦妥移轉登記卻漏未辦理的時點才十一年，是在十五年之內。」

嗯，這樣講蠻有道理的。時效消滅期間是隨原告主張的權利來決定應該以多久的期間為準。如果是主張土地法上的權利，就算國賠法賦予的請求權已超過五年，但土地法上規定的權利沒超過時效的話，只要主張土地法，仍然可以判決原告勝訴才對。

「但被告律師知道若時效消滅這關被突破的話，被告旗山地政事務所就一定要輸，而且法院會依土地市價判決賠償，金額可不是少數，所以再進一步主張：土地法第六十八條所謂『因登記錯誤、遺漏或虛偽致受損害者，由該地政機關負損害賠償責任』，無非是就職司土地登記事務的公務員因故意或過失不法侵害人民權利，而該公務員所屬地政機關應負損害賠償責任的規定，性質上當然屬於國家賠償法的特別規定。土地法就該賠償請求權既然沒有規定其消滅時效期間，就應依國家賠償法第八條規定的二年或五年短期時效，據以判斷請求權是否已罹於時效而消滅。也就是說，被告律師認為土地法是特別法、國家賠償法是普通法，特別法未規定的部分、要回歸適用普通法二年或五年的時效規定。」

這樣講不是沒道理，就法論法，畢竟要賠償的是地政事務所，而且出紕漏的地政人員是公務員，公務員的疏失使國家因而要負擔賠償受害人民的責任，如果把國家賠償法丟一邊，也說不過去。但是，好像哪裡怪怪的……

「原告律師從不同的角度切入，論述說：如果本案要適用二年或五年的短期時效，那對原告蜜棗伯太不公平了。因為蜜棗伯已將畢生積蓄當作價金付給原地主，原地主也配合辦理權利移轉登記，申請書地政事務所也收件了，審查後地政事務所也核發了新的所有權狀給蜜棗伯；好，任何人身為蜜棗伯，都會認為自己已經是地主了吧，有誰會想到地政人員在沒辦妥過戶前就先發權狀？那情形如同嬰兒還沒生下來、也還沒取名，戶政人員就先發身分證給嬰兒一般荒謬吧？而原告的權益喪失，既然不是自己的錯，而是出於地政人員的疏忽錯誤、故意虛偽或遺漏登記的消極不作為，在原告不知情的情形下，卻要以事後經過五年，來讓一個不知自己權益被遺漏的人不可主張賠償，公平嗎？所以地政事務所如果主張短期時效消滅，對原告而言，顯然就違反誠信原則。」

的確是道出被告抗辯的盲點。但結果呢？文石不知為何停住了敘述。

等了許久，那個煙酒嗓終於忍不住問：「原告律師講得非常合情合理啊，為什麼法院還要判原告輸？」

「因為承審法官採取了被告律師的論點。」

「蛤？比扯鈴還扯！哪個混蛋法官判的！是收了黑錢嗎？」

「這，」文石淡淡地說：「就要請教吳法官了。」

「我？問我？」粗啞聲像上課偷看漫畫的學生，被老師突然點名般驚慌；「我怎麼可能收黑錢！沒憑沒據的這樣說，太侮辱人了。但……這個案子是我判的嗎？」

「何正光的律師夏敬明不肯告訴我當年發生什麼事，只說案件有被害人就一定有被告，也就是說要先弄清楚誰才是真正的被害人、誰才應該是被告。我原本以為何正光是被告，但經他這樣提醒，想到何正光是否也可能是以被害人自居的原告？所以我在國家圖書館翻了很久的裁判彙編，才找到何正光告邱默夫的民事判決書，再從邱默夫的抗辯推想，如果他所說的是事實，那他該怎麼辦？我若是他的律師會告訴他如何救濟？回頭去告地政事務所吧。所以再改找以邱默夫為原告，控告地政事務所應該賠償的民事判決書。結果，」文石唸了一個案件的法院案號之後，道：「這個判決上面的承審法官，確實是吳恭隆法官。」

「……就算是我判的好了，有判錯嗎？如果不能接受，再上訴嘛。難道你說的那個什麼伯，沒有上訴嗎？那就表示我的法律見解當事人也認同呀。」

「他有上訴。但是二審法官直接抄你的判決理由，就駁回上訴了。」

「那就表示我的判決沒有違法呀——」吳恭隆提高了聲調道。

「你聽清楚，他說二審法官是抄——」煙酒嗓也提高了聲調。

「好呀，那三審呢？他沒有上訴最高法院嗎？」

「最高法院直接以裁定駁回。也就是說，三審連審都不想審，就直接以程序上的理由駁回了。」

「那不就是了，我的判決獲得高等法院及最高法院的認可，何錯之有？你們幹嘛用那種眼神看我。」

「法院認可？那當事人呢？」

「訴訟一定有勝有敗，輸不起的就不要來打官司，去調解或談和解呀。」

「這樣，你可以接受嗎？」我以為文石是在問吳恭隆，但他沒有接腔。

回應的是磁聲男：「怎麼可能接受？人民的權益受侵害，提出賠償的請求遭國家拒絕，提出訴訟又被國家所屬的法官拒絕承認權利，這個國家這樣對待一個無端受害的老人，誰能接受？現在還說輸不起不會去和解，如果國家要跟你和解你會去花錢花時間耗費心神打官司？所有的糾紛都能用調解或和解收場，還需要養這麼多司法官是當作在養米蟲嗎？也許一個司法制度的崩壞，就是從剛才這位尊貴的法官這種尊貴的想法開始的吧。」

「喂，我講的又不是你，你有什麼資格侮辱我？」

「什麼資格？哈……」磁聲男忽然放聲大笑，一直笑，笑到最後聲音轉為悲愴，聽來讓人揪心難過；「一生的心血瞬間化為烏有，耕耘了十年的土地居然變成別人的還被告上法院，在這種情形下受盡委屈希望司法還個公道，法官的判決看來卻像在打臉反問：誰叫你這麼晚才發現權利不見了，活該！自作自受！法官大人你能接受嗎？也許你能接受，因為你的官位是憲法保障的終身職你不在乎，但我爸爸在乎，他認為天理何在？所以他在接到最高法院那張完全看不懂在說什麼法律天書駁回上訴的裁定的第二天，就在果園裡的棗樹下上吊了。」

天啊！原來磁聲男就是邱默夫的兒子邱杰……

「他死後，我媽得了重度憂鬱症被送進療養院，還在唸小學的我，就被送進育幼院……」他的聲音變成狂吼：「我的家庭就這樣被毀了！我的人生就這樣黑掉了！現在你居然問我有什麼資格！」

「你們把我綁來幹嘛，興師問罪？那為什麼不找抄我判決的二審法官算帳？最高法院的法官都沒事嗎？」吳恭隆的聲音充滿了理直氣壯；「你們不懂法律，憑什麼認為我的判決有問題？打官司贏了就說法官公正、輸了就罵法官恐龍，輸不起就不要來打官司呀，為什麼不早一點注意自己的權利，不知道法律只保障知道維護權利的人嗎？」

「我聽你在放屁！」邱杰怒嗆：「法官為保障人權及自由，應本於良心，依據法超然、獨立從事審判，不得有損及人民對於司法信賴的行為，這不是法官倫理的要求嗎？現在你說法律只保障知道維護權利的人，那些不懂法律的人不就被殺被騙也算活該？你下判決時若是這種想法，有憑良心嗎？你憑的是什麼？」

「憑的是我對法的確信、依據最高法院的判例、決議，你能說我沒依法判決嗎？我受到的法律訓練就是依證據判斷事實、依事實適用法律。你父親提出訴訟的時點、和他主張應完成登記的日期、土地所有權狀記載的日期一比較，如果超過五年了，我不判他輸，最高法院才會說我是違法判決呀！」

「所以你在意的，只有最高法院對你判決的看法？」

「最高法院對於法律適用的見解，有拘束下級審法院的效力，連這個你都不懂，憑什麼說我的判決有錯誤？」

「如果最高法院的判例不合理、適用的結果會造成重大不公平，又該怎麼辦？你是寧願犧牲當事人的權益作出結果不公平的判決，還是以超然獨立的立場堅持維護公平正義還給當事人公道？」

「那你去怪最高法院呀——不對，最高法院的判例、決議可以拘束下級審的判決見解，那也不是最高法院法官的錯、是司法制度本來就是這樣規定的，你要是不滿就去怪立法院好了，誰叫立法院讓我們的法制是這樣的？誰叫大家選出來的立法委員決定要採大陸法系不採英美法系？」

「你倒是一推了事，好像都是別人的錯，法官還真好當啊。身為法官的人，如果能多一點同理心、少一點應付心，人民會對司法這麼失望嗎？比起判原告勝訴就要就每項爭點及每個證據交代理由，用時效消滅來駁回原告之訴，判決書多好寫啊，什麼理由都不必再寫了，你以為我不知道嗎？」

「喂，法官的判決當然不一定都是正確，也有可能誤判，所以才有上訴制度讓受到誤判的當事人救濟呀，你父親不是有委請律師上訴嗎？」

「有用嗎？二審一字不漏抄你的判決書，三審根本連卷宗都不曾打開，在審查庭就用程序的理由駁回了。」

「那可能是你父親的律師不用功或功力不夠，上訴理由讓最高法院審查結果不符法定程式嘛。」

「以為我都不知道法院在玩什麼把戲嗎？什麼上訴理由不符法定程式定駁回，那都是最高法院不想讓自己太累找的藉口吧。不然，請吳大法官解釋一下，什麼叫作『為從事法之續造』、『確保裁判之一致性』和『所涉及之法律見解具有原則上重要性』？這些抽象的駁回上訴理由，到底是在說什麼？」

「……」

「哼哼，先推給立法院、再推給律師，你當法官的好像都不必負責齁？」

「我不是這個意思，如果你們真的認為權利受損、原來確定的判決又有錯誤，還是可以聲請再審呀。」

「不要把我當無知的死老百姓！你以為我不知道再審要通過有多少難嗎？我爸都已經死了，聲請再審能讓他起死回生嗎？」

「再審確實是比較不容易通過，因為維持確定判決的安定性與公信力也是很重要的。」

「你知不知道自己講的這是什麼鬼話？確定判決的安定性與公信力是什麼鬼東西？比當事人的生命財產權利還重要？法律到底是為判決的公信力存在、還是為保障人民的合法權利存在？再審就是要糾正確定判決的救濟制度，卻被你們這些法官的這些死要面子的觀念，扭曲成法官相互間為同事錯誤判決背書的官樣認證書，現在看來，還變成推卸責任的好工具。」

這樣聽來，除非邱杰本身就是法官或律師，否則對於現行司法實務運作實況真的非常了解，幾句話就道破最為人恥詬的弊病。

「要不然，去聲請大法官會議解釋啊。這個案件所有法官的見解真的有你說的那麼不堪，那就一定違憲嘛，就讓大法官來宣告違憲呀，你也可以用大法官會議的決議文來聲請再審，那就一定會改判。」

「我父親請的律師是個很有正義感的人，看不過去，沒有收任何費用的情形下主動幫我父親聲請大法官釋憲。結果，大法官會議根本不受理。他覺得非常不可思議，去找了許多大法官會議的決議紀錄，才發現被地政機關錯載或漏載權利的人還真不少，也不只我父親一人聲請釋憲，大家的結果都一樣，大法官完全不想管這種鳥事。」

吳恭隆沒有再回應，不知是覺得有理說不清、還是被邱杰說得無言以對。

這真是一個令人膽顫心驚的現象。

不動產基於契約等法律行為而取得、喪失、設定、變更，是否發生效力，法律規定都以登記為準，立法目的是考量不動產的價值較為龐大，少則數十萬、通常為上百萬至上億元不等，為確立其交易變動的公信力、保障當事人權利及維護交易安全，為求慎重，所以要求一定要完成登記。但把關的單位地政機關畢竟是公務人員所組成，是人就有可能出錯，不論是故意登記錯誤、或是疏失導致錯記或漏記，都有可能發生，若因而造成難以補救的局面，例如原地主趁此機會將土地或房屋二度出賣給第三人，而第三人又是善意不知情情形下買受，真正的權利人就只剩要求賠償一途。

但今天邱默夫遇到的慘況是，要求前地主陳呈偉賠償時，他的名下完全沒財產；要求地政機關賠償時，則早已超過時效期間了，地政機關以時效超過為理由拒絕賠償，而且法院也接受……就算吳恭隆的判決都於法有據，但合理嗎？公平嗎？只因被害人沒能在時效期間內及時發現？

問題是買房屋土地的人，在已取得地政事務所發給的權狀之後，誰還會知道登記簿上根本沒完成登記？一定都是信任那張所有權狀，因為那也是代表政府的地政機關核發的呀！除非在時效期間內，買受人要出賣房地或設定抵押權，有再必須辦理登記的事情發生，否則誰會無端發現自己的房產權利突然憑空消失？所以要求屋主或地主必須隨時注意自己的權利是否被錯誤登記或遺漏登記，實在是如同把大樓的地基抽掉般，將登記的公信力置於毀滅的危險境地。

手上的所有權狀在隨時有可能變成廢紙一張，房地有可能在不知不覺中，像變魔術般變成別人的，誰晚上睡得安心？

其結果，形成一個極為可怕的問題：登記制度的崩壞！

思忖揣想至此，眼前的門倏然被推開一條縫。
一個黑色身影閃進來，立即靠近我，手中亮出一柄小刀……

第十八話

用瑞士刀把反綁手腕的帶子割斷，他取出塞在我口中的手帕、並把我從地上扶坐起來：「妳還好吧？」

我這時才知道害怕，眼淚突然不爭氣地流了下來，全身不自覺顫抖。

他輕撫我的背：「別哭了，妳很勇敢。」

對，唸法律的人不勇敢是不行的。我馬上抹去臉頰上的淚：「用哥羅芳把我迷昏的渾蛋在哪？我一定要把他罵到昏！」

他把房間的燈打開，表情又好氣又好笑。我注意到他後腦部位有一個傷口，流出的血已乾涸，污染了外套的衣領，立即明白他潛入時曾遇到偷襲。

我起身才發現，原先我的雙手被綁在床腳，躺在床上的是卓耀春，顯然她也被迷昏了。

我記起自己原先在「飛燕福居」大廈外，先看到卓耀春被人載進地下停車場，文石因而潛入追查，留我在車上把風。接著又看到吳恭隆法官被載進停車場，卻聯絡不上文石，心急之下我自己潛進大廈的六樓之一，結果……

現在看來，卓耀春應該是被騙來，吳恭隆應該是被綁架來的。

這時屋外走廊上傳來嘈雜和腳步聲，打斷了邱杰與吳恭隆的辯論。

鄰室傳來邱杰的叱罵聲：「早叫你和那個女人離遠一點你不聽！現在把警察給引來了！」

「Maggie不是那樣的人吧……」煙酒嗓被責備了還在喃喃嘟囔。

「喂！那個律師怎麼不見了！」另一個從未出現的男聲大叫。

正在用床頭櫃的杯水抹卓耀春額頭的文石聞聲，一個箭步衝上去把房門鎖住，門外馬上傳來一陣騷動和撞擊聲，文石用力推著快被撞破的房門：「快把她叫醒！」

我趕緊把剩下的水全倒在卓耀春的臉上，她在驚嚇中彈開眼皮，完全處於不知發生何事的狀態。

這時屋外走廊上大喊：「警察臨檢！開門！」，隨即傳來更大的撞門聲。

吳恭隆聞聲大喊救命。

「既然這樣，我們就早點宣判吧！」邱杰怒道。

下一秒，文石毫不猶豫地猛然打開房門：「住手！」

我緊跟著衝出去——

吳恭隆被綁在一張椅子上，三個男子圍著他；其中一個我沒見過，一個是煙酒嗓麥楓瑜。另一個男子背對著我，用一條粗繩子絞住吳恭隆的脖子，使他漲紅了臉無法呼吸。

吳恭隆腳踝上還有兩個淌著血的傷口，旁邊地上有一支細電鑽。

「不要一錯再錯了！」文石大聲制止，但不知從哪竄出的另一個壯漢從背後撲向他，兩人一陣拉扯，文石還是被壓制在地上。文石一邊掙扎一邊說：「司法對不起你，但你這樣做對得起你父親嗎？你想想，他為什麼喜歡小孩子到他的果園裡玩？」

那個手握粗繩的男子動作停住：「……你想說什麼？」

「蜜棗伯不希望那些育幼院的孩子覺得被遺棄、覺得社會對不起他們，因而憤世疾俗，將來變成聰明的罪犯危害別人啊！」

「哼，你根本不認識他。」

屋外警方撞擊的聲音愈來愈急促劇烈，如果不是鋼材鑄鋁防爆門，估計屋門早被撞毀。文石因而必須扯著嗓子大聲說：「就算他不是這樣的初衷，你覺得他對於你現在的所做所為會開心嗎？」

那男子鬆開了手中的粗繩，讓吳恭隆瞪大的雙眼終於放鬆，不停喘氣。

結果換我的心跳像被電擊般狂跳，即使大口喘氣仍覺得快不能呼吸……

因為那個男子轉頭望向文石，他的側臉……

怎麼可能！我不相信……

我不相信……

「住口！你能挖出我這麼多的祕密，原本我還很欽佩你，但不要以為你就知道了整個世界！這個世界太多的不公不義被包裝在矯情的制度裡，在公權力被用來為不公義背書時，選擇沉默就是認同。」

「我知道漠視正義之劍砍向無辜的人，就是接受自己成為下一個被害人！但是你從一個被害人變成加害人，就是漠視正義！」

「迦密山之火就是正義！」他咬牙切齒，隨即用盡全身的力量狠命拉緊手中的粗繩！我被吳恭隆扭曲猙獰的痛苦表情嚇得尖叫——

把我的頭用木魚棍狂敲一百遍，我也不相信那個磁聲男子是邱杰。

因為邱杰就是黃培霆。

「阿芝！」文石大叫，讓我從震驚中喚醒。

我躍起身，飛腿往壓在他身上那個壯漢的腰窩狠狠踢下去！

那壯漢痛得悶哼一聲，被文石一把推開倒往旁邊。

文石跳起來，以迅雷不及掩耳的速度從外套口袋中拿出什麼，倏然一甩，刷的一聲，許多像是小石子的東西就從手中飛散出去，打在他們的臉上，讓他們痛到驚慌地躲開。文石衝過去一把抓住椅背把吳恭隆連人帶椅子都拖進房間內，我則分別往麥楓瑜和另一個男子的下體各送上一記狠踹：「你們誰迷昏我的？讓你們知道OL的高跟鞋不是好惹的！」

然後就在他們三個都還來不及反應叫痛之際，我閃身衝回房間，把房門用力關上並鎖住。

回頭望見文石用瑞士刀把吳恭隆身上的膠帶從椅子上割開。我注視著放在他身邊地上的東西，意外道：「你放在藍色鐵盒裡的防身武器就是這把小孩子在玩的彈弓、和你口袋裡的花生米？」

「不然妳以為我是詹姆士龐德？又沒有Q可以提供我武器。」

「對，你現在的武器，最多只能算是沾吐司就會胖的吧。」

「那我這個武器，不知你們是否沾到就會怕的？」陡然，有人插嘴。

聞聲，文石和我不約而同望向那個說話的人。

霎時，我驚訝到張嘴，下巴只差一點就脫臼。

她從哪裡冒出來的？還是原本就在房間內，只是我們沒注意到？

「把門打開，不然我就在她頭上打開一個洞。」她手中握著一支貌似手鎗的東西頂住卓耀春的太陽穴。

被挾持的卓耀春嚇得直發抖：「蕭小姐，妳不是說要帶我來找大師改運……為什麼……」

蕭禾冷笑一聲：「妳的命運在妳當年作決定時，就已經註定了。」

我對卓耀春說：「妳不要怕，過來，她是嚇唬妳的。」

卓耀春一聽我這樣說，就向前想往我這邊跑來，但是臂膀卻被蕭禾扯住，緊接著「砰」的一聲巨響，耳膜隨即嗡嗡振痛，嚇得我和卓耀春同聲尖叫。我趕忙摀耳蹲下，類似硫磺的味道穿入鼻孔——

那、那、那真的是手鎗！而且她居然毫不猶豫地開鎗了……

「冷靜、冷靜！我開門就是了，不要傷人。」文石舉起手制止滿臉怒意的蕭禾，並走到門邊把房門打開。

客廳裡的四個男生立即進來，在房門再度被關上前，我瞥見鋼材鑄鋁防爆門的一角已被破壞，從缺口伸進來摸索著門鎖的手臂和邱品智那張焦急憤怒的臉。

黃培霆見情況危急，二話不說就往牆上那個大壁櫥跑去。他把門推開，撥開裡面吊掛的衣物，不知怎麼地就將壁櫥後方打開了一個門。

原來，壁櫥裏有個祕門可以通到隔壁去！

那兩個壯漢架著吳恭隆先進入祕門、接著麥楓琦押著卓耀春、蕭禾持鎗在我和文石身後押著魚貫而入，黃培霆則殿後將壁櫥的門及衣物復原，再迅速把祕門關上。途中我低聲問文石我們在哪裡，文石用手指比了個數字，我才知道在昏迷期間，自己已被人扶到「飛燕福居」的12樓之6。

黃培霆引領眾人往屋角一個迴旋梯走下去。若大樓原先設計的格局方正，則迴旋梯走下去應該是11樓之7，也就是上、下樓層打通後加裝迴旋梯的應該是同一屋主。我暗自揣度黃培霆在這棟大廈裡有好幾間房，現在隔壁這間12樓之7應該也是他的，而且都提供為他的神祕組織「迦密山之火」作為據點。

因為吳恭隆的腳受傷，行動不便又被人架著，所以下樓梯時動作較為緩慢，在後面的我們等候時，閒著半分鐘也是閒著，我諷道：「你會不會覺得我們正排隊等著下地獄啊。」

文石回道：「如果我曾為魔鬼辯護，下地獄也是應該的。」

「啊，不知道那些差點沒被辦法交保要在看守所裡吃飯睡覺後來卻可以揮舞著鎗的人，是不是也應該下地獄。」

我邊說邊睨身後的蕭禾，她的臉上一陣鐵青。

「恐嚇吳法官的人確實不是她，所以本來就不應該收押她。」

「那如果一個人忘恩負義、背信忘義，該不該下地獄啊？」

「她找我當辯護律師是另有目的，所以不算忘恩負義。」

蕭禾怔住，目光變得訝異又佩服；顯然文石說的就是事實。

另有什麼目的？當下不是討論或說明的時候，我只能把這個疑惑先埋下。

「還有一些白天為人師表，晚上電鑽刺仇人腳的嗜血變態，下到第十九層地獄應該就沒什麼疑問了吧。」

黃培霆抬頭瞥我一眼，嘴角微牽，露出不屑的冷笑：「是誰把司法弄成跛腳的，我們就讓他跛腳，有很過分嗎？」

顯然他認為我不明白他在做什麼，根本不想理我。

「你不關心她了嗎？」

「當然關心她。不過，也許現在我有我重視的問題，她有她的選擇。」

「你現在重視的問題是什麼？」

「有志一同的人生伴侶。」

「這難道不是她的選擇？」

「她的選擇妳已經知道了，今天才會來找我的吧？」

我忽然有些明白可茉所謂個性不合，所指為何。如果受到不公平，是以不惜違法的激進行動回應，這樣的男友我也會認為個性不合。

但是，他會變成今天這樣，也是受盡委屈與不平、人生因而變調所造成，不論是否合法，於情於理都是令人同情的。若換成是我，憤世疾俗的程度恐怕更甚於他。而這種慘況，也是法律制度及司法者適用法律所造成，還要他順服接受「這就是法律」，也未免太扭曲人性了，所以要求這樣的被害人守法，公平嗎？身為他的女友卻因而以個性不合分手……我還是不太理解，也覺得自己若是可茉，真不知該如何面對與抉擇。

暗忖至此，好像有點理解為何提到這件事時，可茉總選擇輕描淡寫帶過。

我們被押進11樓之7的房間，趁警方都集中在12樓之際，再被帶到7樓之1室。邱品智率領的警方就算發現那個壁櫥祕門，最多也只能下到11樓之7。因為是純住家型的大樓，涉及各住戶隱私，所以沒有在各層走廊上裝設的中央監視系統，也就是說警方恐怕一時無法找到我們。這應該就是先前警方在各樓層搜索時，覺得情況緊急必須撞開無人應門的單位、以致發出「地獄之音」的原因。

7樓之1室是新屋，家具看來都很新，空氣中還瀰漫著剛粉刷過的油漆味。

「你在找什麼？」黃培霆突然問。「你不要再招惹那個女的了。」

「我、我只是奇怪她到哪裡去了。」關門前還探頭向外張望的麥楓瑜一聽，趕緊縮回身子把門關上。

「我一再提醒要低調小心，你卻色欲薰心把記者都給吸引來了，這筆帳我還沒跟你算咧！」面對黃培霆的斥責，麥楓瑜把視線移開不敢再多說什麼。

原來他們在說孟思梨。這樣看來，黃培霆應該是『迦密山之火』的首領，而麥楓瑜和其他壯漢應該都是他的手下。至於那個神龍不見首也不見尾、我只看過照片的孟思梨，英文名字Maggie，果真是個記者吧，還把這個麥楓瑜迷得神魂顛倒……

「搜他的口袋！」黃培霆警覺到剛剛被文石打到滿臉土豆花，怒瞪道。

麥楓瑜伸手到文石的外套口袋，逐一拿出一包花生、彈弓、手機、手帕、手套、手冊、眼鏡、耳機、MP3、皮夾、糖菓、鋼筆、眉筆、原子筆、螢光筆、瑞士刀、零錢包、手電筒、溫度計、白花油、吸油面紙、提神飲料、夾心餅乾、鋁箔包果汁、吃了一口的旺仔小饅頭、兩株枯黃萎縮的不知名植物、三張零亂寫著奇怪化學符號的草稿紙、四張電腦列印從網路上摘取各式麵包製作方法的食譜、五張從百貨公司購物節特價型錄上剪下來的Coupon折價券，還有袖珍本的本土法庭推理小說《珊瑚女王》……大家都目瞪口呆，從外表完全看不出來外套裡居然有這麼多東西，驚異於文石的口袋到底有多深。麥楓瑜愈掏愈害怕，望著掏出來擺滿茶几上的東西忍不住問：「你這件外套到底在哪買的？」

「還沒搜完嗎？」蕭禾不耐煩地問。

「還有東西啊……」他居然又從文石外套的另一個口袋裡掏出一本校園愛情小說《誰是我的守護天使》，用充滿疑惑的眼神望著文石。

黃培霆受不了大喊：「喂，你不會把他外套脫下來嗎？」

那兩個壯漢衝上來一把硬將外套從文石身上扒下來，甩在沙發上。文石身上只剩合身的襯衫，看得出精壯肩臂與有形身線。

「把他們綁起來！」黃培霆大聲命令：「沒有時間了。」

我們盯著蕭禾的鎗口，被麥楓瑜他們用塑膠繩綑住雙手。剛剛被我踹的那個傢伙還惡狠狠瞪我一眼，特別用力，害我手腕疼得厲害。

「簡博化是妳殺的吧？」文石突然冒出這句。蕭禾一怔，但聳聳肩，冷笑道：「一會兒說我恐嚇吳恭隆、一會兒懷疑我殺了自己的老爸，現在又問我是不是殺了什麼化的，我不過手上拿著鎗，就這麼像殺人凶手？」

「妳現在不就是穿著當天晚上的連帽T恤嗎？」文石目光銳利，逼視著她說：「而且，那個邀簡博化出來喝酒的崔詩樂，應該也是妳的化名吧？」

蕭禾臉色一沉，和黃培霆交換了一個眼神。

黃培霆以不屑口吻說：「別以為你什麼都知道。」

經文石這麼一說，我才注意到她身上的是連帽T恤。我悄悄移動位置，從側面觀察，與文石在法庭上提出的監視器翻拍照片中、證人劉旭說他不認識的那個帽T人極像。重點是，那連帽T恤的帽斗部分，繡有一個小小的向日葵圖案。

吳恭隆被那兩個壯漢架在一張椅子上坐著。黃培霆使了個眼色，麥楓瑜取出一張紙遞給吳恭隆要他唸上面的字，然後拿手機站在吳恭隆面前開始錄影。

吳恭隆看了一遍，臉色愀然作怫怒瞪黃培霆。黃培霆冷道：「唸。」

吳恭隆把那張紙拋在地上，狀極不屑。黃培霆搶過蕭禾手上的鎗，指著他的腦袋怒吼：「給我唸！」

吳恭隆趕忙撿起，用微顫的聲音開始唸：「我身為一個司法官，享受憲法保障的終身職，但是不知伸張公理正義，只知因循苟且、盲目從眾，只會行使這個職位的權柄，把這個職位的使命與任務都忘了，罔顧被害人的權益、對不起這個職位。現在許多司法官都像我一樣，完全不知覺醒，也把當初讀法律的初衷和理想丟光，丟到連一點自省能力都沒有。希望……」唸至此，他的臉色劇烈變化，抬眼瞄到黃培霆如劍般的目光和冰冷的鎗口，只得再結巴地唸：「我的……我的死，喚起國家司法改革的決心，讓泰米斯的劍只揮向真正奸狡之輩，不再傷及無辜……」

「拍完了。」麥楓瑜點了一下畫面，收起手機。壯漢中一人把一條長繩拋上天花板的吊燈座上，另一人把吳恭隆架起身，將繩子另一端綁成一個圈，要往他頸部套……天啊，心臟像被掐緊般痛苦，我不敢再看下去，把目光移往文石。

文石眼珠游來移去，我馬上知道他要幹嘛，微微點頭。

瑞士刀像變魔術般，不知何時被他移到我的手邊。

我以最快速度解開雙手，和文石互換眼神——

下一秒，他就像隻獵豹般彈射出去！

第十九話

被突如其來的力道衝撞，黃培霆整個人像從雲霄飛車被甩出去似的往牆面彈撞，但他手腕被鐵鉗扣住般，握住的手鎗瞬間掉落地上，身子因此又被拉回，文石一拳迎向他腹部，惹得他悶哼一聲，彎身倒地。同一時間文石另一隻手虎口往架著吳恭隆的那個壯漢脖子用力一插，壯漢連叫都沒辦法，就鬆開雙手改摀住頸部、像隻吸不到空氣的魚瞪了大眼張大了口蹲下去呻吟。

麥楓瑜見狀怒嚎，衝上去從後頭勒住文石的脖子，文石急於甩掉他，兩人因而咆哮扭打、推擠成一團，撞翻了電視和置物櫃，發出可怕的巨響。

這時我趁無人注意，立即拿起茶几上的手機點選了邱品智的號碼，接著往拉著長繩另一端的那個壯漢腰部狠踹：「給我放手！」

他一陣哀號，拉緊的力道隨即放開，讓已經翻白眼臉色暴紫的吳恭隆跌坐回椅子上，瘋狂地拉開鎖緊在喉部的繩子大口喘氣。想不到此時頭頂一陣劇痛傳來，我驚恐到尖叫出聲，轉頭發現伸手扯住我長髮的是蕭禾；她氣極敗壞地罵道：「誰阻礙司法改革誰就是被害人的公敵！」

我瞄到手機已撥通，馬上大喊：「7樓之1！在7樓之1！」同時抬腿往蕭禾腹部踢去，她順勢跌倒，但死不放手，害我踉蹌蹀斜，情急之下只得拉起她的手背狠咬下去，痛得她甩開我的頭髮扯嗓尖叫，急忙往旁邊閃躲。

一隻臂膀往腹部一撈，把我整個人猛力抱起！害我胃酸差點吐出來，當然不得不鬆口放開蕭禾的手。在散亂髮隙間，窺見是那個被我踹腰的傢伙；我見機不可失，用平時學的防身術，左手握右腕，雙臂同時用力往後拐！撞擊點的手肘部位感覺到鼻骨移位，他口中發出「科」的一聲，就把我摔向沙發。

我轉身，見他已是鼻血噴到下巴。

望向文石，麥楓瑜的手臂已經被他擒拿反扳，表情痛苦扭曲。黃培霆則在身後以手臂勒住文石的頸部，不斷狂打文石的腰，惡狠狠地怒吼：「我聽說你是很有正義感的律師，為什麼要反對我們改革！難道你真的是個訟棍而已？」

額上與頸部的青筋暴浮、手臂粗壯的肌塊快將袖口炸開，文石咬緊牙從齒縫中迸出：「他判決⋯⋯因循⋯⋯你、違、法、報、復⋯⋯我都反對！」接著不知怎麼弓身低縮，把三個人的身體像陀螺般扭轉，霎然就將黃、麥二人的身軀互撞，雙雙跌摔在地，文石自己反而掙脫糾纏。

這時我聽到門外已傳來警方的腳步，先把地上的鎗踢進酒櫃底下，以防蕭禾再拾起來，然後大喊「警察來了！」，並衝向門邊將門一把拉開。

邱品智和另一個刑警舉起破門器正準備撞門，猝然見到我，連同走廊上一大隊荷槍實彈身著防彈背心的刑警全都傻住。我沒好氣地說：「現在是看正妹的時候嗎？又不是好萊塢，為什麼警察總是最後才到？」

警方一陣煞有介事地衝進屋裡、進行已經沒必要的大聲喝斥。然後上銬的上銬、鬆綁的鬆綁⋯⋯清點現場卻發現，在兵慌馬亂中少了一個人。

黃培霆。

「所以，前天在桃園市飛燕福居大樓，確實發生被害人吳恭隆遭歹徒妨害自由、殺人未遂一案，目前已由你們逮捕部分嫌犯？」聽過證人邱品智的證言後，審判長問。

「過程就如我剛才向庭上報告的，確實如此。」邱品智直挺挺地坐在證人席上，臉上還掛著破大案的得意神情。

昨天一整天各電視新聞台跑馬燈、網路首頁都是「綁架司法官案偵破，四嫌犯遭聲押、一人在逃」之類的置頂新聞。警方的記者會上，當市刑大大隊長介紹邱品智上台說明那一剎那，鎂光燈像火樹銀花似的狂閃、都快把人閃成青光眼了。

「這次能夠順利破案，主要關鍵是什麼？」記者問。

「警方破獲黃培霆暴力集團綁架司法官一案，是我們的專案小組同仁鍥而不捨，過濾上千支監視器交叉比對，才找到可疑人物，進而追蹤、佈線，掌握主嫌行蹤，最後收網才將一干嫌犯逮捕到案，救出吳法官。可惜的是黃姓主嫌趁亂逃逸，但我們一定會儘快將其緝拿歸案。」邱品智這樣回答，讓不知情的人聽了莫不熱血沸騰，認為警方勞苦功高。

當時我們正在吃午餐，看著電視新聞，小蓉放下挾著滷蛋的筷子問：「咦？就這樣？那妳頭髮被抓成貞子和文律師的臉被打成浩克的那段咧？」

「那文律師提供線索報案、和妳用手機通報在7樓之1那段呢？」

我只好怔怔地回答：「哼。他沒參與。」

「哼哼。我們雞婆。」

記者會後蜂擁而上的幾十支麥克風淹沒了邱品智的臉，還不小心敲到他的頭，在那十分之一秒的瞬間我還注意到他嘴角不小心得意到露出笑意——想必今年升官有望了。

「檢察官對於證人的證述，有何意見？」審判長的聲音，把我拉回現實。

「證人邱品智的證述內容，與被告在本案的過失責根本沒有任何關聯性嘛。」檢察官楊錚臭著一張臉回應道。

「辯護人？」

「庭上，下一位證人的證詞就會與邱品智的證言聯結，而得出被告無過失責任的結論。」

「辯護人，請你務必在三個問題內就讓本庭知道傳訊這兩位證人，與本案的關聯性，節省大家的時間。」審判長的臉更臭。原本今天就要辯論終結，想不到文石昨天緊急聲請傳訊證人，打亂了審判長預定的結案時程。審判長在電話中惱火地揚言不撤回聲請就要下裁定駁回，但文石再三保證其必要性，甚至不惜說出「如果交互詰問後，庭上認為我是有意拖延訴訟，就請把我移送懲戒吧」這樣的賭注，才讓審判長在今天極為勉強地傳邱品智上庭。

只不過多花個二、三十分鐘就有助於查清楚案情的，為什麼就要主觀地認為一定是律師在搞什麼鬼而這麼不想傳訊？我開始咀嚼「身為法官的人，如果能多一點同理心、少一點應付心，人民會對司法這麼失望嗎」這話的意義，和思索黃培霆能逃過司法通緝嗎……

「帶證人蕭禾上庭。」

兩位女法警把拖著腳鐐的蕭禾帶進法庭。

也許是在看守所睡不好，她的神色看來疲憊，前天的凶狠氣勢已經不見。

審判長問過人別資料、告知作偽證的法律責任後，就把詰問時間交給文石。

「本案案發當晚，妳就在車禍現場，對吧？」

「不知道你在說什麼。」她瞪了文石一眼，毫不在意地回答。

「這張照片是在案發現場附近住家的監視器翻拍的，照片上這個穿著連帽T恤的人不就是妳嗎？」

文石從案卷中提出一張放大成A4大小的照片，讓她辨識。她瞄了一眼，冷冷地回答：「哪裡像我？」

「前天在桃園飛燕福居被警方逮捕時，妳身上不正是穿著這件帽斗上有向日葵圖案的連帽T恤嗎？」

「這個牌子的連帽T恤廠商不知生產幾千件。」

「但是這個向日葵圖案是市面上同款T恤沒有的。」

「這世上只有我一個人會在帽斗上繡圖案嗎？」

「我可以要求法庭強制妳穿上前天那件連帽T恤，露出側面，讓法官和檢察官當庭比對這張照片上的帽T人。」

「……」

「所以，案發當時，妳確實在現場？」

「是又怎麼樣？」

「證人簡董美芬說案發當晚，有一個叫崔詩樂的人邀被害人簡博化出去喝酒，結果簡博化被灌到爛醉。那個崔詩樂，應該也是妳化名的吧？」

「沒這回事。」

「異議！庭上，辯護人的詰問跟被告的過失責任毫無關聯。」楊錚不耐煩地大聲插嘴。

「妳把他灌醉之後就把他扶上車讓他先在後座躺著然後開著他的車上陽明山行經案發地點見對向有車迎面行駛而來妳就故意在快接近時把方向盤打偏往對向車道製造駕駛人因酒駕無法安全駕車的假象再往右急轉將車衝入路邊草叢然後利用草叢與夜色的掩護把醉昏的簡博化扶進駕駛座再用力踩下油門將車衝下山溝把車摔個稀爛！」文石搶先劈噼啪啦急促地說了一串，卻字字清晰，在庭的人應該都在腦海裡留下如彈孔般的印象。

「……異議駁回。」庭上三個法官都睜大了眼，審判長吸了口氣裁定道。

如果是這樣，就是那個時候，在後座踏墊上留下了刺果豬殃殃的葉片嗎？

「過程中不慎與來車發生擦撞，但這樣的結果對於妳要的假象更有加分效果。來車駕駛對此突如其來的狀況當然飽受驚嚇，趕忙閃避而且緊急煞車。等她回過神下車，跑回擦撞地點時，簡博化的車子已經在山溝下方冒煙了，而這時的妳隱身在路邊草叢裡，看著她驚慌失措地找救援，妳則放心地悄悄步行下山。」文石頓了一下，直勾勾盯著蕭禾：「因為她成了簡博化死於車禍的最佳證人，當然也是過失致死的被告。」

「這些全是你自己的想像。荒謬。」

「不然，妳能解釋一下為什麼這麼晚了，妳在陽明山的菁山路做什麼？」

「我……我到國家公園玩，不行嗎？」

「自己開車上山？還是騎機車？」

「騎機車。」

「妳家住左營，妳工作的K大學在台中，然後妳騎機車來台北上陽明山國家公園？」文石翻開手邊的小記事本；「妳當時戴黑色安全帽、騎的機車沒掛車牌？」

「……」蕭禾不敢直接回答。

因為文石說的黑帽騎士，應該是放一氧化碳毒死她父親何正光的凶手。

「不是？還是戴紅色安全帽、黑框眼鏡，機車車牌被泥土遮掩了？」文石說的是恐嚇法官案買易付卡的傢伙。

「我記錯了，當天我是搭公車上山的。」

「搭公車？那怎麼沒搭公車下山？」

「我在夢幻湖欣賞螢火蟲，錯過了下山的公車班次。」

「下山應該走陽投公路或仰德大道，怎麼會繞到菁山路？」

「……我迷路。」她的眼神開始飄忽，語氣聽得出心虛。

「最後妳是幾點下山？走什麼路下山的？」

「我幾點下山關你什麼事！」

「請回答。」

「我知道你想幹嘛，你想把簡博化的死嫁禍給我嘛！什麼爛司法，全憑想像就可以論斷一個人有罪沒罪嗎？法律不是講證據的嗎？」她怒罵道。

「證人，請注意妳的情緒和用詞！」

「我要告這個律師違反律師法！」她的憤怒沒有因審判長的制止稍歇，反而氣到臉頰漲紅，大聲說：「他在另外一個案件是我的辯護律師，為什麼在這案卻變成指控我的人？這樣沒有違反律師倫理嗎？司法可以視而不見嗎？」

法庭裡一陣嘩然。我已經看到有記者衝出法庭去寫新聞稿了。

「法庭裡不准喧嘩！」審判長提高聲調制止。「證人，妳必須回答辯護人的問題。至於他有無違反律師倫理，那是檢方是否要移送的問題，不要轉移焦點。」

我瞄了楊錚一眼，他銳利的眼神虎視眈眈睇著文石。文石為了我的好友可茉，竟不惜冒著被懲戒的危險……我心突然一陣悸動和不捨。

「從永公路接仰德大道下山，到士林已經是半夜二點了。」

「很好，我們會再去調相關監視器紀錄查證。沒有其他問題了。」
「檢察官請反詰問。」
「妳認識死者簡博化嗎？」
「不認識。」
「他在案發當時開車經過菁山路一三一巷時，與被告的車發生車禍的事，妳知道嗎？」
「不知道。」
「有聽說過嗎？例如從報章或電視新聞？」
「沒有。」
「剛剛辯護人說妳平時在台中上班，但家住在高雄左營？」
「是的。」
「也就是說，案發當天，正巧妳來台北陽明山遊玩，錯過了下山的最後一班公車，又因為迷路，所以——」
「異議！不當的誘導。」
「異議駁回。檢方請繼續。」
「妳錯過了公車，又因為迷路，所以妳恰巧經過菁山路的車禍事故現場？」
「是的。但我經過時，沒有看到車禍發生。」
「有聽到被告在大聲呼救、或看到趕去救人的救護車？」
「沒有聽到有人呼救，但有無救護車經過我不記得了。」
「依妳的剛才的說法，妳沒有殺害簡博化的動機，可以這樣說嗎？」

「我有正當的工作，又不認識那個什麼化的，我冒著自己也可能死於車禍的危險殺他幹嘛？又不是精神失常。」

「我沒問題了。」

「辯方覆主詰問。」

「妳和吳恭隆法官認識嗎？」

「完全不認識。」

「那妳為什麼恐嚇及綁架他？」

「我沒有。」

「妳不認識吳恭隆，也參與恐嚇和綁架他，正如妳不認識簡博化，也對簡博化下手了啊，因為妳的動機就是幫助黃培霆吧？」

「我、我幹嘛幫助他……」

「因為簡博化利用地政人員卓耀春的疏忽，出主意幫陳呈偉偷走了黃培霆父親邱默夫的土地，司法也沒還邱默夫公道，搞到黃培霆家破人亡。黃培霆痛恨貪婪的陳呈偉和簡博化，認為他們狼狽為奸，決定報復他們，對不對？」

「我不知道這件事……」

「所以黃培霆就叫妳為他下手？」

「他自己的仇他自己報，關我屁事。」

「他不是妳的男友嗎？」

蛤？我屏住呼吸，偷偷觀察坐在被告席上的可茉。

可茉蒼白著臉，不知在想什麼。

「不是。」

文石停住詰問，凝視著蕭禾不知在為思考什麼，就在審判長正要發聲時，突然語出驚人大聲且快速地說：「因為在十五歲那年妳被妳爸性侵法院居然判他無罪，妳極度痛恨司法就如同黃培霆痛恨司法的迂腐一樣所以你們志同道合組成『迦密山之火』立誓要私刑制裁甚至要剷除司法敗類妳因而聽從黃培霆的指示幫他殺了簡博化、而他幫妳放一氧化碳毒死妳父親是不是？」

是不是、是不是、是不是……彷彿迴音在耳邊震得耳膜好痛，法庭裡瞬間結凍。蕭禾像被雷打到一般呆住，又像在大庭廣眾突然被扒光衣服般震驚，全身開始顫抖起來。

「異議！異議！」楊錚拍桌大聲抗議：「居然利用證人遭性侵害的創傷達到取證目的，詰問顯然不當！」

「我修正問題。」文石不待審判長裁示，逕自再問：「妳把妳的紅色機車借黃培霆騎，他戴著紅色安全帽拿錢請遊民幫他買易付卡，是不是？」

「我幹嘛這樣做？沒這回事。」

「因為一旦被警方查到，線索最多也只能追到妳而已，但事實上當時妳人在台中參加學術會議，有明確的不在場證明。也就是說，妳變成了他的防火牆，這樣，他就能完全置身於恐嚇案之外，沒錯吧？」

「異議！與本案無關，本案是車禍案，不是恐嚇案！」

「異議駁回。證人必須回答。」

「……我的機車那一陣子被偷了，我不知道這回事。」

「被偷了？有報警嗎？」

「我……忘了。」

「忘了？喔。」文石故意提高尾音，又問：「就算妳和他不是男女朋友，如果有人能讓妳置身事外地幫妳殺掉妳父親，條件是妳也幫他除掉他想殺的人，而這個人跟妳一點關係也沒有，所以妳也不可能被認為有殺人動機而被懷疑上，換句話說，他也變成了妳的防火牆，這，不是一個很誘人的動機嗎？」

「……」

「況且你們另外還有一個共同的敵人，不是嗎？」

「誰？」

「司法。你們不都是『迦密山之火』這個組織的成員嗎？」

「……」

「證人請回答。」審判長問。

「……」她側臉瞄了被告席上的可茉一眼，低下了頭。

難道是被文說中了無言以對，覺得對不起可茉……還是正在苦思對策中……

「到底是怎樣？」審判長催促道。

「你說的對。」

咦！我望向公訴人席。檢察官楊錚驚訝地抬眼。

「我沒問題了。」

文石輕呼一口氣落座，眼神投向可茉。可茉垂著頭，不知在想什麼。

「檢察官有問題要覆反詰問嗎？」

楊錚看狀況不對，應該是覺得再問下去未必能得到有利的證詞，說不定適得其反，所以思索幾秒後回答：「沒有。」

「證人，」審判長小心翼翼地問：「妳剛剛說辯護人說的對，是指哪個問題？」

「全部。」

三位法官隨即交頭接耳。對於蕭禾這麼乾脆承認的轉變，顯然陷於無法判斷證詞真偽的疑惑。我仍然看不出對於蕭禾最後承認的態度，法官們的想法和討論結果是什麼。看來在行合議會議時，三位法官私下會有一番激烈討論。

審判長接著提示各項證據讓檢辯雙方陳述意見。最後宣示進行辯論。

檢方楊錚論告重點，仍然緊抓鑑定報告的意見，強調死者簡博化雖然有酒醉駕車的過失，但被告若注意車前狀況及時閃避，仍可避免死亡結果的發生，也就是被告的不注意是死亡車禍的原因之一。楊錚並攻擊辯方的證據，若非沒有證據證明，就是與被告的過失責任無關，最後毫不留情地嘲諷：「辯護人提出了各種可能性，但法庭論斷事實是看證據，不是充滿了異想天開的想像。」

文石陳述辯護意旨時，主張起初認為死者生前酒駕的重大違規行為是事故發生的唯一原因，之後從證人邱品智與蕭禾的證詞可再推理有人製造假車禍是唯二可考慮的原因；不論是哪個事實，重點是車禍的發生與被告是否閃避無關：「酒醉到失去控制能力的人，你就算閃到把車停在路邊不動，他也是會來撞你，何況本案被告不是沒有採取必要的閃躲措施。」

對於楊錚說他的推論沒有證據，失之想像，文石在結辯時也不客氣地回嗆：「刑事的證據法則裡，證人的證詞就是證據的一種，檢方可能貴人多忘事，才會出現這種過失的說法。」

審判長宣佈在十四天後宣判。

每次想起這個案子，我都會陷入是非黑白混淆的錯亂中。

在情感上，是萬分同情黃培霆和蕭禾的。他們會變成如今這樣，孰令致之？在道理上，他們是犯罪的被害人，尋求公道與正義時，司法卻選擇了袖手旁觀、甚至質疑他們被害的真實性，讓他們再變成司法制度的被害人。

但他們為自己討回公道的方法，卻是於法難容。

如果我也是這樣的雙重被害人，會不會加入他們？這樣的問題每當想起來，總是讓我心煩意亂，掙扎不已，只能慶幸自己沒遇到這麼可怕又可悲的事。

直到宣判日來臨，得知判決結果的當下，就覺得若我是被告，一定會馬上加入黃培霆、蕭禾的「迦密山之火」組織。

因為可茉被判有罪。理由完全採取檢察官的見解。

可茉得知結果，沮喪地一句話也不說就掛上電話。

我親自跑去她住的地方，也找不到她，一度懷疑她想不開緊張得半死。後來她回傳手機簡訊我才把提著的心放下。迂腐昏庸愚昧頑鈍顢頇潘那大棒槌去吃便便，我能想到把生平最惡毒的話全罵盡了，如果那三位法官的耳朵明天長香菇，對，那就是我罵出來的。因為我希望她知道她並不孤單、她的心情有我同理。

「文律師的看法呢？」

「他說妳一定要上訴。」

「會贏嗎？」

「妳一定要相信司法。」

「妳還相信嗎？」

可茉這樣問時，我真的空虛到無言，久久再也想不出什麼話回答她。

我臭著一張臉，把對這個判決的不滿抱怨給文石聽。

文石卻靠在椅背上兩腿交疊放在桌邊，嘴裡嚼著花生，手指狂按手機打線上遊戲，一臉蠻不在乎地說：「相不相信司法不重要，重要的是要相信我。」

「哼，判決書又不是你在寫的。相信你什麼？」

「只要是我辦的案件，真相一定會被看見。」

「然後呢？」

「她就會被判無罪啦。」

「你可以再唬爛一點。」

文石為可茉提起上訴。在第二審法院只開了兩次庭，因為檢辯雙方都沒有要聲請調查任何證據，結果就撤銷了原判決，改判可茉無罪！最奇怪的是，相同的證據、相同的辯解，沒有再提新的證據或新的證人上庭……就改判無罪了？

「這到底是怎麼回事？」我大惑不解，望著正在用原子筆攪著浸在汽水裡的花生米的文石問。

「妳沒聽過什麼叫自由心證嗎？這就是自由心證。」

「講得跟變魔術一樣咧，鬼才相信啦！」

文石沒理我，把那杯飄舞著花生粒的汽水一飲而盡。

唉呀！講到變魔術、講到鬼，因為事情太多太忙，我居然忘了！

「旦旦，你好久沒請我去紫羅蘭吃飯囉齁？」我裝出娃娃音嬌嗔說。

「咦？有什麼事嗎？」他抓抓後腦，疑惑地望著我。

「應該要問你吧，你好像有什麼事沒跟我說清楚。」

第二十話

「想不到這麼曲折，真是辛苦妳和文律師了。」可茉聽完我和文石的歷險過程後，吁了一口氣說。
「可是，像那個陳呈偉到底是怎麼死的？何正光到底是被誰殺的？還是有很多我想不透的地方。」
「只要能還我清白，這些對我而言都不重要了。」
「是啊，所以今天才約妳來，為妳重獲清白慶祝一下。」我舉起咖啡杯，和她手中的咖啡杯輕碰一下。女老闆紫娟端上剛出爐的手工餅乾，我們各拿了一塊入口，齊聲讚嘆好吃，惹得紫娟笑盈盈的。
這時門上風鈴聲響起，文石探頭進來，惺忪的睡眼搜尋著。
我向他揮手，他打了個呵欠才踱步過來。我注意到他後腦的傷口已經結痂。
「我家柚子工作像條龍，假日就變蟲，待會兒把他拖上跑步機醒腦一下！」
「昨晚寫狀子寫到快三點了呀。紫娟，給我一杯水洗的耶加雪菲加雪碧。」
「你自己答應人家要請客的。」我用指節輕敲桌面道。
「有嗎？」
「重點不在請客，是關於可茉的案件，有天上星星那麼多的問題要問你。」
「案子結束了就算了嘛，幹嘛追根究底……」
「怎麼可以算了，被蒙在鼓裡和好奇心住在一起是多麼痛苦呀。」
「我要學夏敬明律師一樣，為當事人保守祕密。」
「哈，當事人可茉在此，她允許我旁聽的。」

「事情的經過，妳應該都向倪小姐說過了吧。」

「其實我也很想知道文律師是怎麼從我的案子，追查出這麼多的紛爭真相。」

「真的嗎？」文石接過紫娟端來的咖啡，啜了一口緩緩道；「其實大部分的過程阿芝都有參與，還有什麼需要我解釋的嗎？」

「像是你怎麼知道那個簡博化是被蕭禾殺死的，我就覺得很神。」可茉笑道。

「喔。他不是被蕭禾殺死的。」

「什麼？」我和可茉不約而同驚叫。

見鄰桌投來異樣眼光，我隨即低聲問：「可是你在法庭上明明說——」

「我是說她踩油門讓車子衝下山溝，但我沒說人是她殺的呀。」

「蛤？」我傻住。文石伸手想拿餅乾，我一把搶下說：「從實招來才能吃。」

他像小孩般望著餅乾，噘著嘴：「這要從那個『迦密山之火』的組織說起了。」

「不管從何說起，都給我趕快說！」

我作勢要把他的咖啡也搶過來；他連忙護住，接著說：「我們的司法實務像許多國家一樣，制度也許很完整，但運作起來因為牽涉法官的個人生活經驗、背景、價值觀所生的主觀因素，影響其對案件的評價，所以即使相同的證據放在不同的法官面前，未必得到相同的判決結果，這是許多當事人不了解的，也因此對於司法判決會有超越現實、過於理想化的期待。也就是說，每個案件的判決結果，最終仍是決定於人，既然是人所作的決，而且每個案件情況最多只能算是相彷，不能說全部相同，就不會像機器生產標準格式的產品；相對而言，既然不是神作的決定，也不可能每位法官都公平公正，甚至調查時摻雜有私心或個人好惡在其中也不一定。這一點，兩位可以接受吧？」

我和可茉互望一眼，一起點頭。

「但是，這樣的運作結果，對於那些需要靠司法制度討回公道、維護權益的被害人而言，情何以堪？司法是正義的最後防線，不是大家常常掛在嘴邊的嗎？誰能接受敷衍了事、錯誤百出，或誰是被害人、誰是加害人都分不清楚的判決？悖於事實、或官樣文章的判決，所造就的當事人怨念，雖然在案件確定後就被忽視，但一定存在著。一個冤屈怨念、兩個冤屈怨念、三個冤屈怨念，好多的怨念，就這樣散布在社會各個角落的心裡。」

「那又怎樣，像你所說，畢竟沒有十全十美的制度或司法人員嘛。」

紫娟這時端上另一盤手工餅乾，文石在我正要出手前就一把搶過，開心地吃了起來：「如果有人把這些怨念蒐集起來，妳覺得會怎樣？」

「蒐集？怎麼蒐集？」

「用網路吧。不論是團購、同好會或是車友會，不都是利用網路把原本不認識的人連結起來嗎？只要有共同的興趣、想法，甚至買同一廠牌的車子都可能從網友變好友，這也就是各種群組的由來，不是嗎？原本也許只是互相取暖、在一起發洩對司法人員不滿的鄉民，若有人以改革的名義，將其中理念相近、志同道合的人邀進群組裡面，了解彼此後，變成分工合作共推理想、彼此掩護的群體，這個組織取名為『迦密山之火』，也就名正言順、師出有名了。」

「照你這麼說，黃培霆、麥楓瑜和那些被我踹的傢伙，都是因為對司法不滿經由網路結識起來的成員，也就是名為『迦密山之火』的人民司改組織？」我的喉嚨不知為何發乾，澀澀地說：「這樣的組織感覺上……好無奈、好悲壯啊。」

「蕭禾也是成員之一，她的遭遇我在法庭上說過了，因為黃培霆願意幫她，所以她也願意——」

「等一下！這裡我就開始不明白了。為什麼你知道她在十五歲那年被父親性侵的事？」
「事實上我開始懷疑蕭禾不是在飛燕福居，而是去她家找何正光的老婆時。妳還記得我在質疑她父親是不是死於意外時，她的反應是什麼？」
「很生氣臉很臭……呃，還上樓拿了一張相驗證明書下來。」
「妳不覺得怪嗎？」
「怪？因為你有質疑不是嗎？」
「正因為我有質疑才怪呀。我是什麼人？對她而言應該是素未謀面的陌生人吧。一個從未見過面的人懷疑妳父親的死因並不單純，甚至質疑是否是母親下的毒手，正常的妳會作何反應？」
「馬上把你轟出去，把你祖宗八代問候一遍。」
「但她卻馬上拿證明出來給我看，難道只因我以邱品智查案的名義提出懷疑嗎？那感覺就好像早就準備好一張護身符，若遇到有人懷疑就馬上拿出來擋煞一般，很可疑吧？從心理學角度觀察，這就叫做行為合理化的文飾心理。所以我認為她的舉動正好證明她知道何正光並非死於意外，我要求邱品智再提供我一份何正光家裡的戶籍謄本，結果發現蕭禾原本叫何禾，在她十五歲那年母親蕭妙琪曾與何正光離婚，她改從母姓；三年後蕭妙琪又和何正光辦理結婚登記，復合的原因是什麼不詳，但可以肯定的是，她十五歲那年應該發生了什麼重大到足以讓父母關係破裂的事吧。」
「那也許是外遇呀、家暴呀，未必是性侵吧。」
「說性侵是為了要試探她的反應、突破她心防的技巧而已，反正楊錚一定會異議，我也一定會捨棄這個問題的詰問嘛。」
「何正光跟他媽媽說阿牛會來找他，阿牛是誰？」

「應該是邱默夫。」
「邱默夫不是死了嗎？」
「死了還來找他，不是很可怕嗎？」
我愣了幾秒：「……意思是，邱默夫的鬼魂來找他？因為他害邱默夫自殺良心不安？」
「他這種人如果會良心不安，就不會配合簡博化、陳呈偉勾結謀奪別人的土地了。我沒猜錯的話，應該是有人用簡訊或是什麼方法，恐嚇何正光說邱默夫的冤魂要回來找他了，他害怕的是東窗事發，所以回頭去找當年委任打官司的夏敬明商量對策。夏律師在辦案過程中應該曾發現整件事有異，懷疑何正光與陳呈偉的買賣契約有問題，何正光好像只是人頭，兩人間的買賣似乎是要製造善意第三人的買賣契約受法律保護的假象，但何正光不跟他說實話，他也只能懷疑而已；當何正光多年後再上門告知實情，讓夏律師真是後悔當年幫他打贏官司、害死了邱默夫。何正光上門是希望夏律師想辦法解決恐嚇的事，但夏律師勸他悔改，表示願代為找出邱默夫的後代，叫他向遺族贖罪。可惜何正光不接受，夏律師年紀一把了反而上門苦勸，讓何正光很煩躁，因而遭到他智能退化的母親唾罵是黑心律師。」
「原來如此。那到底是誰恐嚇何正光？黃培霆嗎？」
「想必是。他不但恐嚇何正光，也恐嚇卓耀春喔。」
「她真的是不小心遺漏登記了邱默夫的土地權利嗎？」
「怎麼可能。辦理不動產登記的程序是先完成登載、再製發所有權狀通知權利人來領取，沒完成登記就製發權狀？很怪吧。再說，如果真是不小心漏登，賣方的陳呈偉應該會認為自己的土地已賣給邱默夫了，不會再去過問，就如同拿到權狀的邱默夫會以為自己的權利已登記在地政機關的電腦裡了。但請問，陳呈偉是怎麼知道地政人員居然疏忽遺漏登載的事？若他不知，豈會事後再補申請權狀把土地二度賣給簡博化、讓土地移轉到何正光名下？」

「也就是說，事實上是原地主陳呈偉、代書簡博化、人頭何正光與地政人員卓耀春四個人勾結？太可惡了！結果邱默夫還得不到國家賠償……」」一股火氣湧上心頭，我忿忿不平說：「那麼，黃培霆是如何對付她的？」

接著文石講了一個她到餐廳吃飯遇到鬼、坐計程車也遇到鬼的故事。

「這……」，聽完真令人疑信參半、難以想像。我忽然轉念：「喂！你當時又不在場，怎麼會對於她遇鬼的經過這麼清楚？」

「鄒房舒老師告訴我的。」

我想起那時候自己被請出房間，以及事後卓耀春被美少女帶出房間時臉上的愁苦煙消雲散的情景，現在想起來，卓耀春應該是向鄒房舒透漏了自己多年來壓抑在心中的祕密和遇鬼經過。「說到那個房舒老師，真的有通靈能力嗎？」

「比起她的通靈能力，我對那個遊艇上魔術師的超能力更感興趣。」他看了可茉一眼，再望向我。

「對了，陳呈偉到底是不是被嚇死的？」

「當然不是！要嚇死一個人哪這麼容易。陳呈偉是被毒死的。」

「咦？被什麼毒死？」

「疊氮化鈉。」

「那是什麼東西？」

「妳把那個錄影檔點出來重看一次。」

我從包包取出手機，滑開在遊艇上的錄影檔點成全螢幕模式。當畫面進行到魔術師的行李箱第三次轉向觀眾時，文石立即按暫停，擷圖另存新檔，再放大照片畫面：「看這裡。」

「欸——！那是什麼？」魔術師伸出黑色手爪指向陳呈偉時，陳呈偉目瞪口呆，但仔細看，黑爪指尖有一條幾近透明的極細水柱射向陳呈偉的口中……

「那就是疊氮化鈉。疊氮化鈉是一種毒性極強的液體，只要沾到一小滴就會透過皮膚被快速吸收，對細胞色素氧化酶和血紅蛋白產生抑制作用，引起細胞內部功能關閉，造成血壓立即降低、休克致死，被害人會立即倒下，極像心臟病發作。因為從外觀檢查完全沒有傷口異狀，法醫驗屍時除非專門作疊氮化鈉毒物測試，否則一般解剖的毒物檢驗也無法顯示，在找不到死因情形下，參考死者生前病史以及證人所述死亡前的無預警情狀，就一定會判定心律不整等心臟病症為死因。簡單說，武俠小說裡殺人於無形的毒是存在的，就是它，比氰化物還厲害哩。」

「好可怕。而且魔術師為了確保陳呈偉必死，還特別將疊氮化鈉注入他口中，那不死才怪……。」

我不禁輕撫胸口道：「那個魔術師是黃培霆？」

「除了他，沒人能拿到疊氮化鈉。」

「這你也知道？」

「我曾想告訴過妳，只是妳當時不想聽。」

「有嗎？」

「有啊，妳還說我被鳳梨鬼附身。」文石把餅乾吃完了，喚來紫娟：「請把我昨晚來這裡做的鳳梨蛋糕端上來。」

紫娟端來切好的蛋糕，雖然是冰的，看來仍然相當可口，香甜味也很誘人。有了上次誤吐麵包事件，這回我比較有信心一點，用湯匙挖了一口——哇！果然很很很很好吃，而且沒有怪東西跑出來。

「可是，疊氮化鈉跟鳳梨有什麼關係？」

「關係可大了。如果沒有疊氮化鈉，鳳梨就只能是鳳梨，不會是香水鳳梨或牛奶鳳梨。」

「蛤？」

「誘導突變是農業生技上一項很重要的成就，利用物理或化學方法，將原生植物的遺傳基因改造，長出變異種，就可以產出比原生種更利於環境生長、更肥美、更多樣的植物。誘變最早是用放射線，打破基因連鎖，提高基因重組率，後來經過科學家以各種方式試驗，又發現各種化學誘變劑，例如烷化劑、類核酸鹼基、生物鹼甚至抗生素，都可以影響原生物種的基因，經由斷裂重組長出新的品種。而疊氮化鈉，也是誘變劑之一。」文石也叉起一片蛋糕，望著它說：「誘變劑用在農業生產上可以讓植物有抗蟲害、抗旱害的基因，在使人類不致因飢荒死亡的歷史上，是功不可沒的發現。但若用之不當，要人死亡也是眨眼之間。」

「你確定自己是法律系、不是農藝系畢業？」

「妳就算忘了我說過為了作麵包去旁聽黃老師的課、也應該記得黃老師請我們喝的那杯試管咖啡吧？」

「啊，對厚……連這個你都知道，為何我就沒想到？」

「因為妳被他前面兩個魔術給障眼了呀。」

我端量著文石，不服氣道：「我就不信你連那兩個魔術的原理也知道。」

「比起疊氮化鈉需要極細心觀察、不受魔術手法誤導，那兩個小魔術應該只是小兒科吧。」文石向紫娟招招手，她點點頭，隨即從廚房拿來三個瓶子放在桌上。文石起身：「要我再表演一遍都沒問題。」

然後文石就真的把那個叫甜辣醬包在瓶中起立坐下不准動的魔術，再一模一樣地表演了一遍，引來「紫羅蘭」店裡所有客人的注目與掌聲。接著又表演那個易開罐跳舞再自動生出汽水的魔術，引來店裡驚嘆連連。

紫娟鼓掌笑著說，要是文石每個禮拜六晚上來表演半小時，店裡的生意一定會比現在好上一倍。

我不甘心地把他那三個瓶子搶來仔細摸來摸去，才發現：「咦？咦咦咦？這個怎麼不一樣？」

原來文石拿著的那個瓶子，雖然長得跟另外拿給我和可茉的瓶子一模一樣，但材質是塑膠，也就是保特瓶。這麼一來，他在表演時只要右手擠壓瓶底部位，壓力透過瓶中的水傳達到甜辣醬包，它就會依左手指示下降、反之，手一放開，瓶內空氣恢復回狀，醬包就會浮起。

而我和可茉拿到的則是玻璃瓶，硬得要命，哪能擠壓？

「嗯哼，就是這樣，不過是壓力和密度間的物理現象而已。」文石露出微笑。

「我有一種看別人裝瘋子、自己是傻子的失望感。」

「魔術畢竟就是一種表演，誰叫妳要拆穿它。」

「那這個呢？」我翻來覆去，怎麼看那個死而復生的汽水罐就真的只是個空鋁罐而已。「你的袖子裡有個幫浦和管子，趁我們不注意把汽水注進去的？」

「小姐，我現在穿短袖耶。」

「那到底怎麼變的嘛？」

文石在我執拗堅持之下，跑去對面超商買了一罐剛從冰櫃裡拿出來的汽水。他先拿出一支銳利的細錐子在罐身約三分之二處鑽個小洞，讓汽水噴出一些，再剪下一小張透明防水膠帶貼住那個小洞，以防汽水流出。接著在罐上拉環下方貼上一張黑色色紙，在一定距離情形下，不仔細看會誤以為是拉環被拔掉的空洞。他再小心地把罐身壓凹，把它放在放滿廢棄易開罐的塑膠袋最下層，以防請觀眾自行選挑時會拿到它。等觀眾都相信袋裡全是空罐後，他自己表演時則把那個做過手腳的汽水罐拿出來，開始舞動；「這時因為隨著我右手的搖晃，汽水內的二氧化碳會跑出來，增加罐身的壓力，所以——」

罐子凹陷處就自動膨脹起來，把凹陷處推平，而文石的左手同時在凹陷處不斷作出拉平的動作：「這樣看起來，就好像我施加魔法把它修復一般。」

然後他以慢動作示範右手指搓掉黑色紙圓片，接著很快拉起始終未曾拉開的拉環，就把剩餘的汽水倒出來請我們喝。

「為什麼我看了兩次都沒發現，你只在遊艇上看了一次就知道玄機？」

「想看表演，就依魔術師的指示，看他要你注意的那隻手；但想知道原理，就看他不想要你注意的另一隻手。」

「唔。」只能怪自己眼拙，但我心中的疑惑仍有未解之處：「可是黃培霆在表演完魔術後，如何從眾人眼前消失的呢？我記得當時艙門都有保鑣把關，難道他買通了保鑣？」

「不可能。」

「我有想過他可能趁亂從迴旋梯潛入上層的交誼廳躲藏，但是——」

「萬一交誼廳裡還有其他的人，而且警方登船搜查時也逃不掉。」

「那到底他怎麼跑掉的？」

「還是一樣，想看表演就依魔術師的指示，看他要你注意的那隻手；但想知道原理，就看他不想要你注意的另一隻手。」他露齒一笑，黑瞳裡閃著神祕的光。「當大家都被陳呈偉的死狀所吸引時，台上黑色箱子裡的人，有誰還注意著？他把面具、披風、燕尾服脫了，身上穿著和我一樣的白色制服，從黑色箱子出來，這時台下的麥楓瑜大喊魔術師不見了，大家回頭，見他作出打開箱子的動作，有誰會想到開箱子檢查的服務生和魔術師是同一人？」

「蛤？」

「然後他在警方登船之際，混入服務生之中，就有機會趁人不注意時，從船舷的任何一個地方跳下游走、從碼頭的另一邊上岸，完成消失的表演。」

真想不到。原來黃培霆……好狡猾呀……

「所以黃培霆叫麥楓瑜趁機接近卓耀春，還帶她去觀落陰是要幹嘛？」

「卓耀春是個迷信的女人，兩次見鬼經驗讓她深信冤鬼上門，報應將至，非常緊張。這時麥楓瑜再假裝好心人分享通靈經驗，卓耀春就像溺水時抓到浮木一般，我們指引她去找鄒房舒老師，其實也是利用她這種心理。只不過，我們是想探知當年到底發生什麼事，但黃培霆的目的則是想藉機殺了她報仇。」

「怎麼報仇？」

「還記得那個四川來的大師？說不定是另一個會在作法過程中餵她吃疊氮化鈉的魔法師。」

「然後法醫驗屍時會判認是心肌梗塞、不堪驚嚇而暴斃，因為有目擊證人說是驅魔過程中太刺激。」

「嗯。拆穿魔術原理後，妳好像比較能舉一反三了。」

「不過，你怎麼會懷疑黃培霆就是邱杰？」

「因為柯振平向我們介紹馬桶的肛門沖洗器時，我發現了個奇景。」
「喔，我知道。那個肛門沖洗器的形狀長得像你的肛門。」
「肛門沖洗器雖然是用來洗肛門的，但不必設計成使用者肛門的形狀好嗎。」
「我也覺得應該沒什麼關係。」
「那妳幹嘛亂說？而且……人家的肛門長成那樣，能解嗎？」
眼角餘光瞥到可茉已經笑到岔氣，我就不再逗他了，正經地問：「到底是發現什麼奇景啦？」
文石從口袋取出手機，點了個錄影檔遞給我看。那是我們喬裝成「貳新聞」電視台記者採訪柯振平，當柯振平在介紹房間設備時，他偷偷往窗外拍攝的山景片段。我當時以為他對於馬桶感到無聊才隨意亂拍的。可是看過之後，我仍然無法發現什麼奇景：「紅衣小女孩在哪裡？」
文石牽牽嘴角，快速滑了幾下手機，找出一張照片，再遞給我們看。
啊！這照片是黃培霆的研究室的書架上，那兩張照片其中的一張……
一名男子站在樹下，手伸向旁邊似乎在介紹什麼，笑得很開心的那張。
「發現了什麼共同點？」文石把咖啡一飲而盡後問。
「錄影和照片裡……山上的……那支紅色的高壓電鐵塔？」
「嗯哼。所以呢？」
「照片中的男子就是——」
「邱默夫囉。他買下了第97號土地，很開心地請人拍照紀念。之後，同一個位置，卻變成了溫泉會館的房間。」
「唔。你這傢伙注意到的事老跟正常人不一樣，可真怪。」我仍然不服氣，為什麼自己同樣在場，卻沒注意到其間的關聯。「說到怪人，我就想到那個鄒房舒老太太。她真的是通靈大師嗎？你是怎麼知道她會通靈的？」

「誰跟妳說她是通靈大師？」

「欸欸欸？欸——！明明是你要我帶卓耀春去找她的呀！」

「對啊，但我沒說她會通靈呀。」

「那你還叫我帶卓耀春去找她？」

「不去怎麼知道卓耀春在怕什麼？」

「可、可是，我親眼目睹她讓卓耀春看到……邱默夫的亡靈的呀……」

「卓耀春看到的，真的是邱默夫的亡靈嗎？」

「不然她看到的是……」

「相片。」

「卓耀春只看到相片就會嚇成那樣？我告訴你我當時有偷看，碗裡什麼都沒有，只有房舒老師作法符紙燒過後的黑色餘燼而已！你不在場就別唬爛了吧。」

「唉！玄學的東西，不能眼見為憑呀。」

「意思是…只有卓耀春看得到，我和邱默夫沒什麼仇怨，所以看不到？那，不就表示鄒房舒老太太確實有特異功能嗎？」

「觀落陰到底能不能引領我們入地府一遊，找尋亡靈了解已故後的生活與心情？這個答案未必能用科學解釋。有的人也許有所謂靈異體質、八字較輕或與神祕事物特別有緣，因而得與另一個世界『接觸』，但有沒有一種可能，是被引領的「遊客」事實上根本沒辦法與所謂靈體或異度空間接觸，但因某種因素想要嚐試，例如思念親人、對亡故親友心有虧欠而未能及時表達心意、或心中有未解之謎非得詢問死者不可，類此目的而來參加觀落陰，法師或道姑所做的引領，會不會就成為一種心理暗示？」

「心理暗示？」

「也就是說，根本看不到所謂地府的光、城池、村落、景物，但在引導者的誘導暗示之下，認為自己看到了，甚至放了感情進去。」

「那不就是催眠了嗎？」

「催眠會讓受試者失去自主意識，身不由己。但觀落陰不是，它只是讓妳以為自己看到了，並被引導出壓抑的感情，像思念、歉疚等等。」

「原來如此。所以你真的跟你住在山腰上的阿嬤聊天了？」

「若要跟阿嬤聊天，我直接打電話就可以了。」

「所以你的手機是陰陽機，可以直通陰間的電話？」

「我阿嬤還沒死。」

我吼了一聲，站起來伸手抓他的衣領逼視：「你這個不肖孫！我要代替阿嬤懲罰你！」。幸好可茉及時制止，紫娟也衝過來拉開，不然他一定會被我揍。

「觀落陰時假鬼假怪是你的事，人家鄒老太太可不像你。」我坐下，撥了額前撥亂掉的流海，努力回復淑女的形象道。

「那妳以為我跟妳講心理暗示是要幹嘛？」

「蛤？」

「她的手法也很容易破解。」文石請紫娟再送過來一瓶汽水，然後灑下一把花生米進瓶裡，趁氣泡初冒時喝了一大口。「現在大家都用數位相機了，但我覺得傳統相機拍出來、用沖洗方式印出的相紙，才是真正所謂的攝影呀。」

「原來你這顆柚子外表是年輕人，其實內心是糟老頭的老欉。」

他不理會我，繼續說：「傳統攝影沖洗相片，是利用底片受光線照射也就是曝光時，光線在塗有感光粒子的底片表面上形成了肉眼看不到的潛伏影像，經過化學藥水的沖洗，將感光粒子還原成黑色的金屬粒子，於是底片上感光較多的區域變成黑色，而感光較少的部分則成為透明狀的原理。相紙也含有一種感光層，當光源穿過底片投影到相紙上時，感光層產生與底片相同的反應，底片上的透明部分傳導光線在相紙形成黑色區域，而不透明的黑色區域因只能穿透過少量的光線，於是在相紙上就形成了白色。這是黑白相片的原理。彩色相片則是多了其他三色的感光乳劑來沖洗。」

「呵——！」我故意打了個好大的呵欠：「好復古啊、好懷舊啊。」

「想把底片上的影像轉透在相紙上形成照片，就必須用暗房沖洗技術，過程中包含了顯影、停影、定影三個主要的步驟，在這三步驟中分別會用到顯影劑，停影劑及定影劑。而鄒房舒的技法是，她在碗底已先放置曝光後的相紙及顯影劑，然後加入礦泉水後，不加入定影劑，使相紙上的邱默夫的影像浮現，但在薄霧飄來般縹緲——」

「等、等一下！你說她先把邱默夫的照片放在碗底？她怎麼知道卓耀春想看的人是邱默夫？」

「妳應該要問：她為什麼會有邱默夫已從底片感光的相紙才對。」

「對……呃不對……唉呀，反正不論是照片還是相紙，她哪來的？」

「剛剛不是給妳看過了嗎？」

「原來是你……難怪你叫我們去那個什麼陰陽怪氣事務所找她。但是，卓耀春怎麼可能看不出來那是一張曝光過的相紙？」

「問題就出在只有顯影劑、沒有停影及定影，影像浮現但卻是模糊的。室內光線刻意調暗，再把卓耀春寫了邱默夫姓名的紙箋燒了對吧？紙箋灰燼在上方作阻隔障眼、光線昏暗、加上卓耀春帶著恐懼的預期心理，最後當她向碗裡吹了口氣，把浮在水面的紙燼吹開，妳覺得卓耀春會看到什麼？」

「而且當時她還用手指在碗邊輕搖著……」

「邊搖邊讓顯影劑藥水流動均勻發生作用，在吹開水面的紙燼的一剎那，在心理暗示的情形下，不就看到某人的魂影從碗底浮現了嗎？」

「很賤耶，你居然叫鄒房舒這樣嚇人家。」

「心裡沒有鬼，會被嚇到嗎？妳當時在場，會覺得恐怖嗎？」

「我只有被卓耀春的叫聲嚇到而已。」我回想當時的情景：「所以我偷看的時候沒看到相紙，是因為被紙燼蓋住了？」

「吹那口氣，很重要啊。」

「是啊，我心裡那口氣到現在還嚥不下去。」

「蛤？」

「因為你說了半天，如果簡博化不是蕭禾殺的，到底是誰殺的？」

「咦，我還沒講嗎？」

「沒有，你連豬殃人是誰、紅騎士是誰都沒講。」

他怔了怔，搔搔後腦，居然傻笑起來：「那我剛剛講了些什麼？」

這個人剛剛是被智慧之神附身，現在神明退駕了嗎……

最終話

「紅騎士是黃培霆。蕭禾把她的機車借給他，畢竟對吳法官不滿的是他吧。事後就算警方循線找到車主蕭禾，也找不到蕭禾恐嚇吳法官的任何動機、也沒辦法證明買易付卡的是她，這是很理想的防火牆。」

「那到底是誰殺了簡博化？」

「簡博化是豬殃人殺的。」文石看著自己手指捏著的花生，彷彿那顆小小的花生米是顆能穿越時空的水晶球，讓他看到案發當日的現場。「也許假裝成酒家小姐、也許假意投懷送抱，蕭禾把簡博化騙出來灌醉或迷昏，由豬殃人用球棒之類的鈍器擊殺造成顱骨破裂，然後被抬上車；接著蕭禾把車開到陽明山菁山路，先下車，與豬殃人一起把簡博化抬進駕駛座製造車子是他酒駕的假象，再把方向盤轉向路邊山崖，蕭禾人在車外伸腳用力踩油門，讓車子往山崖邊坡下衝，咻——砰！那裡山溝好幾十公尺，夠深、車子摔得夠爛，看起來就像車禍了。」

「你是怎麼發現車禍可能不是意外的？」

「因為妳一再堅持倪小姐的清白，讓我回到現場去勘察。若簡博化真的酒醉到失控，如何能平安開過那個髮夾彎？既能開過髮夾彎，卻無法控制車子不越過道路中線避免發生車禍？太詭異了吧，那個髮夾彎害我的小白受了不少傷呀。」

一朵可疑的雲飄進腦海，我的思緒一下子陷入混亂……

文石的視線移到我臉上，貌似智慧之神又上他身了……

「妳發現我講錯了什麼，是不是？」
我的喉嚨發乾，深吸一口氣來壓抑心中的震驚：「……沒有。」
「那我就繼續說了。」文石收回視線：「然後就像我在法庭上說的，蕭禾就隱身在路邊草叢裡，看著倪小姐驚慌失措地找救援，附近的居民劉旭、胡安謙聞聲出來搶救。然後蕭禾放心地悄悄步行下山，讓倪小姐成為簡博化確實是死於酒駕車禍的證人。」
他的眼神深邃，透著神祕與魅力，看著窗外往來的人車。見我們都不作聲，放低了聲問：「然而，那根類似球棒鈍器到哪裡去了？應該是豬殃人帶走藏匿或是毀棄了。那，豬殃人又哪去了？」
「這……就等警方抓到豬殃人後再追查吧。」我的語氣聽來很苦澀。
「妳不問我豬殃人是誰了嗎？」
「算了，就讓……警方去調查吧。」
「所以，妳的那口氣嚥下去了？」
我生氣地拍桌，把其他桌的客人和櫃檯後的紫娟嚇了一大跳：「可惡！一切都是你猜的！毫無證據可以證明！」
「如果是妳猜，妳會認為豬殃人是誰？」
自從認識文石以來，第一次這麼討厭他，討厭到想把他手上的花生米塞進他鼻孔讓他呼不到空氣死翹翹！我賭氣地說：「我不猜！」
文石的視線這回從窗外移到可茉臉上：「如果是我猜，我會認為豬殃人是黃培霆。改名前叫邱杰。」

可茉蹙眉，露出困惑的表情，沒回應。

「因為能夠痛下殺手把別人頭顱一棒打破，只有父親被害到憤恨自殺、讓自己的童年一片陰晦、家庭破碎的黃培霆才有這種動機吧。蕭禾就算和黃培霆是革命夥伴，而且與黃培霆約定交換殺人，有這麼強的恨意與狠勁嗎？我很懷疑。問題來了，既然人不是蕭禾殺的，為什麼最後她會承認？」文石的視線變得很銳利：「我本來以為她是在保護黃培霆，畢竟在飛燕福居大樓時，黃培霆很明顯是『迦密山之火』的領袖。但有件事我一直不明白，就是蕭禾被警方認為是恐嚇案的嫌疑人時，為何會找我當辯護人？這個問題困擾我很久。直到昨晚在做鳳梨蛋糕時，想到黃培霆用的疊氮化鈉時，我突然想通了。」

文石靜默幾秒，繼續說：「疊氮化鈉的作用是誘變。人類為什麼想要誘變物種？因為需要的物種數量不夠多、品質不夠好。從某個角度看來，『迦密山之火』是司法弊病下的突變組織，但這個組織認為自己需要的反而是數量與質量兼俱的成員，才能達成『革命』的壯志。」

「你的意思是……蕭禾希望吸收你成為迦密山之火的一員？」

「我是這麼認為。」

「你又不曾被司法迫害，難道只因為你常被法官賞白眼？那也未免太冒險了吧？萬一吸收你不成，反而讓他們的組織曝光，我不信黃培霆這麼笨。」

「想吸收我當然不是這個原因。是因為妳。」

「因為我？」

「嗯。」文石又切一塊鳳梨蛋糕，把它浸在杯中的汽水裡：「因為妳很有正義感，因為妳還沒有被法院實務的因循、沒擔當和自以為是所污染，他們希望妳加入，並藉妳把我也帶進去。」

我望了可茉一眼。許多經歷如走馬燈般在腦中盤旋。

她臉上木然無表情。

「但後來在飛燕福居，他們發現我對司法制度的理念和他們不和，對組織構成威脅，在法庭詰問時蕭禾更發現我非他族類，為了棄車保帥，所以她決定扛下殺簡博化的責任。」

「所以她是為了保護黃培霆才承認。」

「她是為了保護倪可茉才承認。」

我最不想聽到的，他居然就這樣直接了當說了出來。

我看著自己的雙手。它們開始微微顫抖著。

心，也顫抖的厲害。

可茉滿臉驚訝望著我們，無法理解般搖搖頭：「我不明白為什麼……」

「我也不明白為什麼會這麼巧。記得鈴芝告訴過我，喜歡看本格派推理小說的人都不喜歡寫實作品裡在破案時出現巧合，雖然我認為巧合可以增加戲劇效果，未必不好。」文石微微一笑，隨即正色道：「但是，黃培霆與他現任的女友蕭禾在菁山路製造假車禍，剛好他前女友在家教結束開車返家經過現場？如果是臨時起意需要一個被利用的目擊證人，剛好經過的車子就是前女友開過來的？這樣的巧合在這個地方，我也不喜歡。」

「我早就跟他分手了，也許這就是命中註定的孽緣吧。」可茉若無其事般鬆了口氣說。

「真的分手了嗎？這是鈴芝一直不敢相信、無法理解為何妳會選擇跟陳騌瑞在一起的問題。我來推想當時的另一種可能情景。」他把泡得爛糊的鳳梨蛋糕用叉子戳起來，往嘴裡送，邊吃邊說：「黃培霆與蕭禾在路邊，抬屍體、踩油門、製造車禍現場，縱然是深夜的偏僻山路，不會擔心剛好有車子經過撞見嗎？如果多一個人幫忙，會不會比較保險？如果會，那麼工作就要重新分配了。如果我是黃培霆，我會自己開簡博化的車載著蕭禾，以利掌握狀況，到了地點，看到妳早已坐在自己的車上等著，我就讓蕭禾下車在路邊把風。然後我把車停在路邊，給妳個手勢，讓妳開著妳的車在可以控制的速度之下與簡博化的車互相擦撞，讓車身留下刮擦痕。接著我下車到後座，和蕭禾合力把簡博化的屍體抬上駕駛座，讓他的雙手和頭垂放在方向盤上，關上車門前再大力踩一下油門，把方向盤轉向山崖邊，讓車子衝下山坡掉進山溝裡。之後妳倒車，再加速往前衝並急踩煞車，製造緊急煞車的聲響與路面煞車痕。我再躲進妳車子的後車廂，蕭禾藏身在路邊草叢裡的暗處，妳則去找附近住戶求救，讓他們覺得妳很慌張、很害怕，搜救的過程就如證人劉旭、胡安謙所說的。搜救結束後，警方要求妳開著車跟著警車到警局作筆錄，在路上停等紅燈時就悄悄拉開後車廂的開關讓我溜下車。蕭禾則等曲終人散時好整以暇地走下山、或踱步到仰德大道搭早班公車。」

「文律師，你怎麼會這麼想！」可茉張大了眼，滿臉不可置信的表情。

「因為簡董美芬說過，簡博化的酒量不淺。而且胡安謙說過，當天菁山路由西往東方向是修路封閉的。那，妳是怎麼從那個方向開過來抵達現場的？」文石的眼光愈來愈犀利：「那個放一氧化碳到何正光浴室的黑衣騎士，也是妳吧？」

「這些，都只是你的想像吧？」可茉換了個無辜的表情：「法律是講證據的，不能用臆測之詞推論事實，對吧？」

「為什麼？」

她和文石對峙的視線不約而同轉向我。

「為什麼妳要這麼做？為什麼要騙我？」語氣冷峻如刀，連我自己都嚇到。

「鈴芝，難道妳不認為司法已經到了必須用非常手段改革的程度嗎？妳不是很不滿吳恭隆的顢頇？我不是被那些只會抄襲判例、敷衍交差的法官冤枉了嗎？如果不是文律師，我不就要背負過失致死的罪名嗎？警方怎麼對待蕭禾妳也看到了吧？培霆的爸爸又是怎麼被司法二度加害的？我以為妳最後會加入我們的。」

「如果沒有文律師幫妳洗清冤枉，妳即使被判罪了也在所不惜？」

「培霆說過，實現理想是要付出代價的。」

我的雙手已經顫抖到難以自抑，眼淚也忍不住在眼眶裡打轉。

「不過我相信，再過幾年，等妳和文律師看透了司法人的不知自省和無藥可救，你們會認同我們的。到時記得不必灰心，我們仍然需要志同道合的夥伴。」

「可茉！」望著她義正辭嚴地說著，我簡直不敢相信眼前的這個女孩是當年的同窗閨蜜。「告訴我，文律師說的一切都是假的好嗎？」

「當然是假的，他又沒有證據證明他說的是事實。」

「我是沒有證據。不過……」文石拿出手機，在上面點了幾下。

店裡最角落那張桌子傳來收到簡訊的聲音，一個人起身走過來：「文律師。」

我們抬頭：那個人是卓耀春。

她後來聽從文石的話，自首自己與簡博化勾結的罪行，案子目前在地檢署偵查中。但臉上已不見陰鬱愁苦，顯然已走出愧疚不安，坦然面對法律責任。

文石請她坐下。她跟我打招呼，然後視線停在可茉臉上。可茉臉色立現異狀。「這位小姐好面熟呀……」

「是不是在某個餐廳裡看過她？」文石若無其事地問。
「咦……」她努力思索著：「是不是那個拿了兩份菜單的女服務生？」
「妳認錯人了。謝謝你們的下午茶。」可茉立刻抓起包包起身，臨走前忽然想到什麼，又回頭：「文律師，你會像夏律師一樣，遵守律師倫理為當事人保守祕密的吧？」
文石聳聳肩，把桌上剩餘的汽水一飲而盡，打了好大一個飽嗝。
望著她消失在店門外的背影，巨大失落感襲來，讓我癱軟在椅子裡。

幾天後，我的心情逐漸平復。這天午餐時在事務所吃便當，對於像吳恭隆法官這樣的辦案方式到底對不對，和白琳、文石又有一番閒聊討論。
畢竟，「迦密山之火」對於司法的不滿，有很大的原因是來自於此。
文石靜靜聽完白律師和我的看法後，不置可否，淡淡地問：「妳說要請我吃的波蘿麵包呢？妳那台喜羊羊麵包機用了嗎？」
「人家剛才講的，跟麵包機有什麼關係啊？」
「妳還記得當初為什麼會想擁有它嗎？」
「呃……你到底想說什麼？」老實說，我一時還真的想不起來。
「我只是在想，吳法官的判案習慣，是不是出於一種羊群效應的心理啊。」
「羊群效應？」
「羊群是一種散亂的組織，羊在一起是很盲目地互相推擠，但若其中有一隻羊突然帶頭動起來往前衝，其他的羊會毫不假思索一哄而上，完全不管前面可能有豺狼齜牙以待、或另一邊其實有更美味的鮮草。人們也是一樣，在大街上走著，忽然有個人大叫危險往前跑，結果大家也會跟著跑、有個人一直抬頭往大樓頂上張望，路過的人了也會不自覺抬頭想看看發生了什麼事情；除了第一個人，大家都不知道奔跑的理由、或是抬頭到底是要看什麼。人們有一種從眾心理，由此而產生的盲從現象就是羊群效應。」

想到未來，自己也許通過某一次的國家特考，就會踏上司法之路，但是寫出的判決根本沒人信服，遭人民在背後指指點點，甚至唾罵，而整個制度也讓我只想求得平順、只學會沿襲判例不求真相，因為整個司法體系都是這樣……那是多麼可怕又可悲的事。

我聽出文石想說什麼，反問：「你那台麵包機是花多少錢請人排隊買到的？」

「啊，不多。好像是八千塊吧。」

「那再加上加價購的五百塊，你不就花了八千五？」

「嗯，是啊。」

「你知道如果直接買，只需要花七千元嗎？心理有病的是你，不是我！」

我決定晚上下班回家，就把它直接捐給社福機構義賣。

那台我曾經超想擁有的喜羊羊麵包機。

沒理會我的沒大沒小，文石吃完最後一口雞腿說：「我下午要出庭的卷宗放在車上忘了拿，妳待會幫我拿上來，裡頭有一份答辯狀請影印一下。」就收拾便當，進他的辦公室了。

下午的打卡鐘響起，我心情有些鬱悶地搭電梯來到地下室停車場，走到小白身邊，打開它的後車廂，拿起放在裡面的案卷。這時我注意到文石的百寶箱沒鎖上，應該是匆忙間忘了關好，以致有一條粉紅色的帶子垂在箱外。

我打開百寶箱，發現那是一條上面有凱蒂貓圖案的髮帶。

它下面有一件很漂亮的藍色女生套裝。

拿起那件藍色套裝，我滿是狐疑地盯著，覺得好像在是百貨公司周年慶的特價商品還是什麼地方見過……

然後視線餘光掃到箱裡角落另一個物品，我就什麼都想起來了。

那是長度披肩的黑色假髮。烏黑亮麗的長髮。

若與這套藍色套裝同時穿戴在同一個女生的身上……就讓我想起一個人。

當我再在箱裡翻找，拉出一件黑色長衫和另一頂蓬鬆雜亂得像黑色拖把的假髮時，還有的未解疑點就豁然開朗，一切的過程就恍然大悟了。

拎著這些東西快步返回事務所，我讓腳步像貓咪般，飄進文石的辦公室。

他還在睡午覺，整個人大字形仰在椅子上，頭靠在椅背上鼻酣囈呼，只差嘴角沒流出口水而已。

拿起他放在桌角的手機，在他的Line裡點選，找到那個名稱超噁的群組，仔細檢查……那個暱稱「Maggie」的女子，大頭照果然就是孟思梨！

我強忍住笑意，把假髮輕輕放在他頭上，再把套裝蓋在他身上，舉起手機拍了照，接著寫了「Maggie休息中」，上傳至群組。接著換上拖把頭髮和黑色長衫，並在他臉上用眉筆畫上皺紋，再拍一張，連同「Maggie卸粧後」一併上傳。

叮噹！半分鐘後，群組有人傳訊息回來。

是麥楓瑜：「我是眼睛業障重，還是被鬼遮眼！不可能吧！」

我爆笑到忍不住蹲下。文石被驚醒，表情錯愕，我趕緊再補拍一張，寫上：「老娘本名鄒房舒，專攻通靈。所以你確實曾被色鬼和厲鬼遮眼，沒錯。」

THE END

【後記】

讀完了？感想如何？好看？好扯？經典？摔書？聽完文石跟我聯手搭檔的探案故事後，你（妳）的心情怎樣？我超想知道，比想藉文石的智慧查明真相還迫切想要知道。

「什麼嘛！故事的結尾，為什麼停留在我睡覺的蠢樣？就不能收在解謎講帥話的時候嗎？妳老愛醜化妳的上司是怎麼回事？」我把書稿交給文石看完後，他翻了個白眼，邊嚼花生邊抗議道。

「聽說讀者很愛看我捉弄你，都覺得這樣的你很可愛，很有療癒的效果嘛。」我安慰他說。

「呃？是嗎？」他抓抓後腦想了一下，半垂著眼皮傻笑問道。

「你要珍惜能出場表演的機會。我們聯手出擊的第一案《跛貓》在當時發表後，意外獲得編輯、評論家與讀者們的好評，才能持續演出至今。特別是若沒有讀者肯定的正能量，我們早就轉行了，你哪還能繼續啃花生推理查案到現在呀。」

「是喔。」

「秀威的王牌編輯齊安要我問你，對於這個事件你有什麼想對讀者說的？」

「任何國家的司法制度都不完美，加上運用操作者是有好惡偏見的人類，所以弊病難免。許多美日的法庭推理作品都以冤獄為主題，闡述亂揮正義之劍的惡果；但《天秤下的羔羊》這個案子想要說的是，犧牲者不一是冤獄的被告。」

「這個讀者自己看完就知道了啦。還有呢？比如說，你跟夏芯瑤到底怎麼回事，好像沒有講清楚啊。」

「還有？啊，法庭推理小說不一定都是嚴肅沉重甚至詰屈聱牙的，像我們兩個聯手探案，也可以很輕鬆諧趣呀。」

「說的好。那你說我們還有什麼案件可以說給讀者聽的？」

「休息一陣子吧。這個案子是『一塊土地、二度撞鬼、三件凶案、四條人命』的奇怪案件，我們運氣不好，還遇到那個可怕的檢察官楊錚，可把我累得半死。」

「我也沒閒著呀，當時在那個大廈裡多危險啊。不過，上次我發表了《珊瑚女王》那個案子後，因為暫時離開推理花園去耕耘其他文類，已經讓你放了兩年的暑假；我懷疑你休息太久，推理能力是不是荒廢了，這回居然讓我們這麼辛苦才破案。」

「居然敢小看我這顆柚子。是說將來的案件就算再辛苦也要奮戰到底，挖出真相，才能無愧於當事人的信任嘛。」

「你是要我轉告讀者，文石與鈴芝的努力，若能讓讀者有燒腦懸疑的迷惑與會心一笑的滿足，再辛苦都是值得是吧。好，我就這樣跟齊安說好了。」

「……我有這樣說過嗎？」

「身為台灣法庭推理小說第一男主角的你，有要感謝誰嗎？」

「我是嗎？呵呵。」他像個小孩般開心地笑著說：「感謝各位推薦人的美言、齊安及編輯團隊的出力，與眾多評論家的鞭打——呃，不是，是指教。」

「最要感謝的，是願意購買這本書而且耐心讀完的讀者！沒有讀者，你哪會紅呀。還文旦咧，根本是傻蛋。」

牧童

要推理52　PG2039

要有光
FIAT LUX

天秤下的羔羊

作　　者	牧　童
責任編輯	喬齊安
圖文排版	周妤靜
封面設計	楊廣榕

出版策劃	要有光
發 行 人	宋政坤
法律顧問	毛國樑　律師
印製發行	秀威資訊科技股份有限公司 114台北市內湖區瑞光路76巷65號1樓 電話：+886-2-2796-3638　傳真：+886-2-2796-1377 http://www.showwe.com.tw
劃撥帳號	19563868　戶名：秀威資訊科技股份有限公司 讀者服務信箱：service@showwe.com.tw
展售門市	國家書店（松江門市） 104台北市中山區松江路209號1樓 電話：+886-2-2518-0207　傳真：+886-2-2518-0778
網路訂購	秀威網路書店：https://store.showwe.tw 國家網路書店：https://www.govbooks.com.tw
總 經 銷	聯合發行股份有限公司 231新北市新店區寶橋路235巷6弄6號4F 電話：+886-2-2917-8022　傳真：+886-2-2915-6275

出版日期	2018年5月　BOD一版
定　　價	340元

Printed in Taiwan

國家圖書館出版品預行編目

天秤下的羔羊 / 牧童著. -- 一版. -- 臺北市 :
要有光, 2018.05
面 ;　公分. -- (要推理 ; 52)
BOD版
ISBN 978-986-96321-0-2(平裝)

857.81　107006229

讀者回函卡

感謝您購買本書，為提升服務品質，請填妥以下資料，將讀者回函卡直接寄回或傳真本公司，收到您的寶貴意見後，我們會收藏記錄及檢討，謝謝！

如您需要了解本公司最新出版書目、購書優惠或企劃活動，歡迎您上網查詢或下載相關資料：http:// www.showwe.com.tw

您購買的書名：________________________________

出生日期：________年________月________日

學歷：□高中（含）以下　□大專　□研究所（含）以上

職業：□製造業　□金融業　□資訊業　□軍警　□傳播業　□自由業

□服務業　□公務員　□教職　□學生　□家管　□其它_____

購書地點：□網路書店　□實體書店　□書展　□郵購　□贈閱　□其他

您從何得知本書的消息？

□網路書店　□實體書店　□網路搜尋　□電子報　□書訊　□雜誌

□傳播媒體　□親友推薦　□網站推薦　□部落格　□其他__________

您對本書的評價：（請填代號　1.非常滿意　2.滿意　3.尚可　4.再改進）

封面設計____　版面編排____　內容____　文／譯筆____　價格____

讀完書後您覺得：

□很有收穫　□有收穫　□收穫不多　□沒收穫

對我們的建議：________________________________

____

____

____

請貼
郵票

11466
台北市內湖區瑞光路 76 巷 65 號 1 樓
秀威資訊科技股份有限公司 收
BOD 數位出版事業部

....

（請沿線對折寄回，謝謝！）

姓　　名：＿＿＿＿＿＿＿＿　年齡：＿＿＿＿　性別：□女　□男

郵遞區號：□□□□□

地　　址：＿＿＿＿＿＿＿＿＿＿＿＿＿＿＿＿＿＿＿＿

聯絡電話：(日) ＿＿＿＿＿＿＿＿＿＿ (夜) ＿＿＿＿＿＿＿＿＿＿

E-mail：＿＿＿＿＿＿＿＿＿＿＿＿＿＿＿＿＿＿＿＿